ハヤカワ文庫NV
〈NV1521〉

トゥルー・ビリーバー
ターミナル・リスト2
〔下〕

ジャック・カー
熊谷千寿訳

早川書房
9023

TRUE BELIEVER
by
Jack Carr

Translated by
Chitoshi Kumagai
First published 2024 in Japan by
HAYAKAWA PUBLISHING, INC.
This book is published in Japan by
arrangement with
ATRIA BOOKS, a division of SIMON & SCHUSTER, INC.
through TUTTLE-MORI AGENCY, INC., TOKYO.

目次

トゥルー・ビリーバー　ターミナル・リスト2

〔下〕

登場人物

ジェイムズ・リース……………………元アメリカ海軍少佐。元 SEAL チーム 7 部隊指揮官
ローレン……………………………リースの妻
ルーシー……………………………リースとローレンの娘
ケイティ・ブラネク…………………調査報道ジャーナリスト
レイフ・ヘイスティングス…………リースの親友。元 SEAL 隊員
フレディー・ストレイン……………CIA 局員。元 SEAL 隊員
ジョーニー…………………………フレディーの妻
サム…………………………………フレディーの息子
モハメッド・ファルーク（モー）……リースの戦友。元イラク内務省特殊《S》戦術《T》部隊《U》指揮官
ジュールズ・ランドリー……………元 CIA 局員
オリヴァー・グレイ…………………CIA 局員。上級分析官
ジャニス・モトリー…………………同国家秘密局副局長
ヴィクター・ロドリゲス……………同特殊《S》作戦《O》グループ《G》指揮官
ニコル・ファン………………………同対テロセンター局員
アンディー・ダンレブ………………同ロシア課分析官
ロブ・ベランジャー…………………同尋問官
スティーヴ・ダグラス………………在ウクライナ米大使館付き CIA 局員
キム・シェール………………………シークレット・サービス
アミン・ナワズ………………………テロ組織の指導者
カシム・イエディッド………………元シリア陸軍将軍。テロリスト仲介者
ニザール・カッタン…………………暗殺者。スナイパー
タショ・アル＝シシャニ……………伝説のスナイパー
ワシリー・アンドレノフ……………元軍参謀《G》本部情報《R》総局《U》大佐
ユーリ・ヴァトゥーチン……………アンドレノフの親衛隊長

第二部　変　身（承前）

42

トルコ、イスタンブール
八月

夜までには、最初の計画も決まり、リースの新しい衣装が届いた。彼の趣味からすると、少しはやりに媚《こ》びている感じはするが、ある種の迷彩だと思って納得した。フレディーは領事館の派遣海兵隊の区画に下りていき、警備部隊の事実上の理髪師をしている上等兵を見つけた。ほとんどの部隊に、散髪で小遣いを稼《かせ》ぐ者がいる。海兵隊の標準は〝ハイ・アンド・タイト〟（サイドを剃り、頭頂部をとても短く刈りそろえた軍人によく見られる髪形）だから、リースはいささか不安だったが、このシカゴ出身の若者はいい仕事をしてくれた。散髪を終えたリースは、襟丈《えりたけ》の髪ときれいに整《ととの》えられたひげで、聖書に出てくるキャラクターではなく、都市に住むこざっぱりした男になった。

「はやりの先端を行くやつみたいだな」が、フレディーの唯一のコメントだった。

翌朝、リースは色褪《あ》せたＴシャツを脱ぎ、体形に合ったブルーのオックスフォード・シャツとダーク・ジーンズ、黄褐色のリネンのスポーツ・ジャケット、茶色の革のブーツに着替えた。残りの衣装は、私服とトレーニング用品と一緒にナイロンのダッフルバッグに詰めた。黄褐色のメッセンジャー・バッグには、予備の弾倉、ズボンのベルトの内側に隠して携帯しているＳＩＧＰ３６５用のサプレッサーなど、細々《こまごま》したものを入れた。新しく支給されたｉＰｈｏｎｅには便利なアプリだけでなく、きわめて洗練されたＶＰＮ（仮想プライベート・ネットワークの略で、セキュリティ強化などに資する技術及びソフトウェア）が備わっていて、これにより国家安全保障局《ＮＳＡ》のものと同じくらい堅牢な通信ができる。

地下駐車場でメルセデスＳＵＶの後部席にフレディーと乗ったとき、元ＳＥＡＬ隊員でＣＩＡの契約社員ジェイムズ・リースから、野心あふれる小説家ジェイムズ・ドノヴァンへと自分の意識を切り替えた。

現地人のＣＩＡ工作担当官が運転し、頻繁《ひんぱん》に右左折を繰り返し、尾行されていないことを確認しつつ、領事館から遠まわりして地下鉄のゲイレテペ駅まで行った。運転手がＳＵ

Vを路肩に寄せはじめたとき、フレディーはリースの幸運を祈った。

「会うべきときに会おう」

リースはエスカレーターで現代的な地下鉄駅の奥底へと下りていき、発着便ボードを確認するふりをした。ポケットから電話を取り出し、メールを読むふりをしてから、上りのエスカレーターでせわしない降車客に交じって地上に戻った。四台のヒュンダイのタクシーが駅の入り口前で並んで停まっていた。リースは先頭のタクシーの運転手にトランクをあけるよう身振りで伝えた。トランクにダッフルバッグを入れ、小さい方のバッグは持ったままタクシーに乗り、プリントアウトした〈トムトム・スイーツ〉の宿泊予約を見せた。

イスタンブールの壮麗な街並みを日中に見たのははじめてだった。人口千七百万を抱えるこの歴史ある都市は、ビザンチンとオスマンの両帝国の首都として、大陸間の橋渡し、つまり世界をつなぐ役割を果たしてきた。タクシーは高層建築が立ち並ぶ現代的な地区を南へ進み、やがて北の黒海と南のマルマラ海を結ぶボスポラス海峡と並行して走った。こちら側の海がヨーロッパ、向こう側の海がアジアだ。タクシーは右側にアリーナ、左側に巨大なクルーズ船を見ながら走った。リースは興奮した観光客のように首《こうべ》をめぐらした。さいわいにも、そのしぐさは偽りの身分にはぴったり合っていた。

景色を眺めながら二十分ほど走ったあと、黒い鎧戸のついた上品な白い建物の前で、タクシーが停まった。〈トムトム・スイーツ〉は丘の急斜面に入れ込むように建ててあり、建築様式としては地中海風というよりオランダ風で、ケープタウンのようだとリースは思った。制服姿の若いベルボーイがタクシーのドアをあけ、リースをホテルに受け入れた。リースはこれ見よがしにアメリカドルで運転手に支払い、チップをたんまり置いた。運転手はにっこり笑い、さっきまでとは打って変わって上手になった英語でリースに礼をいい、ベルボーイも現金の束を見て目を輝かせた。彼はいそいそとトランクをあけて、リースの荷物を取り出すと、ガラスの天蓋を張ったホテルの出入り口に案内した。リースがフロントデスクに近づき、ベルボーイに二十ドル札一枚を手渡すと、ベルボーイが脇にどいた。

〝人目を引くなら、カネをばらまくよりいい方法はほとんどない〟

ホテルのスタッフは十日間の宿泊予約に見るからにうれしそうで、てきぱきとしているうえに礼儀正しかった。かばんをお持ちしましょうかと訊かれたとき、いつものように「けっこうだ」ときっぱり答えそうになったが、ジェイムズ・ドノヴァンのような男なら、かばんを運んでもらうのもいとわないだろうと、思いとどまった。また一枚、二十ドル札を手放せば、スタッフの関心を引き止められるだろう。

リースの広々とした部屋は三階にあり、タイルを敷き詰めた屋根、光塔《ミナレット》、ボスポラス海峡の渦を巻く波という絶景がついていた。寄せ木細工の床がスイートの端から端まで広がり、キングサイズ・ベッドの足側にリビングエリアがつくられている。この街と空との境界線を描いたように見える大きな印象派の絵が、ベッドのヘッドボードの上に掛けられていて、リビングエリアの仕切りになっているガラスの引き戸がついた壁越しに、床から天井までまだらな白い大理石で覆《おお》われたバスルームが見える。リースはモザンビークの質素な小屋の方がはるかに好みだった。

諜報員に転身した元SEAL隊員は、外付けのハードディスクを装った小型の装置をメッセンジャー・バッグから取り出した。実際には、盗聴器や隠しカメラを探知するための対抗監視装置だった。政府機関にせよ、それ以外にせよ、監視されていると疑う理由はないが、この仕事をしているなら、決めつけるわけにはいかない。スイート中を調べたが、盗聴器類がある形跡はなかったので、リースは装置をバッグに戻した。iPhoneに九桁《けた》のパスコードを入力し、フレディーにメッセージを送信した。

307号室、南東向き。順調。

三十秒もしないうちに、iPhoneが振動した。

了解。助けが要るなら五分で行ける。

フレディーと、領事館から車で送ってくれた工作担当官は、数街区《ブロック》北東にあるアジトで待機していた。そこにいれば、リースがまずい状況に陥った場合に支援部隊として動けるし、地元の情報源や、アメリカ政府の息のかかったさまざまな情報収集資産《アセット》から情報が入りしだい、伝達することもできる。ふたりがいる地点は緊急事態に即応できるほど近いが、不審がられないくらいの距離は離れている。昔からいわれているスナイパーの資質を発揮すべきときだ。つまり、忍耐力を。

43

アラップ・モスクは、さまざまな時代に建てられた高層ビルが狭い通りを縁取る、川沿いの雑然とした区画にある。二街区《ブロック》西には、もっと広くて新しい四車線の大通りが走り、ヨーロッパより中東の色が濃いショッピング・エリア前には、コンクリートの縁石で仕切られた駐車車線もある。

二棟のアパートメント・ビルのあいだに未開発の敷地があり、現地住民にとっては公園の役割を果たしている。そこを突っ切れば、最短でモスクへ行くことができる。青々とした草が生い茂る空き地が区画に彩りを添え、そびえ立つ数本の木が真昼の日差しをさえぎってくれる。午前十一時、リースは四車線道路に面したベンチを見つけ、サングラスをはずし、ロンドンの《タイムズ》をひらいた。

この時間、労働者階級の区画の大半の住人は忙しく働いていることもあり、歩いている人は少なかった。母親がスマートフォンをスクロールしているそばで、三歳ぐらいの娘が遊んでいる。その子はさっそくリースに興味を向け、くりくりの茶色の目で物珍しそうに見つめてきた。リースが〝いないいないばあ〟をやりはじめると、はじめはくすくすと笑っていたが、〝いないいない〟の時間が長くなるにつれて、おなかを抱えて笑いだした。その笑い声がリースの顔に笑みをもたらしたが、いつまでもその遊びをやめようとしなかった自分の娘を思い出し、心に悲しみが訪れた。

〝集中しろ、リース〟

午前十一時三十分になると、通りを走る車の音が大きくなり、男たちが金曜礼拝《ジユムア》に向かいはじめている。年長の男たちがまずやってきた。文化を超越する伝統もあるらしい。昼時が近づくにつれて、ますます多くの人々が集まり、若者が多くなっていった。ビジネススーツの専門職の人々から、もっと控えめな服を着たブルーカラーの肉体労働者まで、さまざまな男たちがいる。彼らがモスクの階段に集まり、中へ入っていった。

〝変わったところはない〟

一時間後にドアがあき、会衆が階段を下りてきて、彼らを待つ仕事や家族のもとに戻っていった。

リースはさらに三十分のあいだ座っていたが、その後、ホテルに戻った。午後はＣＩＡがまとめたモーに関する情報を読み、さらにもう一度、読み返した。モーの部隊が携《たずさ》わった全作戦に関する報告が含まれていた。〈7トンネルズ〉という会社が開発したCIAのVPNを使い、〝ドロップボックス〟（インターネット上でファイルの管理や共有ができるオンラインストレージ・サービス）内のフォルダをひらき、何千もの同様のファイルに紛れている、何の変哲もないように見えるミュージック・ファイルにアクセスした。モロッコでフレディーに指示されたとおり、リースはミュージック・ファイル内に隠された〈VeraCrypt《ベラクリプト》〉で暗号化されたパーティションを使い、二十六桁《けた》のパスワードを入力した。自分のコンピュータには何もダウンロードされていない。

リースがモーと彼の特殊戦術部隊《STU》と一緒に動いていた十カ月間の作戦指令と作戦後報告を読み返すと、思い出が堰《せき》を切ったようによみがえってきた。彼らの作戦は反政府勢力が荒れ狂っていたときに、バグダッドでも最悪の区域で実施された。同盟国の特殊作戦部隊と協力し、一体化して動いてはいたが、モーのSTUチームは、〝重要人物〟の捕獲に決定的な役割を果たし、そこから得られる情報を利用して、敵のネットワークをたちまち解体していった。モーの部隊には、全員がイラク人の部隊だというオマケの利点もあった。おかげで、戦域においてもっとも優れた戦術レベルの情報が入ることもあった。イラク内務省の一機関でもあるから、とらえた者たちにアッラーへの畏怖をたたき込むこともできた。イラク内務省は、ジュネーブ条約及びハーグ条約に対してアメリカとその同盟国ほど重きを置いていなかった。

リースがアメリカに戻り、連絡官の役目が完全にジュールズ・ランドリーに引き継がれると、作戦の力点が変わった。作戦の目的が反政府勢力対策ではなく、復讐になったようだった。リースがイラクでのランドリーの所業に関して報告を上げたあとも、なぜCIAはランドリーを使い続けてきたのか？　リースが思うに、ランドリーは分別のある人間ではないし、機密を要する諜報活動に従事させていいやつでもなかった。

モーはイラク人指揮官の中でも抜きんでた存在だった。プランニングと戦術実行の両方に優れ、かなり流暢《りゅうちょう》な英語を話し、部下にもイラク内務省幹部にも厚い信頼を寄せられていた。モーが姿を消したあと、彼の存在を示す情報は少なくなり、情報が入る間隔も広くなっていった――しかも、すべて未確認情報だった。シリア発信の傍受通話で彼の偽名のひとつが使われた件、ギリシアでの未確認目撃情報、そして、もちろん、リースをトルコに来させることになった情報。モーが生きてイラクを出たことを示す明確な証拠は、アフリカでフレディーに見せられた、イタリアで撮影された写真だけだった。〝おれたちは亡霊を追っているのか？〟

一週間が過ぎ、日課がしだいに苦痛になってきた。さいわい、クロスフィットやジム・

ジョーンズなどのきついトレーニングもできるジムがホテル内にある。リースは毎日、同じパターンで行動し、接触したければ簡単に接触できるようにしていた。朝起きて、トレーニングし、朝食をとり、ゆっくり新聞を読みながらコーヒーを飲む。その後、川沿いをのんびり散歩し、最終的にアラップ・モスクの表に到着する。〝やはり、何も起こらない〟。なるべくモスクには入りたくなかった。マージドに教わったことを実践したくはなかった。新作小説のリサーチにいそしむ作家という表の顔を持っているにしても、やり遂げられるかどうか自信はなかった。あと一日だけ続けるつもりだった。それでだれも接触してこなければ、モスク・ルートに切り替える。

正午十分前、リースはついに彼らを見た。〝捕食者〟。三人の男。公園に向かって、しきりに首《こうべ》をめぐらしながら、道路を横切っている。〝捕食者〟。ふたりは二十代後半といった感じだが、三人目はリースと似たような年格好。三人ともアスリートのように肩幅が広い。みなサングラスをかけ、値が張りそうな革のブーツをはき、薄手のジャケットを着ている。階級章や部隊章こそ着けていないが、訓練を積んだリースの目には、彼らが軍服を着ているかのように映った。

リースは新聞を膝《ひざ》まで下げ、近づいてくる三人をじっとにらんだ。年かさの男が歩道に出るとすぐ、リースに気づき、ベンチの二〇ヤード（約一八メートル）以内に近づいたときには、三人ともリースに穴が空くほど鋭い視線を突き刺していた。リースの位置に近づくにつれて、若いふたりの男が警戒している体勢から戦闘の体勢に変わった。胸を張り、ふんぞり返って歩き、顎《あご》を突き出した。そうした身のこなしが、原始的なメッセージを伝えた。ここはおれたちの縄張りで、おまえは侵入者だ、と。

〝モーの警備班なのか？〟

三人が完全に通りすぎるまで、リースは彼らのまなざしを受け止め続けた。〝こっちのメッセージも届いた〟

リースは正午十五分過ぎまでそこにとどまり、モーが来ないことを確かめてから、ホテルに戻ろうとモスク前に向かって歩き出した。十歳ぐらいの少年ふたりが一街区《ブロック》うしろからあとをつけてくるのに気づいた。〝完璧だ〟。リースはゆっくり楽なペースを保ち、ふたりにあとをつけさせた。

部屋に戻ると、盗聴器のチェックをしてから、アジトのフレディーに電話した。フレディーはすぐに出た。「どうだった？」

「うまくいった。チャック・ノリスの映画にエキストラで出てきそうな男三人が、おれの真ん前を歩いていった。ずっと眼《がん》を付けながらな。小さな少年ふたりにホテルまであとをつけさせていたから、餌に食いつかせられたと思う」

「やったな。くれぐれも気をつけろ。そいつらが確かにモーの仲間で、地元のごろつきでないことを祈る」

「いかにも軍人上がりだった。気をつけるよ」

「そうしてくれ。ランドリーに関する情報がある。防諜にかかわっている友だちから連絡があった。当初の報告書に載っていた情報を教えてくれた。若き日のミスター・ランドリーには、CIAがやつを雇うときに気づかなかった犯罪歴があった。未成年のときに暴行などのよくある罪で二度ほど逮捕されていたが、それに加えて、高校の最終学年時には強姦でも逮捕されていた。なぜだかその事件は流れた。おおかた海兵隊への入隊を条件に取り引きでもしたのだろう。防諜部と監察総監の事務所が今も調査しているようだが、おかしいのは、スクリーニングのときにだれかがそのことを消していたということだ」

「やつがくず野郎だという点は意外でもないが、そんな前《まえ》があるのに表口から入ってきたのは、たしかに奇妙だな。そんな履歴があるやつをだれが採用し、承認したのか、探ってくれ」

「すでに着手済みだ」

「助かるよ。次の定期交信時間でまた連絡する」

リースは電話を切り、窓の外に広がる都市を見渡した。世界屈指の高度な訓練を受けた秘密工作員のモーは、このどこかにいる。モーはテロリストになり、なぜかランドリーがかかわっている。この前まで、戦闘では助け合って生き延びてきた。だが、次に顔を合わせるときには、三人とも無傷でいられるとはかぎらない。リースはそう思わずにいられなかった。

モーはどんな方法で接触してくる？　ＣＩＡが工作担当官用の訓練をいくつかモーにしていたことは、リースも知っているが、イラクでモーの部隊と一緒だったときには、もっと激しいたぐいの作戦にかかわっていた。自分の命さえ預けられるほど信頼していたこのイラク人少佐が、今ではテロリストになり、世界最古の文明の発祥地でともに戦ってきた西側諸国の民衆をターゲットにしているとは、いまだに信じられなかった。

息抜きが必要だ。階下のコーヒー・バーはとてもおいしかったので、いちばんライトなローストのコーヒーを持ち帰りで注文した。出てきたコーヒーにミルクとはちみつを加えたあと、ドアをあけておいてくれたベルボーイに向かってうなずき、午後の日差しの中に出ていった。

コーヒーは熱すぎて飲めなかったので、プラスチックの蓋をはずして息を吹きかけながら、急な上り坂を歩いた。これまで読んできた山のような諜報文書に無意識を占有され、意識はコーヒーに集中させていたので、鮮やかな色のつなぎ服を着たメンテナンス作業員に気づいたものの、すぐに意識から払いのけた。〝ミスだ〟。二秒後、圧縮窒素の〝ポン〟という音が聞こえ、すぐさま、シャツを貫き、金属針が首下の背中の筋肉に刺さったときの鋭い痛みを感じた。同時に二千ボルトの電流が体に流れて四肢の筋肉が収縮し、リースは歩道にどさりと倒れた。やたら熱いコーヒーでやけどしたのに加えて、全身がこわばって苦痛だった。

苦痛ははじまったときとほとんど同じくすぐに終わり、手足を動かせないまま歩道を浮遊していた。フォード・トランジット・コネクト配達用バンのフロアボードに胸がぶつかったとき、両手首と両足首がフレックスカフで拘束されていることに気づいた。枕カバーを顔にかぶせられ、ドアがスライドして閉まった。幽体離脱時にはっきり状況が見えるかのように、自分を拉致《らち》した者たちが短期間でこの作戦を計画し、手際よく実行したことがわかり、リースは驚いていた。

バン内は暑く、フロアのグリースとオイルのにおいが、シャツに派手にかかったコーヒーの鼻を突くにおいと混じり合っていた。リースはじっと横たわり、今後、逃げるか戦うかしかなくなるかもしれないから、エネルギーを節約した。もっとも、この任務の目的はそのいずれもしないで済ませることだが。

力強い手がリースの頭からつま先まで、体の隅々を節度などまったく気にもせずボディーチェックした。サブコンパクトのSIG、予備の弾倉、ナイフ、靴、iPhoneが奪われた。電話は現在地を探知できなくする容器に入れられるのだろう、とリースは思った。監禁者たちのあいだでは会話もなく、何人いるのか、リースにはわかりそうもなかった。運転手はスピード違反も乱暴運転もしなかった。通常の車の流れに乗り、頻繁《ひんぱん》に右左折をしながら街の通りを走っている。こいつらはプロだ。

感覚では一時間ほどだが、おそらく実際にはその半分ほど経ったころ、バンが停まった。運転手がディーゼル・エンジンを切り、サイドブレーキを引いた。バンの外から鎖の音が聞こえ、鋼鉄の搬入出口のドアが上から下りてきた。アラビア語と思われる言葉を交わす声の反響からすると、彼らはガレージか倉庫に入ったらしい。バンのドアが素早くあき、三人と思われる男たちがリースの足首をつかんで外に引きずり出し、立たせた。靴下をはいただけの足が、冷たいコンクリートの床に着いた。どこかでモーターがまわっているような音が聞こえる。

「歩け」うしろから訛《なま》った英語が聞こえた。

ふたりの男がそれぞれリースの左右の腕をつかみ、三人目が頭頂部に手を置いて、前へと歩かせ、ドアとは反対側に進んだ。二十歩進んだあたりで、足がドアの敷居に触れ、その後、薄い敷物を踏んだ。さらに数歩進むと、敷物の上で椅子が引きずられるような音が、背後から聞こえた。

「座れ」

足音が遠ざかり、部屋の外に出たあとでドアが閉まる音が聞こえた。呼吸を緩《ゆる》め、心拍数を落として、腹の前で手首を縛っているプラスチックの拘束器具に意識を集中させた。リースとチームメイトたちがさまざまなSERE（アメリカ軍で行なわれている訓練課程で、生存＝サバイバル、回避＝イベージョン、抵抗＝レジスタンス、脱走＝エスケープの頭文字）コースで何度も練習してきた動きで、両腕を斜《なな》め上方に持っていき、腹部に向かって肘《ひじ》を広げるようにして勢いよく振り降ろした。プラスチックが折れて、腕が自由を取り戻した。リースは手首をさすると、しびれている両手に血が勢いよく流れ込み、頭にかぶせられていた布をはずした。

部屋は暗かった。狭い事務所だ。工場などの施設についているようなところで、机がひとつ、書類棚、床にじかに置かれて埃《ほこり》をかぶった帳面や書類。一〇フィート（約三メートル）ほど先の壁際に黒いカウチが見え、それに座っている人影に気づいたとき、アドレナリンがどっと体中を駆けめぐった。まだ拘束されている両足で起き上がると、ライターの火が一瞬部屋を照らし出した。その男が煙草《たばこ》を吸い、真っ赤な火が明るく燃えたとき、ひげの生えた顔が浮かび上がった。

「モー！」リースは声を上げた。

「ジェイムズ・リース、こんなところでいったい何をしているのだ、友よ？」モーはいい、灰色の煙を吐き、ライターの火を消した。彼がランプをつけ、リースにははじめてはっきりとその顔が見えた。相変わらず粋な風采《ふうさい》だ。モーの長めの黒髪はうしろになで付けられ、顎《あご》ひげはきれいに刈り込まれ、服装には非の打ちどころがない。銀のライターをあつらえのスポーツ・ジャケットのポケットにしまうと、椅子から立ち上がり、リースをきつく抱きしめた。そして、ジーンズのポケットから飛び出しナイフを抜き、片膝《ひざ》を突き、リースの足首を拘束していたプラスチックの結束バンドを手早く切った。

「座ってくれ、座ってくれ」モーは身振りでリースに椅子を勧め、自分はカウチへ戻った。「うちの連中がきみをこんな風に扱ったことは申し訳ないが、本当にきみなのかどうか確かめないといけなかった」

「それなら、ホテルの部屋に電話してくれればよかったのに！　だが、まあいいさ、コーヒーのしみをのぞけば、取り返しのつかないダメージはなかったしな」

「きみのことはいろいろと耳に入っているよ、リース。ご家族のことは心からお悔やみ申し上げる。神のご加護があらんことを。戦時に愛するものを亡くすのと、平和な家庭を打ち砕かれるのはまったくちがう。そういったことは、私にもいくらか経験がある。覚えているだろうが」

「覚えているとも。ありがとう、モー」リースはいい、妻と幼い娘が自分の家の床でめった撃ちにされたことを思い、腸がよじれるような痛みを感じた。

「なぜイスタンブールに来た？　私の照準に自分からまともに入ってきたとなると、おそらく私を探しに来たのだと思うが。手を貸すことはできるが、身を隠そうとしているなら、もっといいところがあるぞ、友よ。ここにいれば、アメリカの情報機関に見つかる。ここには来ない方がよかった」

「もう逃亡の身ではないんだ、モー。政府はおれと取り引きした」

「政府はいったい何のためにそんなことを？」

「おまえを探し出させるためだ」

モーの冷静沈着な物腰がかすかに変わった。困惑の面持ちで身を乗り出した。「どういう意味だ？　私の居所なら精確にわかっているはずだが」

今度はリースが困惑の表情を浮かべる番だった。

「何をいっている、モー？　おまえはアミン・ナワズのためにテロリスト分子を操っているじゃないか。賞金付きの指名手配犯だろうが」

「リース、きみはわかっていない。私はＣＩＡに雇われて**いる**。ジュールズ・ランドリーは覚えているか？　彼が長年、私の調教師《ハンドラー》をしている」

45

〈トムトム・スイーツ〉
イスタンブール、トルコ

「リース、いったいどこにいた？　行方がわからなかったが」

「おれは無事だ、フレディー。彼が接触してきた。話をする必要がある。大至急だ」リース は答えた。

リースはホテルの部屋に戻っていた。服は台無しだったが、所持品は返された。

「了解。どういう形で話したい？」

「おれの身分はばれたから、どんな形でもかまわない。身支度を整《ととの》え、持ち物をまとめ、タクシーで領事館へ戻る。今から一時間ぐらいしたら、そこで会おう」

「身分がばれているなら、おれたちが迎えにいく」

「了解。十五分くれ」

「わかった」

リースは着替えて、荷物をかばんに詰めた。これ以上ホテルにとどまる理由はない。ここは無防備だし、モーのことは信頼しているが、モーの私兵の中に二股をかけているやつがいないともかぎらない。大義を追い求める聖戦戦士《ジハーディ》にとって、アメリカ人情報将校はおいしいターゲットになる。

リースが心配そうなベルボーイを引き連れてホテルの正面出入り口のドアから出ると、CIAのSUVが路肩でアイドリングしていた。リースは自分のかばんを積み、困惑顔のベルボーイに向かってうなずき、二十ドル札を渡すと、後部席に乗った。

助手席のフレディーが、やたら心配そうな表情を浮かべて振り向いた。「大丈夫か、おい？」

「まあ、おれはスーパースパイを自認するわけにはいかないだろうな。ラテを飲んでいる隙に、モーの部下にテーザーで撃たれて、バンに放り込まれたよ」

「ミッチ・ラップ（ヴィンス・フリンの小説の主人公）やスコット・ハーヴァス（ブラッド・ソーの小説の主人公）なら、そんなことにはならんだろうな」

「ちょっと待てよ、おれはただの潜水工作兵《フロッグマン》だぞ」

「ハートリー夫妻ならちがうというだろうな。もし生きていればだが。仕入《ダウンロード》れたネタをくれるか？」

「ちょっと嚙《か》み砕く時間をくれ。考えがある」

「いやな予感しかしないが」フレディーは答え、かぶりを振った。

工作担当官が最短距離で領事館に戻り、三十分も経たないうちに、盗聴の恐れのない会議室に入った。リースはモーとの顔合わせの詳細を話しはじめ、フレディーは黄色いリーガルパッドにメモをとった。

「モーは自分がまだCIAの下で動いていると思っている。イギリス軍パラシュート連隊に対する迫撃砲攻撃を調整し、NATO軍司令官を暗殺したことは認めたが、神かけてCIAの指示に従っただけだといっている」

「だれが彼に指示を出した？」

「よく聞けよ」リースは思わせぶりに間を空けた。「ジュールズ・ランドリーだ。ずっとモーを調教《ハンドリング》してきた。はじめはシリア、その後ヨーロッパで」

「嘘だろ」フレディーが信じられないといった感じでいった。

「いや」

「その話を信じるのか？」

「ランドリーがならず者側についたといったとき、モーは心からショックを受けていた。裏切られたと思っていることが、よくわかった。いいか、おれはモーと一緒に戦ってきた。互いに命を預けて信頼してきた。おれに嘘をつくとは思えない」

「どうしてCIAが偽テロリストを使って同盟国を叩く？　筋が通らない」

「おまえがそういうのもわかる」リースはいった。「ランドリーはナワズを叩くために自分を使い、近くに置き、情報を集めさせている。モーはそう思っていた。モーがナワズにとって役立つ男だと示すために、CIAの承認済みの襲撃ターゲットをもらっているのだ、と。麻薬取締局《DEA》の資産《アセット》がカルテル内部で動くのと似たようなものだ。彼らはDEAの調教師《ハンドラー》に情報を流すものの、資産《アセット》の正体がばれないように、大多数の麻薬を引き続きアメリカに流し、資産《アセット》は組織内でさらにのし上がっていく。ここでも同じ理屈だ」

「何てことだ」

「それに、彼の生まれ故郷を考えてみろ。イラクだ。サダム・フセインの支配下で育った。フセインは国民を恐怖させつつ従順に生かすために、言語に絶することをしてきた。モーがいうには、ランドリーは軍関係のターゲットを襲撃するときっぱりいっていたそうだ。わが国の同盟国を対テロ世界戦争《GWOT》に引きとどめ、一般大衆もそれを支持するように仕向けることで支援していると思っていた。モーはパラシュート連隊襲撃の段取りをつけたことは認め、ＣＩＡに教わったとおりにドローンを自分で操作して、アレクサンダー将軍を暗殺したといっている」

「イングランドでのクリスマス・テロは？」

「それにはいっさいかかわっていないといっている。軍関係のターゲットしか叩いてこなかったということだが、実のところ、おれはそれについても彼の言葉を信じる。モーはナワズが複数の独立した分子を持っていることは知っているが、具体的にどんな分子なのかまでは知らない。組織内で上に進んでいるが、まだそこまでの地位ではない。だからこそ、ランドリーはＣＩＡのために自分を動かしている、とモーは思い込んでいた。実際、天才的な口実だ」

「ああ、だが、そんなことをする目的は？　何か見落としていることがある。なぜランドリーはならず者側に転向し、ＩＳＩＳ内にいる元特殊戦術部隊《STU》をヨーロッパで使う？　彼はすでにＣＩＡに雇われてはいない。どんな結果を考えているのか？」

「おれにもわからない、フレディー。ランドリーは何かを裏で操るような切れ者ではない。物事を深く考える質《たち》ではない。どんなことをしているにせよ、ランドリーはカネか衝動のためにかかわっているにすぎない」

「すべてＣＩＡに伝えて、ランドリーに関する調査も続けてもらおう。過去の仲間、銀行口座、偽名。そのうち突破口がひらけるだろう。ナワズがどこに身を隠しているのか、モーは知っているのか？」

「ナワズは滞在先を絶えず変えているが、おれたちをやつの居場所に導くことはできる、といっている」

「待てよ、モーは同意したのか？　こんなに簡単に？」フレディーが疑っているような口調で訊いた。

「そうともいえない」

「どういう意味だ、リース？」

「ナワズの居場所に導くのはやぶさかでないが、ただひとつ、ランドリーに一発かます機会がもらえるならという条件を付けている」

「一発、というとランドリーを殺すということか？」

「殺したいのは確実だろうが、何よりいろいろ答えてもらいたいらしい」

「おれも同感だ。わかった、上に話してみるが、たとえ上が同意しても、モーを連行することになる。そうするしかないんだ、リース。ならず者のＣＩＡエージェントにやらされていたにせよ、テロに加担したのはまちがいない」

「おれに考えがある。最後まで聞いてくれ。セルース・スカウツのことは知ってるか？」

「ＦＡＬ（ベルギーのＦＮ社の自動小銃）を持ってぴっちり短パンをはいたローデシアの連中か？　ああ、知っている。モザンビークにいすぎたのか？　彼らが今回の件と何の関係がある？」

リースが腹案を詳しく説明し、フレディーは自分の立場に要求されるとおり、対立意見をぶつけた。最終的に、リースは友人の鋭い意見にすべて反論することができた。次はラングレーの決定権者への売り込み方の問題だった。

46

ブルガリア、ブルガス
九月

ランドリーはアンドレノフにフランスのパスポートを手配してもらった。自分がどういった家系なのか、そして、訛《なま》りはあるものの、それなりのフランス語を操れることを考えれば、そうするのが自然だった。フランスでフランス人として通るとは思えないが、フランスに行くつもりはない。最近はひとつところに長くとどまることはないが、資産《アセット》にそこそこ近いところにいる必要がある。よって、ブルガリアが最適なのだ。

〈グランド・ホテル〉は感じがよく、安くて、黒海のすぐそばにある。ランドリーは日中ほぼずっとホテルのジムでトレーニングし、ボディービルダーの体形を維持しつつ、前夜の罪を汗とともに流していた。この十年のあいだに、大半の工作員が実用性を重視した鍛《きた》え方をますます取り入れるようになっているが、ランドリーの虚栄心はそれぞれの筋肉群を別個に鍛えることにばかり目を向けていた。こうしたトレーニング、そして、健全な量のタンパク同化ステロイドによって、体中に刺青《いれずみ》を彫った一九八〇年代のアクション映画の主人公のような体を維持している。寒くてプールサイドに寝そべることができないのが残念だ。小さな水着いっちょでプールデッキをぶらついているときに、太鼓腹の金持ち男の奥方たちが向けてくる視線を、ランドリーはこよなく愛していた。ローンチェアに寝そべって酔っぱらっている夫を尻目に、〝さっぱりしてくる〟といって自室に戻る人妻を何人ものにしてきた。

今はシーズンオフだから、今夜はそんなご褒美はない。ここでは汗を流してクラブで酒を飲むくらいしかやることがないが、酒だけでは足りない。バーテンダーがクスリの売人とつながっていて、ランドリーはすぐにそれにコカインを混ぜていた。早朝のコカインを覚ますには、睡眠薬、ザナックス（向精神薬）、あるいは鎮痛剤が、ときにはその三つすべてが必要だった。さらに、新しい日がはじまるにあたって気持ちを落ち着けるには、マリファナも必要だ。ジュールズ・ランドリーは覚醒剤、鎮静剤、精神安定剤《ベンゾジアゼピン》のサイクルにはまっていて、過剰なテストステロン・レベルと、それだけでも問題になりそうなアルコール摂取レベルのせいでさらに勢いがついていた。プールデッキにいる女たちの目には、刺青だらけのアドニスのように映るかもしれないが、中身はぼろぼろだった。

夕食後、ランドリーはホテルのバーで飲んでいた。シャワーのあとでコカインを鼻から吸い、ウォッカも三杯やった。つまり、彼は化学的に支えられたわりあいに正常な状態のピークにあった。今日は腕の筋肉を鍛えたので、血流で二頭筋がどくどくと脈打っている。黒いTシャツが両腕にぴっちりくっついている。右手首を内側に曲げ、前腕に浮き出た血管をめでてから、左側も同じようにした。いい具合だ。いい気持ちだ。欠けているものがひとつだけあるが、おそらくバーテンダーが手配してくれる。

彼女は一時間後に到着した。かわいい《キュート》。ホットだ、実のところ。背中の真ん中ほどまで伸びた長くてまっすぐな漆黒《しっこく》の髪、まずまずの顔立ち、非の打ちどころのない肢体。どことなく母国の若い女を思わせる。ぴったりした黒いレザーパンツに包まれた長い脚はすばらしく、フェイクの毛皮コートを脱いだとき、きらきら金色に輝くホールターがまくれて、きれいに割れた腹筋があらわになった。胸は見るからに偽物だが、膨《ふく》らましすぎるというミスは犯していない。よし、確かにこの女なら充分だ。

フランス語はからきしで、英語はちょっと話せる。どのみちそんなに話すこともない。

「わたしはダリーナ」彼女がいい、片手を伸ばした。

「ジュールズだ」彼は応じた。かしこまった自己紹介がおもしろかった。

バーテンダーがウォッカ・ベースのトールグラスの飲み物をつくった。ランドリーは手のひらに二錠の薬を載せて、差し出した。

「これは？」彼女がいぶかった。

「エクスタシーだ」

「何ですって？」

「エクスタシー、いわゆる、エクスタシーだ」ランドリーはいい、拳《こぶし》を突き上げてダンスを踊るようなしぐさをして見せた。

「ああ、なるほど」彼女がランドリーの手から一錠を取り、舌に載せ、飲み物で胃に流し込んだ。ランドリーも残った一錠を飲んだ。MDMA（通称エクスタシー、正式名称メチレンジオキシメタンフェタミン。覚醒剤の一種）が効きはじめるころには、ふたりともさらに二杯ずつ飲んでいて、ランドリーは上の部屋に行こうと彼女に合図した。大きなスイートルームに入るなり、彼女がカネを要求し、ランドリーは百ユーロ札を何枚か重ねて渡した。ダリーナが席をはずし、身支度を整えようとバスルームに入った。ランドリーはバーで買ってきたボトルからふたり分のグラスに注ぎ、太い線状にしたコカインを鼻から吸入した。トイレの水が流れる音がし、その後、カチリとバスルームのドアがあく音が聞こえた。彼はシャツを脱ぎ、ベッドに座ると、自分の飲み物を持って、次の展開をそわそわと待っていた。

ダリーナは黒いTバック・パンティーとハイヒールをはいただけで、誘惑するかのような足取りで戻ってきた。その肢体は思っていたよりずっとよかった。ランドリーはサイドテーブルを身振りで示した。彼女の飲み物が置いてあり、その横に数本のコカインがあった。彼女は飲み物には手を付けず、白い粉に手を伸ばした。ベッドに上り、これから数時間のあいだ自分を所有する、筋肉がかちこちの男にまたがった。数分後にはふたりとも裸になり、ランドリーはまた一本、コカインをやっていた。今度は彼女の背中のくぼみにつくったコカインの線を鼻から吸い込んだ。ランドリーは天国にいた。

頭が割れるように痛い。太陽が窓から打ち付けてくる。昨夜は興奮しすぎて、カーテンを閉め忘れたらしい。

〝何時だ？〟

彼は横になり、余っている枕で頭を覆《おお》い、眠りに戻ろうとした。片足を右に動かすと、シーツを隔てて固いものに触れた。

〝まだいるのか？〟

彼は枕を頭からどかし、体をごろごろ回転させて離れると、裸の女がうつぶせで横たわっているのが見えた。頭がベッドのフットボード側にあった。どこかおかしい感じがする。

女が目を覚まし、持ち物をまとめて、出ていってくれないものかと、ランドリーは女の太ももを蹴った。

〝ぴくりともしない〟

今度は少し強く蹴った。

「出て……いき……やがれ」彼はいった。息継ぎのたびに強めに蹴った。

反応を見せるどころか、女はゆっくりベッドから滑り落ち、床にどさりと落ちた。

ランドリーは割れるような頭痛を抑えようと目をきつく閉じた。手を伸ばして彼女の腕に触れた。土気色の体は不自然なまでに冷たい。その体を仰向《あおむ》けにし、もつれた黒髪を梳《す》いて顔からどかすと、頰の大きな痣《あざ》があらわになった。目は大きく見ひらかれ、生気が感じられない。干からびた血の道筋が、鼻から上唇へと延びている。ランドリーが顔を近づけると、彼女のか細い首に腫《は》れた紫色のあとが見えた。

嫌悪でも恐怖でもなく、好奇のまなざしを、ランドリーは女に向けた。前夜の出来事を思い出そうとした。殴りはしたが、平手だった。首も絞めた。そこまでは覚えている。彼が腰を振り続けているとき、大きく見ひらいた目に恐怖が満ちていた。それが好みだった。娼婦を貫きながら、その命を奪うことが。さいわい、世界中にあるケツの穴みたいな国には、ランドリーの罰を受ける若い女がわんさといる。ただ、自分には腹が立つ。何の罪もない女を殺したからではなく、どうやって殺したのか思い出せないからだった。その喜びを自分で捨ててしまった。

はだけた女の胸や腹筋をしばらくめでたあと、サイドテーブルに身を乗り出し、一本残っていたコカインを吸った。そして、女の脇の下をつかんでベッドに載せ、悪魔とラストダンスを踊った。

47

トルコ、イスタンブール
CIA支局
九月

フレディーとリースは売り込みを何度か練習し、あらゆる点を考慮した。ＣＩＡ内部の力学をよく知るフレディーは、リースのではなく自分の口から提案した方が承認される可能性が高いことを知っていた。本国ラングレーでは、リースを何をしでかすかわからない残忍な男で、モーとの関係があるから利用するだけだと思う向きが多い。今回は作戦面にかぎった話にする必要がある。

フレディーが北バージニアの上官たちとのテレビ会議をはじめる時間になると、リースは退室した。元陸軍特殊部隊将校であり、現在はＣＩＡ特殊作戦グループ《SOG》を率いるヴィクター・ロドリゲスが、まずスクリーンに現われ、その後、CIA国家秘密局の副局長のジャニス・モトリーも参加した。ロドリゲスとモトリーの両者が着ているあつらえの青いスーツと、ラングレーの機密情報隔離施設《SCIF》のスモークガラス張りの内装は、髪がもじゃもじゃでポロシャツ姿の元SEAL隊員のいるイスタンブールの簡素な会議室とはまるでちがっていた。フレディーはせめても野球帽だけはかぶっていなかった。

CIAの出世階段を上ってきたとはいえ、ロドリゲスは自分の出自を忘れておらず、現場にいる部下をかばってくれるだろうと期待できる。一方のモトリーは、彼女が今の立場で監督するスパイやすぐに引き金を引きたがる連中のあいだでは、未知数の存在だった。上院情報委員会の主任専属弁護士だった彼女の経歴を考えれば、彼女が準軍事的行動に対してどんな見解を抱いているのかという点では、工作員が希望を抱けるとは思えなかった。

「ミスター・ストレイン、連絡をありがとう。モロッコではよくやってくれた」ロドリゲスが切り出した。「ジャニス・モトリー副局長にきみを紹介させてくれ」

「はじめまして。おふたりとも、これほど急な呼び出しにもかかわらず、時間をつくってくださり、ありがとうございます。おふたりにお伝えする必要がある、一刻を争う情報が入りましたので」フレディーはいい、精いっぱいの愛想笑いを浮かべて、秘密工作員からセールスマンに変身した。

「続けてください、ミスター・ストレイン」モトリーは明らかに社交辞令の気分ではなさそうだった。

「わかりました。おふたりともご存じのとおり、われわれはジェイムズ・リースの引き入れに成功し、元イラク内務省特殊戦術部隊《STU》指揮官であり、イラクの自由作戦《OIF》でリース少佐とともに動いていたモハメッド・ファルークとの接触を試みさせました」

「それはよくわかっています、ミスター・ストレイン。しかも、わたしの反対を押し切って、その決断がなされたことは知っておいてほしいですね」モトリーが付け加えた。

「了解しました。本日、ジェイムズ・リースはファルークと接触しました。ファルークはイングランドのコルチェスター駐屯地攻撃計画と、ブリュッセルでのアレクサンダー将軍暗殺計画への関与は認めました。キングストンでのクリスマス襲撃への関与は否定していますが、アミン・ナワズが複数の独立した分子を操作しているともいっています。作戦の機密を保つために、ある分子にはほかの分子の任務がわからないとのことです」

「リースはナワズに関してファルークと何か取り決めたか？」ロドリゲスが割って入った。

「いいえ。モハメッドの語った内容に予期せぬ展開がありました。彼はジュールズ・ランドリーという元CIAエージェントによって、先の攻撃を実行するよう指示されていたといっています。ランドリーは、CIAの正式な作戦の一環という名目でモハメッドを動かしてきたようです。彼は二〇一三年以来、行方をくらましており、不正な手段でCIAに雇用されていた可能性が、最近になって浮上しました」

「ファルークの話は信じられるのですか？」モトリーが訊いた。

「信じられると考えています」

「CIA契約者《グリーン・バッジャー》がならず者側に寝返り、正式な合衆国政府の準軍事作戦を装ってテロリスト・ネットワークを動かしているというのですか？（CIAには二種類の職員がおり、ブルーのセキュリティ・バッジをつけた正式雇用の局員と、グリーンのセキュリティ・バッジをつけた特定の業務を遂行するために契約した職員で、バッジの色で識別可能になっている）」

「はい、われわれはそう考えています」

「彼がそうする目的は？」

「現時点ではわかりません。先ほどもいいましたが、このことはわれわれも数時間前に知ったばかりなので。ランドリーは第三者の命によってモハメッドを操っているというのが私の勘です。ならず者国家なのか、テロ組織なのか、超法規的な力を持つ個人あるいは勢力と表現されるものなのかはわかりませんが」

「あなたの勘には興味ありません、ミスター・ストレイン。それに、そう表現されるものなら知っています」

「ジャニス、ミスター・ストレインのいわんとするところは、ランドリーの転向理由がイデオロギーであるという証拠は得られていないということだと思う」ロドリゲスが割って入った。

「それで、この情報を得て、わたしたちはどうすべきだというのですか？」モトリーはロドリゲスの意見には触れずに、話を進めた。

フレディーは息を吐いてから答えた。「副局長、一九七〇年代にローデシアのセルース・スカウツによって実行された偽テロリスト作戦はご存じですか？」

フレディーには、ボスがローデシアという言葉に目を丸くしたのがわかった。モトリーはアフリカ系アメリカ人だし、ローデシア紛争という人種の絡《から》む問題を持ち出されて、ロドリゲスもすぐさま気まずそうにしていた。

モトリーは何の反応も見せなかった。「わかりません、ミスター・ストレイン」

「ええと、彼らはおそらく史上もっとも効果的な対ゲリラ部隊でした。ローデシア兵スパイか元ゲリラの〝偽テロリスト〟を使い、従来型の部隊に狙わせられるように敵のネットワークに侵入させていたのです。現状のわれわれにとっては、モハメッド・ファルークに〝偽テロリスト〟と同様の役割を担《にな》わせることにより、アミン・ナワズを抹殺できるばかりか、ＩＳＩＳを含むほかのネットワークにも潜入する千載一遇《せんざいいちぐう》の好機が得られます」

「アメリカ人の将軍を暗殺し、同盟国軍の無数の兵士たちに再起不能な重傷を負わせるこ

くのではなく、モハメッド・ファルークを刑務所に収監《しゅうかん》するのではなく、こちらに取り込み、わたしたちのために働いてもらう。そういうことですか？」

「そのとおりです。元CIAエージェントが資産《アセット》を使い、同盟国に攻撃を仕掛けているのですから、恐ろしい話ではありますが、またとない好機でもあります。こんなことは口にするのもおぞましいとはいえ、高位にあり、正当でもある資産《アセット》を、ランドリーの手から取り戻し、主要テロ組織の指導層に潜入させられるかもしれません。麻薬取締局《DEA》がカルテルに対して行なっている潜入工作と同様のものです」

重い沈黙のあと、モトリーが続けた。「具体的には、どのようにするのですか、ミスター・ストレイン？」

「上の連中は何といっていた？」リースはもどかしそうに訊いた。

「まあ、にべもなく拒絶したりはしなかった。考える必要があるといっていた。ヴィックは乗り気だと思う。モトリーはちょっと読めない」

「それで、これからどうする？」

「あんたは拉致《らち》されたりと長い一日だったことだし、今日はもう休もう」

「そのあとは？」

「ゴーサインが出たと思って計画を立てる」

翌日の正午には、ふたりの工作員はアミン・ナワズの捕縛《ほばく》／殺害、ジュールズ・ランドリーの逮捕及び引き渡しという直接行動を含む作戦の基本方針を立て終えていた。そのふたつの任務はひとつだけでも完遂には困難が伴う。同時完遂なら、なおさらだ。

複数の不確定要素が残っているから売り込みにくいし、マーフィーの法則が発動するのは必至だから、遂行するのははるかにたいへんになる。ランドリーの居場所もナワズの居場所もわかっていないうえに、ナワズに関しては、居場所がわかってから数時間のうちに作戦を開始しなければならない。計画全体がモーへの全幅の信頼の上に成り立つ。それが青臭い感傷でないことを、ふたりとも祈るばかりだった。モーの動機を高める要素はそろっているが、モーが姿をくらます可能性はある、いや、高いかもしれない。モーは、ならず者側に堕ちたと確定済みのCIA工作員に使われ、不明の理由によって残虐行為を行なってきたのだ。リースとフレディーは、その理由を探り出したいというモーの意欲に期待するしかない。軍隊の指揮系統をたどるなら、こんな無謀な作戦にゴーサインを出すことはないだろうが、CIAはアメリカ軍ではない。

翌朝になると、フレディーはヴィック・ロドリゲスから、計画の仮承認が下りたとの連絡を受けた。ただし、いくつか条件がついていた。襲撃は別のイスラム勢力の仕業に見せかけること。ワシントン連中の逃げ口上をつくり、国際テロリストとしてのモーに箔を付けるためにアメリカ司法省がモーをテロ関連犯として正式に告発すること。最後に、アメリカの公的機関や資産《アセット》によって、いや、CIA以外の機関によって、ランドリーの市民権が侵害されないよう、作戦遂行中にはランドリーを決してアメリカの管理下に置かないこと。これらの境界線を越えない範囲で、リースとフレディーは戦術プランニングの詳細を詰めた。ふたりはこれから戦場に戻る。

48

アルバニア、チラナ
九月

この小さなアパートメントは住人から明け渡されていた。彼らは持ち物を何枚かのビニール袋に詰められるだけ詰めて、ほとんど着の身着のままで出ていった。何年も待たされていたが、なぜか今になって、二十四時間以内に渡英するという条件で、イギリスへの亡命申請が認められたのだ。この共産党政権時代の公営住宅団地という水道さえ通っていない劣悪環境に押し込められた六百世帯のひとつだから、それ以上のあと押しなど必要なかった。

インステトゥートはおそらくチラナで最悪の地区だ。それだけでもひどさがわかる。ゴミ、汚物、そして、狭苦しくて換気も利かないワンルーム・アパートメントで料理されたひどい食い物のにおいがする。舗装されていない通りにはゴミが散乱している。くすんだコンクリート・ビルの飾りといえば、ほぼすべての窓やバルコニーから垂れ下がる洗濯物だけだった。この景色とにおいに、リースはサドルシティを、そして、二〇〇一年から戦ってきたほかの世界各地の土地を思い出した。生気を感じる緑色は草だけだ。

東の北マケドニア共和国と西のアドリア海に挟まれたアルバニアは、国民意識《ナショナル・アイデンティティ》でもがき苦しんでいる。今や市場経済、ＮＡＴＯの一員、欧州連合のメンバー候補だから、共産党政権の過去とはずっと距離を保ち続けている。このバルカン半島の小さな国は北はモンテネグロとコソボ、南はギリシアと接していることもあり、欧州の北朝鮮と呼ばれていたかつての地位を捨て去るにつれて、物資やサービスの貿易が伸びている。

人口の大多数を占めるイスラム教徒は、伝統的に過激でもなければ敬虔《けいけん》ともいいがたく、アルバニアは犯罪者の輸出国として有名ではあったが、テロリズムの温床ではなかった。一九九〇年代のユーゴスラビア紛争中にボスニアとコソボのイスラム教徒が追放された結果、その状況もある程度変わった。アイデンティティによる被害者意識ほど人々を強固にまとめるものはない。虐殺未遂事件によって、同地域の多くのイスラム教徒が宗教に惹《ひ》き付けられた。あるＣＩＡ分析官が作戦前の要旨説明で使った言葉を借りれば、「アイルランド人が北アイルランドでイングランド人と対立してカトリック原理主義に走ったのと同じように、アルバニア人は一九九〇年代にイスラム原理主義に傾倒していった」のだ。

いえ、アミン・ナワズの大儀に好意的なアルバニア人もいるし、政府はましになっているとはいえ、まだ充分に機能しているとはいえないから、この国こそ欧州連合の周辺域に位置する完璧な聖域だった。加えて、ナワズは思春期前の少年が好きで、インステトゥートの極貧家族のひとつに息子を提供してもらう代わりに、彼らにとっては膨大な額のカネを与える。アメリカ軍部隊は、まずアフガニスタンで、そのあとイラクで、小児性愛の現場を見てショックを受けた。パシュトー語で〝バチャ・バジ〟、つまり〝少年プレイ〟として知られるこの現代の性奴隷を西洋人は嫌悪するが、中央アジアと中東では受け入れられている。そこまでいかなくても、許容されているのは確かだ。テロリスト指導者を狙ったドローン攻撃があると、死者の中に幼い〝慰《なぐさ》み〟の少年たちが見つかることも多い。

テロリスト分子を率いるモーは、ふつうならアミン・ナワズの居場所を知る立場にはない。側近でさえ、ぎりぎりまで旅程を知らされないこともある。テロ組織の基本的なセキュリティ・プロトコルだ。しかし、モーははじめからわかっていたが、ランドリーがモーにテロリスト分子を率いるよう要請したのはプロトコル無視だ。CIAのプロトコルにさえしたがっていない。そして、ランドリーとかかわるようになってまもないころに、彼に対する影響力をつくっておく必要があると思っていた。まだシリアにいるとき、モーはナワズの側近に自分の資産《アセット》を潜入させようとした。イラクでCIAに教えられたとおりに潜入を試みた。ナワズの参謀長がアサド政権による空襲で死んだとき、完璧な経歴を持つイラク人が昇進した。それが特殊戦術部隊《STU》時代からモーを慕ってシリアまでついてきた、モーのチーム・リーダーのひとりだった。モーはCIAの調教師《ハンドラー》だと思っていた人物にとって、自分が貴重な資産《アセット》であり続けるために、独自の浸透作戦を進めていたのだ。

この木曜の夜、ナワズはチラナでも最悪のスラムのぬかるんだ通り沿いに住む九歳の少年を訪ねる。リースとフレディーは、現地で〝ブルゴン〟と呼ばれている空色《ベイビーブルー》のミニバスでその街に入った。地元の運転手は偶然にもCIAの資産《アセット》だったが、午後十時にアパートメント・ビルの一街区《ブロック》手前で駐《と》め、そこのビルに住むガールフレンドを訪ねていった。それより遅い時間だと、地元住民に怪しまれていたかもしれない。

リースとフレディーは午前三時まで、交替でミニバスのフロアで毛布に包まって短い仮眠を取った。ふたりともくすんだ色の現地の服を着ていた。その下には、アフガニスタンでもイラクでも有志連合を支援してきた、アルバニアの特殊作戦大隊が使用するマルチカムの戦闘服を身に着けている。フレディーは、パキスタン国境でイーグル中隊のひとつと協力して任務に当たったことがあり、根っからの銃と装備マニアだから、彼らの武器や装備をじかに見ていた。さいわい、大半はドイツ製で、どれも高性能だった。リースはサプレッサーのついたＭＰ７を上着の中に隠し持っていた。都合のいいことに、この武器もアルバニア軍に使われている。ヘルメットマウントの暗視装置は偽装に合わないから、モーの手描きの地図を頼りにこの二階建てのアパートメント・ビルに無事にたどり着くまでは、隠しておいた。

アパートメント・ビルに入ると、ふたりは小さなワンルームのアパートメントを確保した。そこにいるのはふたりだけで、爆弾が仕込まれていないことを確認した。ドア枠の両側についているいいかげんなつくりの張り出し棚に、2×4材《ツーバイフォー》が載っていて、フレディーはそれを静かに動かし、ドアがあかないようにした。ターゲットのビルまでの照準線を確認し、市街の隠れ家を整《ととの》えはじめた。

フレディーはバックパックをあけ、機関部下部《ロワー・レシーバー》と機関部上部《アッパー・レシーバー》をとりはずしてある一六・五インチ（約四一・九センチメートル）銃身のＨＫ４１７ライフルを出した。ふたつのレシーバーを合体させ、分解《テイクダウン》ピンを押して固定した。〈サイレンサーコ〉のオメガ・サウンド・サプレッサーをマズルブレーキに取り付け、〈ブラックヒルズ〉の一七五グレインの推奨弾薬を込めた二十発装弾の弾倉をＨＫ４１７にセットした。ボルトを戻すときにガチャンという音を立てないように、チャージング・ハンドルをゆっくり引きながらレシーバーのフォワード・アシストを押し、ボルトをしっかり戻した。小さなＡＮ／ＰＡＳ-13Ｇ（Ｖ）１Ｌ

3‐LWTSサーマル照準器が、〈シュミット・ベンダー〉の三～一二×五〇ミリ・ライフルスコープと並んでライフルのトップレールにマウントしてある。アルバニア軍にはもっといいロングレンジ・スナイパー・ライフルもあるが、今回はせいぜい距離二五〇ヤード（約二三〇メートル）の狙撃だから、セレクタで切り替える七・六二口径ライフルで充分に事足りる。作戦が思ったようにいかず、銃撃戦になった場合、ボルトアクションのスナイパー・ライフルは邪魔になるだけだが、HKなら大いに役に立つ。ATPIAL（アドバンスト・ターゲット・ポインター・イルミネーター・エイミング・ライトの略で、可視光及び非可視光レーザーや赤外線を標的に照射する装置）／PEQ‐15がレールに装着されている。〝備えよ〟。近年に起きた数々の市街戦からSEALスナイパー界が得た教訓は、使う銃が生死を分かつということだ。

アパートメントの元住人は住居内の状態について詳細に聞き取りをされていて、そのときのメモはスナイパーふたり組に伝達されていた。住居内でいちばん上等なものである手作りの敷物が、コンクリートの床の端から端まで敷き詰められている。ぼろぼろのカウチが横の壁際に置いてあり、VHSプレーヤーが内蔵された小さなテレビと向き合っている。ふたつのマットレスが床にあり、それにかけるためのシーツがきれいに畳《たた》んであり、三本脚の重厚な木のテーブルが部屋の中央を占拠している。何かの燃料タンクとつながっているガスバーナーと、その横のふたつの空《から》のバケツが、キッチンだった。バスルームがないのは明らかだった。

厚手の青いカーテンが、通りに面した格子窓のあいだに吊るした物干しロープから垂れ下がっている。リースはカーテンを真ん中で少しあけ、一二インチ（約三〇センチメートル）の視界を確保し、金属のクリップを使って、黒い色で透けて見える軽量の布をカーテンロッドに留めた。丸まっていたその布を伸ばし、テーブルの脚に踏ませて、カーテンとは斜《なな》めになるように固定した。ターゲットに対して四十五度の角度にひらいた黒い薄手の生地のおかげで、スナイパーは市街環境にあるターゲット・エリアを窓から観察することができる。外からはよくある空き家の窓にしか見えない。ふたりのスナイパーはターゲット・ビルをはっきり見ることができる。

　フレディーは窓とは反対側のテーブル席に座り、ＨＫのアトラス二脚銃架《バイポッド》の脚を広げた。テーブルをベンチレスト代わりにしてライフルを支えると、ターゲット・エリアがもっとよく見えるように位置を調整した。隠れ家の準備が整ったと判断すると、ふたりは暗視ゴーグル《NOD》を装着したヘルメットをはずし、暑苦しい現地人の服を脱ぎ捨て、じっと待つ長い一日に備えた。フレディーがはじめにライフルを前に監視し、リースはマットレスのひとつに座り、通信機器を用意した。

　リースのベストに装着されている〈ハリス〉のＡＮ／ＰＲＣ－１６３ファルコンⅢ無線

機は、信じられないほど高性能な装置だ。実際には、コンピュータに近く、ほんの数年前までなら、二台の無線機がないとできなかったことを一台でやりこなす装置だ。これがあれば、地上のほかの部隊、軌道上の人工衛星、頭上を飛んでいる無人航空機《UAV》とも交信できる。対衝撃構造のアンドロイド・タブレットを〈L3テクノロジーズ〉のローバー6と接続し、電源を入れた。数秒のうちに、ふたりの位置がわかる衛星画像が、グーグルアースのハイレゾ版のように見える七インチ（約一八センチメートル）スクリーンに映し出された。リースがあるメニューを選択すると、チラナのはるか上空を飛行しているMQ-4Cトリトン・ドローンのリアルタイムの諜報・監視・偵察《ISR》フィードが出てきた。全システムが機能し、それぞれが正しい位置にあると確信し、リースはアドリア海の艦上の作戦指揮官に暗号メッセージを送った。そのメッセージは本国バージニア本部の高官たちにも同時に受信される。

リースとフレディーは事前にスケジュールを決めていた。それぞれが一時間ずつライフルをかまえ、ターゲット・エリアを監視し、敵が現われるかもしれない地点までの距離などの〝構図〟を描き、もうひとりが通信機器をチェックしながら仮眠を取った。リースが監視する二回目の順番のとき、新しい日がはじまるにつれて、暗い空が灰色に、そのあとピンク色に変わっていった。彼はサーマル暗視装置をレールからはずし、狙撃シナリオを脳裏に描いた。ナワズはその日の夜まで来ないはずだが、予定はいつ変わってもおかしくはない。よく意図的に変えられる。テロ集団の通信は電子傍受を避けるように構築されており、したがって通信速度は遅くなるので、モーが早く予定変更に気づいたとしても、こちらの予定も変更できる可能性は低い。ちょっとしたツキが必要になる。〝ツキは備えの残りかすだ〟と諭《さと》した老指揮官を思い出し、リースはにやりとした。

幼い少年が暮らすL字形のビルの正面までは一八四メートル、ビル側面の通用口まで二一三メートル。どちらも、熟練のスナイパーが最新式のライフルと照準器を使って狙うなら、充分にしとめられる距離だが、ターゲットはおそらく素早く動いているだろうし、ほかの騒々しい人々に紛れているかもしれない。その中には、一般人も交じっているかもしれない。ここで経験と英知がさっきの〝構図〟に入ってくる。現実には、〝楽な一撃〟などというものはない。リースはスコープをのぞきながらエレベーションを〇・七MILS（MILSはスコープをのぞいたとき、レティクル中心付近に見える点を利用して距離を計算するのに使われる単位）まわした。これで距離二〇〇メートルで的にぴったり着弾する。距離一七五メートルなら、銃弾は二インチ（五・〇八センチメートル）上に当たり、距離二二五メートルなら、三インチ（七・六二センチメートル）下に当たる。ナワズがどこにいるときに狙撃できるかわからないので、狙撃時に微調整することになる。それも射撃手《マークスマン》と狙撃手《スナイパー》のちがいのひとつだ。

午前七時には、インステトゥートの住人の大半は外に出ていた。頭をハンカチで覆《おお》った年配の女性が、五ガロン（約一九リットル）のバケツを運んでいたり、街の市場に向かって足を引きずって歩いている。年配の男たちは少人数でたむろして煙草《たばこ》を吸い、鮮やかな上着を着てバックパックを背負った子供たちが、学校と思われるところに向かって歩いている。世界中のほぼすべての子供たちがそうだが、ここの子供たちも、自分たちが置かれている貧困など気にも留めていないように見える。そういったことを観察していると、西洋諸国の恵まれた子供たちが二十一世紀の市場で、ここにいるような飢えと根性を抱いて育つ子供たちと、張り合えるのだろうかと思う。リースが狩る男のような連中による過激化から逃れることさえできたなら、ここの子供たちは世界にとってどれだけすばらしい資産になるだろうか、とふと思った。

フレディーがライフルをかまえる順番になると、リースは手早く無線機とタブレットを確認してから目を閉じた。彼はにやりとした。十年以上前にも驚くほど似た市街の隠れ家にいたことを思い出し、思わず笑ってしまいそうになった。リースと彼の小隊は、イラク人スナイパーの小部隊を訓練し、助言する任務を与えられていた。リースのチームはアパートメントに潜入した。今、彼がいるところに似たアパートメントで、チームはまともな市街の隠れ家を整えるという骨の折れる仕事をはじめた。リースは椅子に座ってスポッティング・スコープをのぞき、下の通りがよく見えることを確認していた。そのとき、鼻が曲がるほどの異臭が部屋を満たした。リースは振り返って驚いた。イラク人スナイパーのひとりが、リースの数フィートうしろでしゃがみ、床に脱糞していたのだ。そのイラク人はこれから二十四時間か三十六時間、この狭い空間で過ごし、任務をこなすことになっているという事実を、まるで考慮していなかった。CIAの報告官は、戦域で支持を得る格言でその事件をまとめた。「イスラム教徒はハッジ《ハッジ》がやることをやる」。もしかすると、イラクはアメリカの指導層が期待するほど、ジェファーソン的な民主主義への心構えができていないのかもしれない。リースの部下のSEAL下士官のひとりが、床に鎮座する犯罪級の糞のデジタル写真を撮り、あとで、基地内に間に合わせでつくったバーの奥の合板の壁に、その写真のプリントアウトを貼り付け、その下に、手描きのキャプションを付けた。〝現実世界の糞《シット》〟

リースはどうにか数分の仮眠を取り、一時間おきに、フレディーと交替した。近所の人たちはこの部屋が空き家だと思っていて、中で物音がすれば怪しまれるから、意思疎通はすべて手信号と表情で行なわれた。交替が続くうちに日はだらだらと進み、第一世界からやってきたのぞきが趣味の殺し屋のように、貧困にあえぐ土地を観察した。部屋の中は暑く、むっとしてきた。正午には、さらに服を脱いでTシャツ一枚になり、低視認《ロウビズ》のボディアーマーもはずした。

夕暮れどきになると、ふたりは狙撃手《スナイパー》兼観測手《スポッター》の役割を分割し、ひとりがHKライフルをかまえ、もうひとりが左後方に座り、予備のL3-LWTSサーマル照準器でターゲットを捕捉できるようにした。〝ふたつあってもひとつと思え。ひとつしかなければ何もないと思え〟。この照準器は旧式の暗視テクノロジーではなく熱感知式だから、日中でも暗中でも機能する。リースがライフルをかまえていたとき、古くさいメルセデスのマイクロバスがターゲット・ビル脇の通用口の前に停まり、兵役年齢に達していると思われる男六人が降りて、アパートメント・ビル周辺の警備位置についた。ひとりは素早くビル内に入った。現地の住民は彼らに近寄らなかった。六人の動きからすると、明らかに先発の警備チームだった。武器は確認できないが、武装しているのはほぼまちがいない。

午後七時十八分、ISRフィードが、オペル・モントレーSUVの追跡をはじめた。このSUVは小型のピックアップ・トラックをしたがえて、同地域へ向かって高速で走っていた。二台の車両は、モーが伝えていた特徴に合致しており、タイミングも合っていた。

元SEALスナイパーのチームは同地域を観察し、ファルコンⅢ無線機経由でラングレーに画像を送信していた。先発の警備チームの到着から一時間後、リースとフレディーは監視対象の様子が見るからに変わったことに気づいた。さらに攻撃的な態勢になった。リーダーと思われる男が、三十代の男と幼い少年を伴って通用口から出てきた。三十代の男は少年の父親だろう、とリースたちは推定した。母親がいる様子はない。イスラム世界では意外ではないし、これからどんな取り引きが進められるのかを考えれば、無理からぬことだろう。少年は白い三角錐形の〝ケレシェ〟という帽子をかぶり、〝フスタネーラ〟というドレスのようなシャツと〝シャマダン〟というベストを着て、刺繍が施された〝ブレズ〟という飾り帯を腰に巻いている。両親は幼い息子が人形か何かだと思っているかのように、伝統的なアルバニアの衣装で着飾らせ、訪ねてくるテロ集団の指導者をもてなす性のおもちゃに仕立て上げていた。その光景にふたりとも吐き気を催し、フレディーはこの無垢《むく》な子供が穢《けが》される前に、小児性愛の変態にぜひとも弾を撃ち込んでやりたいと思った。二発目を少年の父親に撃ち込みたい衝動はこらえるが。

SUVがターゲットに近づいてきたとき、リースはISRフィードの最新情報を小声で読み上げはじめた。「あと五分」

「二分」

「三十秒。われわれの前を通過」

シルバーのSUVとピックアップが下の砂利道を右手側へ走り去り、ターゲット・ビル脇の通用口へと向かうさまを、ふたりとも見ていた。SUVはトラックと並んで路肩に寄せて停まった。トラックの後部荷台には武装した男たちが乗っている。

突然、これまで感じたことのないほど強烈な頭痛がリースを襲った。苦痛の声が漏れ、携帯用サーマル照準器が床に落ちると、フレディーがライフルから顔を上げた。

「リース、大丈夫か？」

広がる激痛に視界が暗くなり、リースはこめかみをあらんかぎりの力で押さえた。

「リース？」フレディーは声を殺して呼びかけ、下の通りで移ろう光景に目を戻した。

「リース、くそ！」

そして、痛みが消えた。

「大丈夫だ、何でもない」リースは感覚を取り戻し、そういった。

「仕事《ゲーム》に戻れ、相棒《バディ》。SUVまでの距離は？」見るからに心配そうな友が訊いた。

リースはサーマル照準器を拾い上げ、日中に作成しておいたレンジカード（弾道データが記されたカード）で確認した。「SUVまで二一〇ヤード（約一九二メートル）」彼は伝えた。ひと息つき、ビルの窓から垂れ下がる洗濯物をじっと見た。「風が舞っている。風速は五以下。照準を合わせておけ」

トラックの荷台から、銃身の長さも製造国もまちまちのカラシニコフ系ライフルを持った六人の男たちが降りてきた。スリングで肩にかけてライフルを背中にまわしている者もいるが、みな銃床を折り畳み、ライフルのかさばりを抑えている。彼らがSUVを取り囲んだ。四人がSUVのビル側にまわり、ふたりは通り側に残った。SUVの四つのドアがすべてあいたとき、フレディーがセレクタを〝射撃《ファイヤー》〟に合わせる金属音がリースに聞こえた。

五十代のでっぷりした男がオペルの後部席から降りると、すぐさま四人の護衛に脇を固められた。ほんの一瞬しか見えなかったが、リースもフレディーもその男がターゲットだと確信した。アミン・ナワズは車両のそばに膝《ひざ》を突き、護衛たちの陰にすっぽり隠れた。少年を手招きしたらしく、少年は父親に背中を押され、おずおずと見知らぬ男の方へ歩み寄った。少年がテロリストの〝ラグビー・スクラム〟に入っていき、やがて頭だけが護衛たちの上に突き出た。父親がお祭りでするように、ナワズが少年を肩車した。〝くそ。撃てない〟

「どんな状況だ？　オーバー」ヘッドフォンからリースの耳に、無線の乾いた音声が入ってきた。〝こんなときに通信してもいいと思うラングレーのまぬけは、どこのどいつだ？〟。そんなばかげた問いかけに、リースは答えなかった。

フレディーは大きく息を吐き、実質的に人質事件と化した状況とスナイパーの究極のジレンマに苦悶していた。男たちががやがやとドアに向かって移動し、SEALスナイパーは、護衛班に囲まれて上下に揺れるナワズの頭部の位置を追った。撃ってしまうリスクと、ターゲットをきれいに撃ち抜く確率の低さに挟まれているから、スナイパーはただ見ているしかない。少年を肩に乗せた十秒後、ナワズとその護衛たちは無事にビルに入った。

「**くそ！**」フレディーは少し大きすぎるささやき声でいい、ライフルのセレクタを〝セーフ〟に戻した。

「撃てるチャンスはなかったよ、相棒《バディ》。おまえは正しいことをした。よし、選択肢はふたつだ。ビルを襲撃するか、しばらく待ち、あの男が出てきたときに始末するか」

「悪党連中の人数は、何人だ、わかっているだけで十二人か？」

「ああ、おれが数えたかぎりでは十二人だ。出てくるまで待とう」

「**くそったれ**。おれたちが待っているあいだに、あの子がどんな目に遭うのかと思うと、耐えられない。**くされ**獣《けだもの》ども」フレディーが歯を食いしばったままいった。

「わかるよ、フレディー。おれだって同じ気持ちだが、今のところ、おれたちにできることはひとつもない」

「そもそも、いったいどうして、あの車両がここに向かって移動しているときにドローン攻撃を承認しないんだ？」フレディーはいったが、答えはわかっていた。

「政治と、この場合には、現実的な側面も大きい。モーをアメリカ政府の役に立つ資産《アセット》として温存するには、彼の偽装身分を守る必要がある。ドローン攻撃は見え透いている。アメリカによる暗殺にしか見えない。今はじっと待って、やつが出てくるときに始末するしかない」

49

トルコ、エディルネ
九月

モーはジュールズ・ランドリーに、じかに会う必要ができたという合図を送った。単純な方法を使った。切手収集専門のウェブ・フォーラムのプライベート・メッセージング・システムの〝下書き〟フォルダに、暗号メッセージを残したのだ。ふたりとも同じログイン情報を持っていて、定期的にシステムにアクセスして、互いに残した未送信のメッセージをチェックしていた。ウェブメール・サービスでも、同じような方法がよく使われるが、国家安全保障局《NSA》が送受信のないアカウントの監視にさらに力を入れてきたのを受けて、スイスに本拠がある〝フィラテリ〟（フランス語で「切手収集」の意味）のサーバーが、テクノロジー・ベースの世界に順応した者たち向けに一段厚い防衛を提供するようになった。デイヴィッド・ペトレイウス陸軍大将が愛人との通信で同様のテクニックを使ったが、さまざまな偶然が重なり、FBIに発見された。

ランドリーは、ギリシアの影響が色濃いエディルネの街はずれでの会合を設定した。トルコのブルガリア国境の近くに位置するから、不測の事態が起きても、EUパスポートのひとつを使って西へ逃げることができる。街を彩る灰色と白のモザイク模様の歩道を歩き、レンタルのメルセデス小型セダンに乗った。彼は夜のあいだにこのあたりを走り、会合地点までのルートと会合場所を偵察していた。薬物で変わった精神状態でも、スパイの技術は忘れたりしない。

道路は街から北へ向かい、狭い石造りの橋を越えた。車がその息詰まる難所を過ぎ、その先の大きくひらけた湿地帯に出てからは、呼吸も楽になった。交差点で右折し、前方にオスマン宮殿の遺跡が見えた。ランドリーは道路からはずれ、草地に車を駐《と》めた。最後の一〇〇メートルはひらけた農地を歩くことにした。

夕暮れの風はひんやりしていて、ランドリーは上着を着ていてよかったと思った。世界のこのあたりでは、黒い革のジャケットを着ていれば、ほとんどだれの目にも留まらなくなる。彼の黒髪も邪魔にはならない。遺跡に近づいていくとき、人の動きはほとんど見えなかった。ここは基本的に農業地域で、観光客が押し寄せるようなところではない。ヨーロッパの大半やアメリカ全土とはちがい、この史跡はフェンス、ゲート、入場料もなく、世界にあけ放たれている。街の一部でしかない。

だれかがフェリシティの門の入り口に寄りかかっているのがわかった。壁が崩れて残骸と化した煉瓦造りの宮殿への入り口で、そこは保全されていた。この距離からでも、それがモーだとわかった。ランドリーが近づいていくと、その男は笑みを浮かべた。モーがこの遺跡の中でも大きい方の迷宮に顎《あご》をしゃくり、ランドリーはモーの数歩うしろをついていった。円柱が並ぶ拱道《きょうどう》をくぐり、かつて堂々たる建築物だったものの残骸の中に、いくつか残っている部屋のひとつに入った。モーが煙草《たばこ》に火をつけた。それが合図だった。

ランドリーが中に入ると、物陰から警棒状のスタンガンが現われ、二・五マイクロクーロンと三万ボルトの電流が腰のすぐ下に押し付けられた。腕を上げる力もなく前にのめり、ごつごつした地面に顔から倒れた。モーと、モーが雇った協力者は素早く動き、ランドリーの手足を結束バンドで拘束し、念のためダクトテープで補強し、さるぐつわを噛《か》ませ、ボディーチェックをし、精神安定剤《ベンゾジアゼピン》を飲ませ、厚手の敷物にぐるぐる巻きにするところまで、数分で終えた。その後、地元産絨毯《じゅうたん》がいっぱいに積んである配達用トラックにランドリーを積み込み、ほかの絨毯で隠した。モーはランドリーの携帯電話の電源を切り、追跡されないように送受信電波をすべて遮断する袋にしまい、移動中に捨てるためにランドリーの車のキーをポケットに入れた。モーは協力者に現金の入った封筒を手渡し、別れを告げるとバンに乗った。キーをまわして長旅をはじめ、イブラヒム・ハリル国境検問所へと向かった。モーは帰途についた。

50

アルバニア、チラナ
九月

待つのは残酷だった。リースとフレディーは任務遂行と当初計画の破綻《はたん》という重圧にさらされているばかりか、言葉にすることさえはばかられる虐待に無辜《むこ》の子供が耐え忍んでいるあいだ、ほとんど指をくわえて待機するしかなかった。ふたりの思いは自分の子供へと向かった。生きている子供と亡くなった子供へと。リースはフレディーが息子のサムのことを考えているのだろうと思った。いくら厳しい訓練を積んだところで、父親のスイッチを切ることなどできない。

午後九時、リースはライフルをかまえた。日が暮れてあたりは暗闇に包まれているが、サーマル照準器によってはっきり見える視界は、夜をほとんど昼に変える。ビルの外の護衛たちはそのスコープを通して見ると、白色にまばゆく光り、生温かいコンクリートが周囲のひんやりした地面に対して際立《きわだ》っている。リースは〈シュミット《S》&ベンダー《B》〉ライフル・スコープの照明付きミルドット・〝ポリス〟・レティクルをつけた。鮮やかな赤い十字線《クロスヘア》が、グレースケールのサーマルイメージを背景にくっきりと見える。

ここの人口は三千五百だが、アパートメント・ビル周囲の地上はほとんど人通りがなかった。遊んでいる子供も、煙草《たばこ》を吹かしている老人も、近くの商店街へ歩いて行き来する女もいない。現地の人々は何かが起こっていることを知っているのだ。だれかにいわれるまでもない。ここは故郷だ。彼らは感じ取ることができるのだ。生活の形跡は窓でちらつくテレビと、この部屋の外の廊下に響く話し声だけだ。リースがライフルをかまえる番が来て三十五分後、周辺の護衛の動きが変わった。ボスが出てくる。四人の男がビル脇の通用口から現われ、SUVへ歩いていき、ドアをあけた。あたりはすっかり暗くなっており、彼らは武器をおおっぴらに振りまわしていた。〝車両に六人、周辺に六人〟

リースはライフルのセレクタを〝射撃《ファイヤー》〟に戻し、テーブル上のビーンバッグに似たリアレストに載せた銃床最下部《トウ》をしっかり固定した。さらにふたりの武装した男がビルから現われ、車両とビルの中間で足を止め、車両の外側を向いた。リースは大きく息を吸ってゆっくり吐き、精確な射撃に備えた。護衛班のリーダーがビルから出てきて、背が低くてでっぷりしたナワズがうしろからついてきた。リースはまた息を吸い、吐きながら、白熱したように見える動くターゲットをクロスヘアで追った。護衛班のリーダーが彼らの前方で立っているふたりの男に向かって手を振った。ふたりがナワズの方に歩いて戻りはじめた。ターゲットが護衛の男たちに囲まれるまで、リースにはほんの数秒しかない。

リースはターゲットを追い続け、クロスヘアをアミン・ナワズの胸に合わせ、引き金にかけた指の力を強めた。サプレッサーがついているとはいえ、部屋という限定空間には大きな銃声が響いた。何時間もほぼ無音で動いてきたのだからなおさらだった。一七五グレインのオープンチップ・マッチ弾は、四分の一秒でひらけた中庭を飛翔し、ナワズの右腕にめり込んだ。その銃弾は上腕の骨を砕いて胸腔に達した。肋骨には穴が穿《うが》たれ、骨片が榴弾のように肺に突き刺さった。銃弾はさらにやや下に向きを変え、左右の肺を引き裂き、体の反対側から飛び出ると、血、骨、濃い体毛の一部を砂利の地面に撒《ま》き散らした。

護衛の男たちが、銃弾が人体に当たるときの〝ドスッ〟という吐き気を催す音を聞いた直後、超音速の銃弾の飛翔音も彼らの耳に届いた。ナワズが前のめりに倒れ、護衛班のリーダーにぶつかった。護衛班は暗闇でたちまち混乱し、どうしていいのかわからずにいた。即応訓練ではなく、民間人の脅迫に一生懸命だったらしい。

アミン・ナワズはうつぶせに倒れ、空気を求めてあえいでいるが、肺に血が溜まっているから無駄だった。いちばん近くにいたふたりの男がようやく反応し、アイドリングしているオペルの方へ、ぐったりしたナワズの体を引きずりはじめた。ほかの護衛たちも、倒れたテロ組織のリーダーを慌てて取り囲んだ。リースとフレディーには男たちが何事かを叫び合う声が聞こえた。

「ハリネズミ、ダウン。繰り返す、ハリネズミ、ダウン、オーバー」フレディーは抑揚を抑えた落ち着いた声を保ち、無線で報告した。

「ハリネズミ、ダウン、了解」はるか遠くにいる指揮官の声が答えた。

「スパルタン、こちらレネゲード・ツー・ツー、オーバー」生き生きした声が入ってきた。

「聞こえている、レネゲード。移動の準備にとりかかる」

「了解、十分《マイク》でそっちに到着する」

「了解」

フレディーがラングレーと無線交信してから十秒もしないうちに、チラナの街全体が暗くなった。CIAのハッカーが、一週間前にKESHというアルバニアの電力会社のファイヤーウォールを破っており、ターゲットが斃《たお》れたとの報告を受けて、アルバニアの電力網のチラナ周辺への電力供給を中断するよう同社サーバーに信号を送った。水力発電所は発電を続けている。配電所が同地域への給電を止めただけだった。インステトゥートが、三日月の月明かりをのぞいて真っ暗闇に包まれると、テロリストたちのパニックの度合いが急激に高まった。

リースとフレディーが迅速に装備をまとめていると、響き渡る銃声が聞こえた。はじめは単発のバーストが何度かあっただけだったが、ほかの男たちも撃ちはじめ、すぐにフルオートでほぼあらゆる方向に銃弾を撒き散らすようになった。サプレッサーがリースのライフルの発砲炎を除去し、銃声を抑えていたので、外にいる男たちには、どのビルから撃たれたのか、おそらくわからなかっただろう。彼らは近くの建物をやみくもに撃っていた。プロがいう〝死の花〟というやつだ。

「レネゲード・ツー・ツー、こちらスパルタン。銃撃戦下での脱出《ホット・エクストラクト》になる。繰り返す、ホット・エクストラクト」

「了解した、スパルタン。あと八分だ」悲鳴のようなディーゼル・エンジン音を背景に、声が応じた。

ふたりの工作員は、独特の四眼暗視ゴーグル《フォー・アイドNOD》をマウントしたヘルメットをつけた。フレディーは七・六二ミリＨＫスナイパー・ライフル用の弾倉をベストのパウチに入れ、もっと大型のライフルを持った。リースは小型のＭＰ７サブマシンガンに取り付けてあるＡＴＰＩＡＬレーザーを確認し、パートナーにうなずいた。それを受けて、フレディーがかんぬき代わりにしていた2×4材《ツーバイフォー》をはずしてドアをあけ、人気《ひとけ》のない廊下にリースを出した。スナイパー・チームは廊下突き当たりの階段に向かって、素早く、静かに移動した。アパートメントのドアの前を通るたび、興奮ぎみの声が聞こえた。すぐ近くに降り注ぐ銃弾の雨はいうに及ばず、テレビのゴールデンタイムに停電になったせいで、インステトゥートの住人は明らかに不満のようだった。ふたりは階段までたどり着き、数秒のうちに踊り場のある階段を下り、下り切ったところで立ち止まり、廊下に人がいないことを確認した。一階の狭い廊下を半分進んだところで、一条の光がふたりのNODを波のように洗い、女の悲鳴が聞こえた。びっくりした若い女が懐中電灯を落とし、廊下を一目散に走っていった。ふたりは彼女を急いで追いかけたが、彼女との距離は遠すぎた。

「〝ポリツィ！　ポリツィ！〟」女が叫びながら、金属のドアからビルとビルのあいだの広場に飛び出し、自分が出てきたビルを指さした。

リースが角を曲がると、ちょうど彼女が曳光弾《トレーサー》のバーストに切り刻まれるさまが見え、銃撃がドアに向けられようとしていた。慌てて頭から倒れ込むように中に戻ると同時に、銃弾がコンクリートの壁や金属のドアに当たり、大小の破片が狭い出入り口に飛び散った。

リースは立ち上がり、フレディーとふたりで残されたもうひとつの出入り口へと急いだ。ビル脇の通用口にたどり着くと、あいたドアにサッカーボール大の石が挟まれていて、その隙間《すきま》から、こちらに向かって疾走するピックアップのヘッドライトが見えた。トラックの荷台に乗っているひとりのテロリストが、ベルト給弾式PKMマシンガンを運転台のルーフに載せ、あいている戸口に向かって撃ちはじめた。ふたりとも床に伏せた。フレディーがPKMマシンガンの発砲炎を狙って整然と反撃を開始し、リースもトラックのフロントガラスに長いバーストを撃ち込んだ。敵の銃撃が止み、甲高いエンジンの回転音が緩《ゆる》まり、アイドリング状態になった。トラックはスピードを落としながらも勢いで前進を続けていた。ふたりの工作員はヘッドライトを的《まと》に銃撃した。

銃撃がやんだのは一時《いっとき》で、敵はアメリカ人たちの位置に的を絞りはじめた。すぐさま、小火器の銃弾が戸口の周りを叩いた。

「おれは反対側のドアを守る」リースは銃声に負けない声を張り上げた。「あとどれくらいだ、オックス？」

「レネゲード・ツー・ツー、到着予定時刻《ETA》はどうなってる、オーバー？」フレディーも無線で呼びかけた。

「五分以内だ、繰り返す、五分以内だ」

リースも交信を聞き、フレディーに親指を立てると、廊下を走っていった。まだ銃弾がビルの両方の出入り口から降り注いでいて、ふたりともまともに反撃できずにいた。ベルト給弾式マシンガンの緑色の曳光弾が跳弾し、廊下の壁に当たった。AKの五・四五ミリ弾も、そこまでの速射ではないものの、死を招くテンポで飛んでくる。リースはゆっくり戸口ににじり寄り、敵の発砲炎が照準線に入ると同時に短いバーストで応戦した。

「窓が要る」リースはいらついたチームメイトの呼びかけを聞いた。数秒後、ドアが蹴破られる音と、中の住人の悲鳴が聞こえた。そこの窓がフレディーにとって有利な位置となり、彼は二発でふたりのテロリストを倒すと、生き残ったテロリストたちが風穴だらけのピックアップ・トラックのうしろに隠れ、ビルのそちら側の銃撃が和らいだ。

「そっちに向かう」リースは無線で伝えた。

フレディーがトラックに向かって繰り返し銃撃を加え、敵の頭を下げている隙にリースは通用口に移動し、マシンガンの掃射の前にのこのこ出ていかないように外の様子を窺《うかが》った。外がだいぶ静かになったと判断し、リースはドアから駆け出し、アパートメント・ビルの裏手に走っていき、そこで片膝《ひざ》を突いて、フレディーが出てくる援護をした。話す必要はなかった。ピックアップ・トラックに隠れ、レーザーを広場のあちこちに向けながらMP7で短いバーストを加えていった。そのうち二発が敵の脛《すね》に当たり、その男は横に倒れ、脚を抱えた。次のバーストはその男の顔をとらえた。フレディーがリースの先へと移動し、小型車のうしろに身を隠し、敵に向かって発砲した。ふたりは交互にゆっくり先に進み、発砲しているテロリストとの距離をあけていった。

現場は第一世界対第三世界、玄人対素人、規律対無規律の戦いだった。リースとフレディーが高い練度を発揮して移動し、発砲し、弾倉を交換する一方、テロリスト側はフルオートマチックでやみくもに弾を撒き散らしていた。ＮＯＤと赤外線レーザーを装備した元潜水工作兵《フロッグマン》というテクノロジーの有利性は、ほとんどアンフェアだった。テロリスト側は速く過ぎ去る音や素早く動く人影に向かって発砲しているが、リースとフレディーは敵だけでなく、互いのレーザーもはっきり見えている。無人航空機《ＵＡＶ》からアメリカ本土へ送られている白黒映像で、この様子を見守っている指揮官と分析官にとっては、音を消してビデオゲームを見ているようだった。赤外線ストロボが正義の男たちのヘルメットの上で明滅していたが、悪者の発砲炎も、だれが悪者なのか、同じくらいくっきりと示していた。

リック・〝オックス〟・アンドリューズがそのニックネームを勝ち取ったのは、十九歳のレンジャー上等兵だったころ、迫撃砲の砲身を肩に背負い、Ｍ-60のベルト状の弾薬をたすき掛けにして、グレナダのポイント・サリンス空港の滑走路を雄牛《オックス》のように走って横切ったことにちなんでのことだった。一九八三年十月のあの日以来、オックスはほぼすべての武装紛争を戦い、陸軍の主要な特殊作戦部隊の上級曹長として軍務に当たったあと、二〇〇四年にＣＩＡの地上班に移った。特殊作戦界は狭く、オックスとリースはイラクとアフガニスタンで一度ならず、顔を合わせていた。

「あと三十秒」オックスは無線で伝えながら、駐《と》まっていたり、ゆっくり走っていたりする車を縫《ぬ》い、銃撃戦の現場に向かって緑色のランドローバー・ディフェンダー90を走らせた。ターゲットに近づくとNODを下げた。行く手が車両の赤外線ヘッドライトで明るく照らし出された。そうするとすぐ、強力なレーザーからのビームが見えた。そのビームは、ランドローバーのロールバーにマウントされたマシンガンの照準器にもとらえられている。

オックスは、マシンガンについている射撃手をあまり揺さぶらないように気をつけてブレーキを踏み、急ハンドルを切った。ピックアップに隠れている敵が完全に無防備になるように、ピックアップに対して直角に近づいた。一二・七ミリDShkMマシンガンが頭の上で息を吹き返すと、オックスは顔をしかめた。その八五五グレインのアーマーピアッシング焼夷弾《インセンディアリー・ブレット》が敵の体、兵器、そして、その奥にあるトラックを切り刻み、粉々《こなごな》の肉片と金属片に変えた。

オックスはピックアップの横を通り、二〇〇メートルほど先から出ている、リースとフレディーのATPIALの赤外線ビームをとらえた。そちらの方向に加速すると、ふたりのうちいずれかの赤外線ストロボがコンパクトカーのうしろから光っているのがわかり、距離を詰めた。車両を停めると、リースが助手席側のドアをあけて乗った。次に、フレディーがトラックの荷台に転がり込む音が聞こえ、映画の登場人物にちなんでジャンゴというニックネームがついている巨軀の射撃手が、トラックのルーフを平手で叩いて合図した。オックスはトラックのダッシュボードに搭載されている暗視機能付きLCDスクリーンを見て、現場から加速して遠ざかり、〈ペルター〉のヘッドセットで、これから帰投することを本部に伝えた。

リースは助手席で弾倉を交換し、車両の後部ウインドウの外をのぞくと、フレディーがライフルでうしろを守っているのがわかった。〝人数確認終了〞。運転はオックスに任せて、頭の中で確認事項を点検し、ほとんど意識もしないで左手を動かしながら、装備の確認を行なった。〝弾が丸々残っている弾倉が銃に装塡《そうてん》されていて、ベストにもひとつある〞。脱出地点に向かう車中から見えるものは、照明の消えた街路を縁取る建物だけだった。ゴーグルがマウントされたオックスのヘルメットが、前方の道路と右側のスクリーンとに交互に向けられていた。

「会えてよかったぜ、相棒《バディ》」オックスは運転しながらいった。いつものにやつきが、NODの下に広がっているにちがいないとリースは思った。

「マジで会えてよかった、オックス！　迎えに来てくれて助かった」

「心配すんなって、いつだってだれかがおまえら海軍連中をごたごたから救い出してきたじゃないか」

オックスは道路からはずれ、二軒の家のあいだの側庭を時速五〇マイル（約八〇キロメートル）で駆け抜けた。野原を横切っているとき、前方では、天から黒い影が舞い降りてきた。次は音が聞こえてきた。ツインブレードが夜空に咆哮《ほうこう》を轟かせ、ローターによる気流が丈の長い草を地面に薙《な》ぎ倒した。オックスはブレーキを踏んだが、リースが思っていたより速いペースで移動を続け、MH‐47Gチヌークの金属のランプを伝ってチヌークの腹に入った。けっこう幅はぎりぎりだった。トラックのドアもあけられないほどぎりぎりだったが、まるでカスタムでつくったかのように、ディフェンダーはヘリコプターのカーゴベイにぴったり収まった。オックスはサイドブレーキを引き、エンジンを切り、機上整備員に親指を立てた。数秒後、第一六〇特殊作戦航空連隊のパイロットがエンジン出力を上げ、離陸した。

ヘリが高度を上げ、西のアドリア海に向かって飛んでいるとき、冷たくなったアミン・ナワズの死体はオペルの後部席に横たわり、半狂乱の運転手が猛スピードで街を出ようとしていた。一時間もしないうちに、テロ集団の指導者がアルバニア特殊部隊の襲撃で殺害されたことを通信各社が報じ、その報道の一時間後、DShKMマシンガンで武装した本物のアルバニア・イーグル5の特殊部隊が、オリーブグリーンのランドローバー・ディフェンダー90で銃撃戦の現場に到着した。同国の国家情報局《SHISH》は、寄せられた情報のおかげで、チラナから数キロメートルはずれたところで、車両に放置されていたテロ組織指導者の遺体を回収した。

51

トルコ＝イラク国境
九月

二台の車両隊で国境を越えるのに十時間を要した。トルコのシロピを通過したあと、モーとその部下たちはハブール川を渡り、イブラヒム・ハリル国境検問所のアーチのついたフロンティア・ゲートに近づいた。国境警備についている者たちは、イラクでもっとも親米の部隊であるクルドのペシュメルガだ。自国のために国境を警備しているとはいえ、アメリカ製のウッドランド迷彩の戦闘服《BDU》には、イラク国旗ではなく日輪模様のクルディスタン旗を着けている。クルディスタンは国の中の国であり、一九九一年以降もＣＩＡが実際には離れることのなかった土地だ。

検問所の責任者が白いフォードＦ‐２５０を指さした。後部にＰＫＭマシンガンを搭載し、デザート・タイガーストライプ迷彩の戦闘服を着た目出し帽のクルド人がそのうしろについている。

〝CIAだ〟

おぜん立てはすべて整《ととの》っていて、モーは何事もなく検問所を通過した。荷台で射撃手が大きな銃のうしろについている二台のフォードのトラックが、モーのバンに同行し、一台が前、もう一台がうしろについた。モーは二台のそれぞれにうなずき、親指を立て、今やCIA車両部隊となったものの中で、先頭車両のうしろを走り、二度と足を踏み入れることもないと決めていた国へ戻った。

ランドリーがこの旅に耐えられるだろうか、とモーはふと思った。ダクトテープで両足両手を拘束され、口を塞《ふさ》がれたうえに、敷物にぐるぐる巻きにされた状態で長距離を移動するのだ。〝神の思し召し《インシャラー》〟を知るいい機会だということにした。

クルディスタンにおいて、CIAは完全なる独立を保って活動している。サダム・フセイン時代でもそうだった。一九九五年には、同地でクーデターが組織されたが、それを阻止したのはフセインでも秘密警察でもなく、ホワイトハウスの国家安全保障担当大統領補佐官だった。CIAとイラクの反体制派は一九九五年はじめにクーデターを計画したのだが、ホワイトハウスが土壇場で怖じ気づいたのだ。イラク陸軍の二個師団と一個旅団が反サダム勢力側に転向する意向を示していたというのに、CIA局員は中止するようワシントンから土壇場の指示を受け取った。クーデター計画が成功していたかどうか見当もつかないが、二〇〇三年にサダムが排除されたあとの混乱で、あまりにも大量の流血沙汰を見てきたことを考えれば、リスクを犯してもやってみる価値はあった、とモーは信じていた。クーデターが成功していたら、どんな人生を歩んでいたのだろうか、と彼はふと思ったが、すぐさまその考えを棚に置いた。今はやるべきことがある。危険な荷の意思を折り、質問をぶつける任務がある。立場は逆転し、もうじきランドリーには犯した罪を償《つぐな》ってもらう。

52

アドリア海
〈USSキアサージ〉（LHD‐3）艦上
九月

チヌークは闇に隠れて強襲揚陸艦の甲板に着艦した。甲板上の光は、一列に並んだ緑色の着艦照明灯の発するものだけだった。リース、フレディー、オックス、ジャンゴはディフェンダーのロールケージをすり抜けてルーフに上り、ヘリのリアランプから降りた。航空機整備員と甲板員が迅速にMH‐47をエレベーターに移動させ、艦倉の格納庫に入れた。第二十六海兵遠征部隊のデザート迷彩の戦闘服を着た海兵隊中尉が甲板から鉄のハッチをくぐって艦内へ案内した。中尉が迷路のような通路を案内しているとき、艦内のまばゆい蛍光灯に目が慣れるまで、四人の特殊部隊員は目を細めていた。乗組員たちはすれちがうときに脇にどき、武装した謎の男たちに好奇のまなざしを向けつつ先に通した。ＣＩＡの男たちが身に着けている顎《あご》ひげ、ナイロンのチェストリグ、汗染みのついたマルチカムの戦闘服は、正規海軍の水兵が着ている、こざっぱりした青とグレーの〝アクアフラージュ〟迷彩に囲まれていると、きわだって見えた。

〝こんな軍服を承認した提督はどこのどいつだ〟とリースは思った。

機内では騒音がすごくて、リースはオックスとはあまり話せなかった。今はその陸軍の英傑の真うしろを歩いて、不思議なことに艦船の区別がつけられないリースが、よく〝でかくて灰色の艦《ふね》〟と呼ぶものの奥底へ移動している。

「こんなことをするような歳じゃないだろう、オックス？　そういえば、七十の誕生日、おめでとう。今までお祝いできずに申し訳なかった」

「まあ、そういうなよ、リース。おれはまだ六十にもなってないんだから！　それに、かみさんの金遣いを見てたら、引退なんてとてもできないのさ。おれだってまだ車と銃なら扱える。眼鏡《めがね》を忘れてなけりゃな」

「まあ、あんたは[redacted]のドリアン・グレイなんだろうな」

「だれだって？」

「何でもない」

「通信機器の使い方だけは、その人に訊かないでくれ」いつもは口数の少ないジャンゴが、肩越しに振り返り、真顔でいった。

「ああ、無線機を使うときは、孫をひとり連れてこないといかん」オックスがパートナーに反撃した。「どうしてそういうものを、やたら複雑につくるんだよ？」

海兵隊中尉が閉まっているハッチの前に案内してくると、彼らはプロの顔つきになり、作戦後の要旨報告のためにその部屋に入った。そこは軍艦の基準からするとかなり広く、LHDのヘリ・パイロットの待機室のひとつだった。海兵隊ヘリコプター大隊のロゴがハッチと、室内前部の演台についている。室内には、ふたりの男とひとりの女が、みな私服姿で待っていた。

「よくやったな、諸君。すばらしい働きだった。ミスター・ストレイン、これまで私はSEALに関してひどいことをいってきたが、きみとそこのきみの友人の働きを見て、すべて撤回するよ。ミスター・リース、私はヴィック・ロドリゲスだ。お会いできて光栄だ」

リースは人の身長を当てるのはまったく得意ではないが、ロドリゲスの身長は五フィート六インチ（約一六八センチメートル）ぐらいだと思った。白髪交《しらが》じりの髪とオリーブ色の肌のハンサムな男で、年齢をいい当てるのは難しい。カーキ色のズボン、ハイキング・ブーツ、黒いポロシャツに身を包み、健康そうで、その快活さに、リースはすぐに好感を持った。

ふたりの男は握手を交わし、ロドリゲスはにっこり微笑んだ。室内にいたほかの男女を示し、紹介した。リースはひとりがニコル・ファンだとわかった。イスタンブールでテレビ会議したときの分析官だ。実際に会うと、さらに若く見えた。

「諸君、こちらはディヴ・ハーパー少佐だ。[redacted]の連絡将校だ」ロドリゲスがいい、ハイ・アンド・タイトの髪形の痩せた男を紹介した。

「すばらしい仕事だった。私は今回、空、陸、海の資産《アセット》を調整するために来ている。できることがあれば何でもいってくれ」

「あのヘリのパイロットたちは、まったく信じられない腕だった」リースはいった。「われわれの代わりに、どうか礼をいってくれ」

「了解した」陸軍少佐がいい、うなずいた。

この艦の調理室には賄《まかな》いの部屋がついていて、海軍の慣例にしたがわず、実際に料理は悪くなかった。ただ、リースは士官用食堂で食べるのと下士官用食堂で食べるのとのちがいをすっかり忘れていた。〝雲泥の差だ〟リースとフレディーは何週間も遭難していたかのようにむさぼってから、任務の振り返り《ホットウォッシュ》をはじめた。リースは任務の段階をひとつずつ説明し、途中でロドリゲス、ファン、ハーパーの質問に答えた。無人航空機《UAV》の画像が室内の液晶画面に映し出され、作戦参加者がそれぞれの視点から現場の詳細を語った。リースは特殊作戦部隊にいたときに似たような要旨報告を何百回としてきたが、今回ほど機密性が高く、極秘な作戦はなかった。三時間に及ぶミーティングが終わると、ハーパーが案内役を呼び、リースたちをそれぞれの寝室に案内させた。

部屋から出るとき、ロドリゲスはリースと握手し、声を落としていった。「よくやったな、リース。少し休んでくれ。朝に話したいことがある」

リースは寝る前の挨拶《あいさつ》をしながら、朝に話したいというのは、どんなことなのだろうかと思った。

53

リースはよく眠れた。艦のゆるやかな揺れが、ベネトウでの航海を思い出す無音のよすがになった。今では、あの船旅が何年も前のことのように思われる。海の夢を見た。海は逃げ場となり、試練を与え、運んでくれた。行き先はまだわからないが。

この小さな個室のハッチの外を行き交う声が、リースを深い眠りから呼び起こした。リースは無言のまま漆黒《しっこく》を見つめ、自分がどこにいるのか思い出そうとした。BUD／Sに落第しておらず、艦隊に派遣されたのだったと思い出したあと、両足を床に下ろし、海軍に支給された〝シャワー・シューズ〟を足の指先で探った。

乗組員がきれいな白いTシャツと青いつなぎ服を寝台に置いていた。つなぎ服を着る気にはなれなかったが、清潔なTシャツを着て、アルバニアでの作戦で着ていた〈クライ〉のマルチカム・パンツをはいた。髪をできるかぎり手でうしろになで付け、ベッドの下で見つけた汗の染みついたサンディエゴ・パドレスの帽子をかぶった。通路に出て、朝直の活気あふれる艦の心臓部へ向かい、士官用ラウンジへの行き方を尋ね、教えられた方へふらりと歩いていった。艦内通路を伝って目当ての場所に行くのは、どうにも苦手だった。

リースは十二歳ぐらいにしか見えない一等水兵の力を借りて、ようやくラウンジを見つけた。そこに入ったとき、すでにオックスがいるのを見ても驚かなかった。テーブルのひとつについていたカーキ色の軍服姿の士官たちがけげんそうな顔をしたのに気づき、リースはしぶしぶ帽子を取った。どうしてそんなことを気にしたのか、自分でもよくわからなかった。ぴちぴちのTシャツと、〝レンジャー・パンティー〟と呼ばれる黒い短パンの体操着といういでたちで、体のつくりを人目にさらしすぎている青白い肌の元陸軍下士官を見てもわかるとおり、士官用ラウンジの通常の礼儀などとっくになきものにされていたのだから。見たところこの艦の士官たちは、ひとりで座っている胸板の厚い工作員には口をつぐんでおくのが得策だと悟っているようだ。

「オックス、あんたはいまだに人前で〈スピード〉（競泳用水着メーカー）をはいてるのか？　二十一世紀の軍隊では、そういうことを規制する決まりがあると思うんだが。今どきの海軍の艦には女性も乗ってるんだろ？　あんたを見てると、おれが新米としてコロナドに行ったときに、そこの古株の上等兵曹たちがこれ見よがしに水中破壊工作部隊《UDT》の短パンをはいていたことを思い出すよ」

「こいつくらい爽快《そうかい》なやつはないぞ、ブラザー。やめるつもりはない。コーヒーをもらってここに座れよ」オックスはそういい、近くのテーブルに載っている、海軍で最高の〝ジェット燃料〟で満たされたポットを身振りで示した。

リースはカップにコーヒーを注ぎ、はちみつがなくて少しばかりがっかりしつつも、甘味料とミルクを慎重に加えた。

「最近は女が艦に乗っていて、ほんとによかったな、リース。乗ってなけりゃ、そいつはブラックで飲むしかない。男みたいによ」

リースは人さし指を立てて肩越しに敬礼し、丸テーブルの席に着いた。オックスはニュースサイトの記事のプリントアウトを、読書用の眼鏡《ハーフグラス》をかけて読んでいた。

「今日、世界ではどんなことが起きているんだ、オックス？」

「まあ、アルバニアの特殊部隊が、昨夜の銃撃戦で世界でいちばんのお尋ね者のテロリストを殺害したそうだ」

「ほんとか？　よくやったな」

「ああ、まったくいかれた話だ。大混乱のなかで、だれかがそいつの左右の肺を一撃で撃ち抜いたらしい」

「すげえ！　コロンビア軍が麻薬王のパブロ・エスコバルを殺害したような感じだな」リ

ースは思わせぶりな笑みを浮かべていった。

オックスが眼鏡《めがね》越しにリースを見た。「よく似てるぜ、まったくよ。よく似てる」

「起きてるのはおれたちふたりだけか？　今何時だ？」

「ハッ！　〇九三〇時だぞ、リース。みんな何時間も前に起きてる。フレディーとヴィックはどこかほかの部屋で事務仕事をしているし、ジャンゴは体をでかく保つためにジムにいる。あいつは今朝《けさ》、卵を一ダースも食ってたぞ。おまえは何か食わなくていいのか？」

「ああ、今のところはコーヒーだけでいい」

リースは黙ってコーヒーを飲み、霧のような眠気をまだ頭から振り払おうとしていた。

一方、オックスは何事かべらべらとしゃべっていた。二十分後、ヴィック・ロドリゲスが糊《のり》の利いた普段着姿でラウンジに入ってきた。シャワーを浴び、ひげを剃《そ》り、身だしなみを整《ととの》えている。

「おはよう、ミスター・リース。オックス、二時間で出動するよう命じられたりしていなくてよかったな」

「ニュースを見ていただけですよ、ボス」

ロドリゲスは天を仰いだ。

「リース、今ちょっと話しても問題ないか？」

「まったく問題ないと思いますが」

「上甲板《トップサイド》に行こう。コーヒーを注ぎ足してもかまわない」

リースはオックスに向かってうなずき、オックスがにやりと笑うそばでコーヒーを注ぎ足し、ロドリゲスのあとについて上甲板へと向かった。海軍の職業軍人だというのに、元陸軍軍人についていかないと、艦内の道順もわからないという皮肉を噛《か》みしめていた。ヴィックはハッチを抜けて、風に吹きさらされた飛行甲板へとリースを連れていった。整備員が彼にうなずき、艦尾方向を指さした。前もって決められていたのは明らかだった。ふたりは艦尾の上部構造の近く、甲板の端の数メートル手前で止まった。ふたりの男たちとはるか下のアドリア海とを隔てるものは、鎖のついた手すりだけだった。そこは風がほとんど当たらないものの、周りではけっこう強く吹いているので、一〇フィートも離れていれば、会話を聞かれることもないし、そもそもそれほど近くにこの艦の乗組員はひとりもいなかった。ここには完全なプライバシーがあった。ロドリゲスが単刀直入に切り出した。

「リース、きみがしてくれたことには感謝したい。きみのおかげで、世界でいちばんのお尋ね者テロリストが死体になった。われわれが話しているこのときにも、世界市場がその知らせに反応している。われわれは取り引きをした。アメリカ政府の見解では、きみは自由だ」

「ありがとうございます、ヴィック。何となく、ここで〝しかし〟が来そうな気がしますが」

「そのとおりだ、リース。〝しかし〟が来る。きみにはもう借りはない。しかし、きみがいてくれたらありがたいのはまちがいない。きみに仕事を紹介する。条件はつけない。グリーン・バッジャーに、CIA契約者にならないか。どういう仕事かはわかっているな。悪い取り引きではない。それに、今回の件を最後まで見届けられる」

リースはコーヒーをひとくち飲み、水平線の波立つ緑色の海を見つめた。

ロドリゲスが続けた。「よし、私に売り込ませたいようだな。どんな邪悪な連中が野放しになっているかはわかるだろう。そういう国々をめぐってきたのだから。アミン・ナワズの件はわれわれにとって大きな手柄になったが、明日にもだれかがやつの代わりになる。もっと頭がよくて、決意の固いやつが。そういう悪党を地球の果てまでいって狩れる人々が必要だ。別の面もある。モーを転向させて、〝偽テロリスト〟として使うという計画があるな？　たしかにすばらしい計画だが、きみがこっちにとどまって指揮をとらなければ、大失敗に終わる。きみにもわかるはずだ。きみがモーと呼ぶファルーク少佐は、現在ランドリーとともにイラクに向かっている。この件はまだ終わりにはほど遠い」

リースはうなずき、またコーヒーを飲み、友人がまだ生き残っていることを知ってほっとした。

「いいか、リース、私はきみという人間をよく知らないが、きみの評判は知っている。きみの業務評価《EVALS》と健康状態報告《FITREP》、それに医療上の特記事項もすべて読んだが、何より、フレディーとオックスがきみをやたら高く買っている。私のもとで働いてくれ。きみが得意なことをしてくれたら、政治やお役所仕事は私が処理する」

リースはロドリゲスの目を見た。「政府が本当に私を解放すると思いますか？　私があれだけの人々を殺したことを、すべて水に流すと？」

「リース、これだけは私にもわかる。きみが私の指揮下にいなければ、私にはきみを守ることはできない。数カ月ばかり今回の仕事をやり、任務に集中してくれたら、できるかぎり保護しよう。あとで離れたくなっても、私は引き止めないよう努力する」

リースは丸一分、黙ってさまざまなシナリオを比べていた。断ろうと口をひらきかけたが、やめて、海に目を向け、フィッシャーズ・アイランドからモザンビークへの船旅、家族、腫瘍《しゅよう》、ケイティを思い出した。結局、モハメッドのため、戦いの絆《きずな》でつながっている友のため、リースは腹を決めた。今回の件は終わっていない。モーはだまされていた。諜報機関に入り込み、吐き気を催す妄想に好きなだけ餌を与えてもらっていたソシオパスにだまされていた。そして、だれかが、ひょっとするとＣＩＡ自体が、そのソシオパスをうしろで動かしていたのかもしれない。まだ終わっていない。終わるまで、離れるわけにはいかない。作戦の途中でモーを置き去りにはできない。リースにとっては、戦場で置き去りにするも同然だ。ヴィックのいうとおりだ。最後まで見届ける必要がある。

「あなたはひとついい忘れていますね、ヴィック」

「ほお、どんなことかね？」

「私の心理状態の評価も読んだことですよ。私がイエスというとわかっていたということです」

ヴィックが微笑んだ。「まあ、確かに、いい忘れていたか」

リースは少し考えてからいった。「この作戦を完遂するまではイエスですが、そのあとは抜けます」

ヴィック・ロドリゲスはまた微笑み、手を差し出した。

「わがチームへようこそ、リース。手術はこの作戦が終わりしだい、ベセスダかきみが診《み》てもらっていたラ・ホーヤでしてもらえばいい。それから、話は変わるが、きみにはいくらか資金が入る。きみを引き入れる条件として、ナワズの件の報償金を与えることになっていた。その資金はイギリス政府が拠出することになっていたから、われわれはそれもきみの雇用条件に入れておいた。けっこうな額だ。新しいスタートを切るのだから、あっても悪いことはないだろう」

「いとしのランドクルーザーぐらいは買えるかもしれませんね。それに、ビールをおごらないといけない人もひとりやふたりではないので。ただ、ひとつだけ、お願いがあります」

「何だね？」

「ある電話番号を探知していただきたい」

少しの間があいたあと、何度かカチリとビーという音がして〈イリジウム〉の衛星電話がつながり、呼び出し音が聞こえた。リースは思っていた以上に緊張していた。見慣れない番号であっても、出てくれないものかと思っていた。

〝頼む、出てくれ〟

ローレンにも同じタイプの電話で何度となくかけたことを思い出した。同じカチリとビーという音がして、衛星を経由したせいで声がゆがみ、愛する人の声が別世界のエイリアンの声のように聞こえたものだ。いつも、何も変わりないし、たいしたことは起きていない、とローレンにはいった。何もかもが変わりなくない任務を終えて、夜空を見上げていたとしても。どれだけ疲れていても、いつも電話の時間はつくった。この文明の利器を、亡き父はベトナムで、あるいは祖父も第二次世界大戦で使えなかったのだから、せめて自分は使う責任があるような気がした。

「ケイティです」

沈黙。

「ああ……ケイティか？」

「はい？」

「ああ、実は……」

「もしもし、聞こえてますか？」

〈イリジウム〉の衛星回線を通していても、おおかたの人が気づきもしない彼女のかすかな訛《なま》りが、リースにはわかる。

「実は……」

〝くそ！　どうした、おれは中学生か？〟

「もしもし？」ケイティがまたいった。

体がすくんだ。起爆コードを首に巻かれてひざまずいたケイティと、元ＳＥＡＬ、元ＣＩＡ工作員の傭兵が起爆装置に親指を添えている場面が、リースの脳裏に浮かんだ。

「リース、ベンがあの起爆装置をわたしにつないでいなかったと、どうしてわかったの？

ベンはわたしの首を吹き飛ばしたりしないと、どうしてわかったの？」
「くそ！」リースは声に出し、〝通話終了〟ボタンを押した。
〝わかっていなかった〟

54

イラク、クルディスタン

九月

ランドリーは自分が死ぬのだと思った。どんな薬を飲まされたのかは知らないが、効き目が薄れるにつれて、パニックがはじまった。娯楽用の麻薬と処方薬のカクテルが最近の〝主力〟だったが、その禁断症状もパニックに拍車をかけた。両手と両足首を拘束され、口と目もダクトテープで塞《ふさ》がれ、おまけに何か重たいものに包まれている。息が詰まるほどの暑さで、頭から枕カバーをかぶせられているせいで、閉所恐怖症になりそうな状況でもあった。何日にも感じられるほど長い車両移動のあいだに、タイヤがアスファルト、砂利、土など、さまざまな路面を踏む音。聞こえるのはそれだけで、彼の脳には、平衡感覚を維持できるだけの基準もなかった。車に酔って何度も吐こうとしたが、何も出てこなかった。服は汗と尿でぐっしょり濡れていた。何が起こったのか、脳が懸命に理解しようとしていた。それでなくても、偏執狂的な生き方をしてきた。いつ裏切りにあってもおかしくないと思っていた。どこでまちがったのか、必死で記憶を探った。

モーが裏切った。それはわかるが、だれのため、何のために裏切ったのか？　ランドリーが実はＣＩＡの資産《アセット》ではなく、イラクではじめたときとはちがい、もはやアメリカ合衆国のために働いていないとわかったのか？

みじめのひとことではいい表わせない。この状況はランドリーを狂気の領域に押し出そうとしている。この悪夢を終わらせようと、目をきつくつぶったが、まぶたがあいたままテープを貼られ、枕カバーをかぶせられているので、暗闇が見え続けた。果てしない不安発作が続いていたが、そのはけ口は声にならない悲鳴だけだった。

バンが砂利道で加速し、何度か急カーブを曲がり、ようやくブレーキをきしらせて停まった。運転手が外にいるだれかと話していて、ドアがあく音が聞こえた。どんなものに巻かれているのかは知らないが、巻かれたまま車両から引き落とされた。ランドリーはどさりとぞんざいに地面に落ち、敷物がほどかれて横に転がされた。その動きにめまいがした。ランドリーは空気を求めてあえいだが、口を塞ぐテープのせいで大きな呼吸はできなかった。

〝今は夜にちがいない〟。ひんやりした風に肌をなでられて、そう思った。遠くで発電機の低音が聞こえる。

金属のドアがこすれる音が暗闇を貫き、ランドリーは四人と思われる男たちにうつぶせで運ばれ、ビルのようなところに入った。コンクリートの床を歩いているかのようなブーツの足音が響き、さまざまなドアが前方と後方であいたり閉まったりする音も聞こえた。声はしない。動きが止まり、固い床に落とされ、衝撃で顎《あご》の骨が折れた。何の音かわからない耳慣れない音が聞こえ、やがて救急救命士《EMT》用のハサミが彼が着ていた服を切っているのだとわかった。その部屋は凍えるほど寒く、肌が空気に触れると、さらに強い寒気を感じた。

ブーツも脱がされ、冷たくて固い床に素っ裸で放置された。ドアが閉められ、両手を結束バンドとダクトテープで拘束されたまま、ランドリーは体を丸め、震え、もだえ、狂気との境界線をさまよった。

55

地中海上空
九月

彼らのフライトは三時間近くかかり、V-22オスプレイの燃料容量を使い切りそうだった。リースがこのティルトローター機に乗るのははじめてで、工学技術の信じがたい偉業だと思う反面、ほとんど四十年ものの脳みそは、この種の航空機が開発段階で何度墜落しただろうかと思い出さずにはいられなかった。リースとフレディーは、航空機のカーゴベイの壁に並ぶ折り畳《たた》み式のシートに座っていた。このカーゴベイは、リースの〝素人目〟には、チヌーク機内の縮小版のように見えた。もつれながら果てしなく伸びたワイヤー、メタルライン、ホースが機内の壁を覆《おお》い尽くすさまは、スチームパンク・アーティストのファンタジーから出てきたかのようだった。

リースはオックスがよくいうことを思い出した。「ヘリコプターに乗っていて、何かの液体が漏れていたら、油圧オイルがなくなるってことだから、墜落に備えろ」

リースは顔を上げ、何かが滴り落ちていないかと確かめた。

海兵隊のパイロットたちは、見通しのいい地中海上空を飛び、〝乾いた足〟でトルコ上空へ向かい、最終的にイラク北部の空域に入った。アルビール国際空港への着陸は、イラク基準からするとごくふつうだった。もっとも、バグダッド国際空港へのアプローチ時は、みな急降下爆撃並みの着陸に耐えてきたわけだが。〝近ごろ、このあたりの地対空の脅威はとても小さいにちがいない〟。ヘッドセットから、ヘリのインターコムの会話が聞こえる。大半はパイロットたちが、カーゴベイに同乗しているクルー・チーフに情報を伝える内容だった。すべて決まった手順だった。

オスプレイは垂直着陸するのだろうか、それとも水平着陸するのだろうか、とリースは気になったが、滑走路がだいぶ長いから、従来の固定翼機のように着陸した。〝おそらくその方が安全なのだろう〟

少しタクシングしたあと、ツインタービン・エンジンが止まり、後部傾斜板が下ろされた。リースとフレディーはパイロット陣と乗員にフライトの礼をいってから、機内の金属フロア上のパレットにストラップで固定されていた各種装備をほどきはじめた。雑嚢や

〈ペリカン〉のケースをエプロンに運び出すのを、クルー・チーフが手伝ってくれた。エプロンには白のフォードF‐250トラックがオスプレイのうしろに停まっていた。SCAR‐17sで武装し、アメリカ軍余剰品のデザート迷彩戦闘服と黒いボディアーマーを身に着けた、ペシュメルガの少人数部隊がトラックの近くに控え、ジーンズと黄褐色のポロシャツ姿の長身でブロンドヘアのアメリカ人が近づいてきた。ノルウェーのスキーチームから移ってきたかのような風采《ふうさい》だ。

「フレディー、会えてよかったよ、相棒《バディ》」その男がリースのパートナーを目に留めて、そういった。

「ヘイ、エリック！　迎えに来てくれてありがとう。ジェイムズ・ドノヴァンを紹介する」

「ドノヴァン、なのか？　なるほど。まあ、クルディスタンへようこそ、ジェイムズ。はじめまして。おれはエリック・スパー。噂はいろいろ聞いてるよ」

リースは男が差し出した手を握った。「はじめまして」

「トラックに乗ってくれ。ここを出よう。ゲストが待っている」

スパーが手振りで合図すると、クルド人部隊が素早く動き、リースたちの装備を持ってきてトラックに積み込んだ。リースとフレディーは自分たちも積み込むといって譲らなかった。エリックがその作業をクルド人たちに任せきりにしたことに、ふたりとも気づいた。

ふたりはクルーキャブ（ピックアップ・トラックなどで、一列目の運転台のうしろに増やした座席）・ピックアップに乗った。スパーが運転席につき、東へ向かって街を突っ切った。

「あれは何だ？」リースは訊き、右側の高地を占める巨大な城塞をよく見ようと、座ったまま体の向きを変えた。

「かの有名なアルビールの城塞だ。この地域に人々がはじめて住み着いて以来、ずっとだれかが住んでいるそうだ」エリックが教えた。

「戦術上の要衝だな」フレディーが観察していった。「それだけ長いあいだ人が住んでいるのだから、おそらく戦略上の要衝でもあるのだろう」

最近になってＩＳＩＳの手から奪還したばかりのモスルから、東へ一時間ほど走ったところに位置するアルビールは、クルディスタンの首都であり、人口百万弱のわりあいに安全で静かな街である。現代と古代の建造物が折衷的に混ざり合い、美しい緑の土地、高々と舞い上がる噴水、曲がりくねったモザイクタイルの通りなどがある。車が大通りを詰まらせ、男たちが歩道を縁取るコーヒーショップの前に座って煙草《たばこ》を吹かし、家族連れが人前で一緒に歩く。商業はとても盛んだ。

彼らは史跡の街をあとにし、主要道路に出て北へと向かった。イラクの大部分とはまるでちがい、リースには、北部はほとんど楽園に見えた。結婚式を挙げたナパバレーのワイン・カントリーを思い出す。

「それで、おまえの仲間のことを教えてくれ」フレディーがいい、彼らを現在に引き戻した。

「みんなヤジディ教徒だ」スパーが語りはじめた。「イスラム教徒ではないし、ダーイシュに——というのは、ISISのことだが——厳しい迫害を受けてきた。あの悪党どもを憎む気持ちはおれたちをしのぐほどだから、きわめて忠誠心が強い」

「すべてのペシュメルガがアメリカに忠誠心があるとは、かぎらないのでは？」リースは訊いた。

「ああ、だいたいはそのとおりだ。彼らは根に持つ連中で、そういうところが役に立つ。民族的にも宗教的にも、ここではこの先もずっと少数派だ。実のところ、彼らは少数派の中でも少数派だ。シンジャル山脈の年老いた虎、カセム・シェショから借りてきた連中だ。彼はヤジディ教徒ペシュメルガ部隊の司令官だ」

「おまえのここでの任務は？」フレディーは目を前方の路面に向けたまま訊いた。

「ダーイシュ、ISIS、ISIL、何でも好きな今週の呼び名を使えばいいが、あの連中の生き残りに対する攻撃部隊を動かしている。ヤジディ教徒で構成された特殊部隊の二個中隊を訓練してきて、直接行動をいろいろやっている。彼らのＨＵＭＩＮＴ《ヒューミント》ネットワークに加えて、われわれのＳＩＧＩＮＴ《シギント》（通信、信号などの傍受による諜報）を使い、敵を激しく叩いている」

「二〇〇六年のバグダッドみたいだな」リースは所感をいった。

「ああ、だがここではアメリカ人は殺されていない。あの連中には自分の国を取り戻させないといけない」

　モーのチームは特にそうだったが、自分の国のために戦って殺されたり、負傷したりしたイラク軍部隊を、リースはたくさん目にしてきた。だが、その点は指摘しないでおいた。

　街から遠ざかるにつれて、平らな地形がうねる山々に変わっていった。やがて広い渓谷に入ると、人里離れた土地に現代的なビルが建っていた。ヘスコ防壁（ヘスコ社の大型土嚢）が敷地を取り囲み、アメリカの辺境《フロンティア》にロッジポールマツで建てられた要塞の現代版といった感じで、〝アメリカ軍の前哨基地〟だと触れまわっているかのようだ。

　防御部隊は現地人部隊と西洋人民間軍事会社の混成だった。敷地内の鉄筋コンクリート造りの複合建造物が、防壁の外に広がる大自然の中で不自然に際立《きわだ》っている。イラク軍でさえ法律で進入を禁じられているこの自治区に、ＣＩＡは独自の封土を打ち立てたのだ。

「フレディー、この景観は『地獄の黙示録』に似ているとは思わないか？」リースはフランシス・フォード・コッポラ監督の一九七九年の大ヒット映画を引き合いに出し、小声で訊いた。

「ああ、しかも、おれたちはもうカーッ大佐（『地獄の黙示録』で主人公ウィラード大尉が暗殺を命じられた人物）に会ってる」

ランドリーは床に横たわり、震えていた。体温を保とうと、彼の体は痙攣《けいれん》している。両手を背中側で拘束されているから、せいぜい膝《ひざ》を胸に寄せるぐらいしかできない。息苦しい熱も閉所恐怖症を招きそうな敷物もなくなったので、気持ちは落ち着きはじめ、正気の領域に戻りつつあった。彼は部屋の中を横にずって自分の置かれた状況を探り、体温を高めようとしたが、床がざらついていて、すぐに肌がひりひりした。この部屋はおよそ一〇フィート（約三メートル）四方で、床の中央部に金属の排水口があることを突き止めた。しっかりしたつくりだった。ほとんど病院のようだ。生活臭といえば、乾いて自分の肌にこびりついている糞尿のにおいだけだ。

ひとつ確信できることがあった。彼を監禁している連中のうしろにいるのは国だ。テロリスト集団は巨大な空調設備ときれいなコンクリートの床のある拘留施設を運営したりしない。拉致《らち》されたところから一〇〇〇マイル（約一六〇〇キロメートル）は連れ出されていないはずだ。彼をヨーロッパの奥地に連れていく意味はないから、旧ソ連諸国、シリア、イラク、あるいはイランのどこかだろう。〝ひょっとして、パキスタンか？〟。ロンドンのクリスマス

・マーケット襲撃の件で、イギリスは血眼で彼の身柄をほしがるだろうが、軍の実力は折り紙付きであるものの、もはや政府には自軍をこんなところで活動させる胆力がない。植民地時代の記憶があまりにも多い。フランスが拉致したのか？　彼らはテロリズムに関係するゲームには加わらない。市民が異国の地に乗り込んで異教徒と戦うようなことは禁じて、テロリストを国外に放つ。国外に放てば、フランス特殊部隊が異国の地で彼らを追い、殺すことができる。だが、フランスはこのあたりに足跡を残していない。残るはアメリカ合衆国、ロシア、ひょっとするとイスラエルということになる。

〝ロシアでないことを祈るばかりだ〟

ランドリーの思いは、空調の音に混じって聞こえた短い音で途切れ、数秒後、凍えるほど冷たい液体が勢いよく降ってきて、体が衝撃を受けた。液体は氷の短剣のように体に染み渡り、ランドリーは体をさらに丸めて、身を守る姿勢を取った。虫のように這い、上から降ってくる冷たい水から逃れようとしたが、天井前面にシャワーノズルがついているかのようだった。逃れようがない。耐えがたい六十秒が過ぎると、シャワーははじまったときと同様に、急に止まった。一分前までは、これ以上低体温症に近づくことなどありえないほど近づいたと思っていたが、それに比べると、今は温かい夏の日のように感じられる。この戦術《プレイブック》は知っている。低体温症の一歩手前まで追い込み、さらに睡眠を奪う。蒸し暑いメキシコ湾岸地域の入り江《バイユー》で育った者にしてみれば、これは拷問だが、それでもランドリーは次に何が来るかはわかっているし、このゲームならうまくプレイできる。

〝アメリカが相手なら、まだ見込みはある〟

56

クルディスタン
ヤジディ強襲部隊複合施設
九月

「見たいか？」エリックがいささか熱すぎる熱意を込めて、リースとフレディーに訊いた。訊かれたふたりは、案内された寮のような部屋に装備をしまい終えていた。

「いや、遠慮するよ」リースは躊躇《ちゅうちょ》なく答えた。この前、拷問したときの記憶がよみがえった。パームスプリングスのホテルの部屋で、リースの妻と娘の殺害においてどんな役割を果たしたのか、ソール・アグノンに吐かせたのだ。

「おれもやめておく」フレディーもいった。「この件がニュース・サイクルに載った場合に、かかわりの否認に多少のもっともらしさを保ちたい。前大統領が、アブ・ズベイダ

（オバマ政権下において、グアンタナモ収容所で拷問を受けたアルカイダの一員）を尋問した連中にどんな仕打ちを下したか、覚えてないか？」

ランドリーにどんな尋問テクニックが使われようが、ふたりとも良心の呵責などかけらも感じない。見物する気になれないだけだった。ランドリーは売国奴で、現時点では未知の動機からテロリストになった裏切り者だ。ランドリーがとった行動のせいで無辜《むこ》の人々の命が奪われたうえに、彼は自国の大敵に協力してきた。さらに加えて、ＣＩＡのチーム・リーダーを装って、拘留者を拷問するようなサディストだ。だから、ジュールズ・ランドリーにはふたりともまったく共感を覚えない。

「好きにすればいいさ。おれは、どうなるか見にいく」スパーがいい、歩いて出ていった。

ふたりはチーム・ルームでくつろいでいた。クラブハウス、リビングルーム、会議スペースを兼ね、世界各地の少数部隊に使われる部屋のことだ。ここはたいていのチーム・ルームより居心地はいいが、ふつうとちがい、写真、敵から奪った武器、ほかの記念品は壁に並んでいないし、占有する部隊らしさがこのスペースに吹き込まれていない。そうした装飾品がないからか、この部屋は老人ホームか大学の学生寮のように見える。何カ月も前に急いでアメリカを離れて以来、テレビをまったく見ていないと思い立ち、リースは薄型テレビのスイッチを入れ、ニュース番組をやっているか確かめた。ＣＮＮインターナショナルを見つけると、皮肉なことに、この時間は、今や名をあげたアルバニアのイーグル特殊部隊によるナワズ暗殺が取り上げられていた。〝対テロリズムの専門家〟やら退役将校やらが、作戦の顚末《てんまつ》について的はずれな憶測をめぐらしていて、リースとフレディーは顔を見合わせて目をぐるりとまわした。高度な国家機密事項取扱許可《セキュリティ・クリアランス》を得た将校たちが、退役後まだほんの数日しか経っていないというのに、現在進行中の軍事作戦に関して、どうしてこうもべらべらとしゃべれるのか、ふたりともまったく理解できなかった。

規則性のなさそうな間隔で凍りつくような水にずぶ濡れにされ、ランドリーは次の氷の爆弾はいつかと常に怯《おび》え、体は勝手にびくびく動いていた。すると、ちょうど意識が薄れてきたとき、部屋の強力な空気孔が温かい風を吹き出しはじめた。温かさは天国にいるかのようだった。体温が上昇しはじめたとき、どれだけ喉《のど》が渇いているかを思い出した。拉《ら》致《ち》されてから何も飲んでおらず、いつ拉致されたのかもよくわからなくなっている。体のあらゆる部分がびっしょり濡れているが、口の中だけはからからだった。口がテープで塞《ふさ》がれていなければ、床をなめていただろう。

重厚な金属のドアのロックがはずされる音を聞いて、ランドリーは顔を上げたが、いつ殴る蹴るがはじまるかと、すぐに首を引っ込めた。ぴちゃぴちゃという足音が濡れた床を歩いてくる。だれが部屋に入ってきたのかは知らないが、そいつは煙草《たばこ》のにおいを漂わせ、ランドリーの真上にそびえている。その男が濡れた枕カバーを頭からはずした。口を塞いでいたダクトテープも素早く剝《は》がされたが、顔の感覚がなくなっていたおかげで、鋭い痛みがわずかに軽減された。目はまだ塞がれていたので、何かが唇に触れたとき、ランドリーはとっさに顔を背け、水が顎《あご》にこぼれた。〝水だ！〟。体の痛みに対する当然の恐れが圧倒的な喉の渇きによって抑えられ、ボトルの方に顔を突き出した。冷たい液体を感じてすぐさま気分が明るくなり、水をがぶがぶと飲んだ。ボトルが引き離され、小さなものが口に無理やり入れられた。プラスチックのような舌触りだった。吐き出そうとしたが、また水が口に流し込まれ、喉の渇きは強すぎた。口に突っ込まれたものが何かわからないが、水と一緒に飲み込んだ。考えを脇に追いやり、ペットボトルから口に流し込まれる水をできるだけ速く飲んだ。

喜びは短命に終わった。水が流し込まれたときと同じく素早く、唐突に、男は部屋を去った。それでも、部屋が暖まるにつれて、体の震えは和らぎ、ついさっきまでの脱水状態ではなくなっていた。海兵隊時代に通わされた種々の学校では、休息の時が訪れたら、次に何が起こるかなどと考えすぎずに、つかの間の休息を楽しむようにと教えられた。ランドリーは大きく息を吸い、自分が別の場所に、〝楽しい場所〟にいるのだと思い込もうとした。ちょうどくつろぎかけたとき、また上から冷たい雨に肌を盛大に打たれた。まるで心を読まれているかのようだった。

尋問室の壁に設置されているセンサーが、拘留者の体内にある無線自動識別《RFID》（電波を用いてICタグの情報を非接触で自動認識する技術）装置のテレメーターを監視エリアのデスクトップ・モニターに中継した。交換留学制度によりアメリカで訓練を受けたヤジディ教徒の外科医助手、ローマン・エヴダルが、拘留者の核心温度が摂氏三十七度に上昇し、心拍数が毎分六五拍にまで落ち着いたのを確認した。施設にいるアメリカ人には〝ローム〟と呼ばれているローマンが、横に座っている男に向かってうなずいた。その男がコンピュータ・スクリーンをタップし、尋問室の天井を覆《おお》い尽くすシャワーノズルに水を送る送水ポンプを起動した。分厚いプレキシガラスに隔てられ、スピーカーも無音になっているので、ロームには拘留者の絶叫が聞こえないが、その男の苦悶の表情から、絶叫しているのがありありとわかった。〝少佐〟と呼ぶように指示されている顔立ちの整《ととの》ったスンニ派イスラム教徒を、ロームは肩越しに見て、ほとんど気づけない程度のうなずきを返された。〝少佐〟はイラク軍の一員には見えないので、ロームはもっと権力のある謎多きイラク内務省の人ではないかと思っていた。たいした問題ではない。〝少佐〟がだれだろうと、だれの元で働いていようと、この尋問を取り仕切っているのは、明らかに彼なのだから。

RFID機能のついた体温モニターは、アメリカ海軍の容赦ない訓練課程BUD／Sでも、訓練生の核心温度をチェックするため数年前から利用されている。ある世代の潜水工作兵《フロッグマン》と次世代との絆《きずな》となる、〝地獄の一週間《ヘル・ウィーク》〟というSEALになるための厳しい試練において、SEAL志望の訓練生の意思を折るために低体温症の手前まで追い込むのだ。こうしたぎりぎりの〝ダンス〟で死者が出ることもある。RFIDモニターがあれば、教官がデジタル・〝リーダー〟装置を訓練生の胴体に向けるだけで、すぐに訓練生の体温データにアクセスできる。

寒さがいかに身体を衰弱させるか、BUD／S訓練生として、その後、教官として身をもって経験したCIA局員がいて、尋問施設の建設の際、このテクノロジーを〝室温操作〟と併用することによって、拘留者に触れずに拘留者の意思をくじくというすばらしいアイデアを思いついたのだろう。拘留者を低体温症の一歩手前の状態に保てるだけでなく、眠らせずにおくこともできる。寒さ、疲労、空腹は、自然界におけるもっとも強い力であり、ここでは、長期に及ぶ身体的障害を負わせるリスクなしに、その三つすべてを同時に利用することができる。ランドリーぐらいの年齢の頑健な男性なら、これくらいのストレスを与えても、心イベント（心臓発作、心不全、心臓突然死などの総称）の可能性は低いが、念のためクラッシュカート（緊急医療用の器具や用品を運ぶワゴン）もある。ここはこの総合的なシステムが実際の捕虜を対象にはじめて試みられた施設であり、これまでのところ、同システムの宣伝文句のとおりに機能している。

57

「あいつはもうおまえの顔を拝んだのか、モー?」リースはチーム・ルームのディナーテーブルの向かい側から訊いた。

ここの食べ物も、イラクのCIA支局にいたときと同じく、すこぶるうまかった。それに、コーヒー用のはちみつも常備されている。

「まだだ。あと一日ぐらいで、話をしてみるつもりだ。人との触れ合いがない時間が長ければ、長いほどいい。寒さと睡眠の欠如で彼の心は折れる。孤立も折れやすさを強化する」

「モー、いつも感心するんだが、おまえはおれより英語がうまいんだな」リースは微笑んだ。「それに、そのイギリス訛《なま》りのおかげで、オックスフォードの教授みたいに聞こえる」

「きみはサーファー・ボーイのふりをするのがお好みのようだが、リース、私はそれを真に受けるほど愚かではない。バグダッドのきみの部屋に山のような本があったことも覚えている。あれだけの読み物を戦地に持ってきたのは、チャーチルぐらいだろう」モーがいった。

「対反政府活動とおまえの国の歴史と文化の情報をできるだけ仕入れておこうとしただけだ。おれが読書家だと思っているなら、フレディーの本の山を見ることをお勧めしよう」

「おれは写真しか見ない」フレディーが口を挟んだ。

モーは喫緊《きっきん》の問題に話を戻した。「それで、私にランドリーからどんな情報を引き出させたいのだ？ 彼はもうだいぶ折れかかっているが」

「大きな質問は、やつがだれのもとで、なぜ働いているのかだが、〝なぜ〟よりは〝だれのもとで〟の方が大きい、といえばわかるか」フレディーが答えた。

「それに、ほかにエージェントやチームをどれだけ動かしているのか」リースは口を挟んだ。「少なくともふたつのチームを同時に操っていたことはわかっている。おまえのチームと、北アフリカでおれたちを襲撃した、おまえが昔いた部隊の特殊戦術部隊《STU》だ。ロンドンのクリスマス・マーケット襲撃の裏にもいたのだとしたら、最低でも三つ操っていたことになる。まだわかっていないチームがもっとあってもまったくおかしくはない」

モーが小さなスパイラルノートに何かを書き留めた。

リースは前かがみになり、この問題をめぐって頭を働かせた。「それから、あいつはどうして、モロッコでおれたちを襲撃すればいいとわかったのか。そんな情報を持っているＣＩＡの部外者などいないはずだ。現地の武装勢力か何かが、道路の先によくわからないアメリカ人が住んでいるとわかって襲ってきた、とは思えない。あのチームは、明らかにおれたちを狙って送り込まれた。こっちには情報が漏れている穴がありそうだ。そして、モー、おまえの将来は、おれたちがその穴のありかを見つけられるかどうかにかかっている」

58

バージニア州、フェアファックス郡
九月

オリヴァー・グレイはダレス空港が大嫌いだった。彼にいわせれば、その建築は冷戦支配のぎらつくシンボルだ。世界で大勢の人々が立ち直ろうともがき苦しんでいる時期に、アメリカがいかに傲慢だったかを示す胸糞の悪いシンボルだ。彼には、この空港を嫌うもっと現実的な理由があった。保安検査場の列に並ぶ時間が五分で済むのか、二時間かかるのか、わからないのだ。だが、プレチェック（アメリカ運輸保安局が運営する事前検査プログラムで、保安検査が短時間で済む）のレーンを使っているのだから、皮肉でおもしろいと思った。DCエリアの通常の旅行客数からすると、通常の保安検査の列に並んでも大差ないだろう。

このCIA分析官はラージサイズのダンキン・コーヒーを注文し、ブラッド・ソーの新作小説を手に取り、コーヒーが冷めるのを辛抱強く待った。『スパイマスター』、と彼はひとりごとをいい、すでに主人公になった自分の姿を想像していた。

確かに、サンクトペテルブルクでもいい肉は確保できるだろうが、あの気候だから、この先、愛する歩道のオープンカフェで過ごす午後はほとんどなくなるだろう。ヨーロッパへの連絡フライトに乗るために、ニューアークで乗り換えなければならない、しかも真ん中の座席になるとは腹立たしいが、新しい人生に、意義のある人生に向かうのだから、そんなことは小さな不便だ。この任務が完了すれば、新生ロシアの台頭を陰で支えるブレーンになる。アンドレノフはＣＩＡとは比べ物にならないほど、彼の才能を評価してくれる。

図体のでかい男とその薄汚い飼い犬が隣の席に来なければ、こんな短いフライトはわりあいに楽だった。その男はひげを生やし、がっしりした体つきで、両腕は蜘蛛の巣のような刺青《いれずみ》に覆《おお》われている。最近ではやたら目に付くミリタリールックで、〝介助〟犬をつけることも、ばかげた退役軍人のカウンセリング・プログラムの一環になっているのはまちがいない。グレイはフライトのあいだ、窓側席の年配の女の側に寄りかかっていた。そのばあさんを見ていると、編み物をしたり、延々《えんえん》とおしゃべりしたりしていた母方の祖母を思い出した。

ユナイテッド・エアラインズ７５７の窓側席から大西洋が見えたとき、グレイは肩の力を抜いた。生まれた国を離れて二度と戻らないというのに、哀しみはない。ありがたいことに、横の席は空いていたので、多少は手足を伸ばすことができた。彼は中年のフライトアテンダントにウォッカ・ソーダを頼んだ。刑務所の食堂で働いているような女にありがちな、元気のいい話し方をする女だった。飲み物をソーダで割るのはあまりロシア的ではない。それをいうなら氷を入れるのもそうだが、とにかく努力はしている。お代わりを二杯とひどい映画一本のあと、キャビンの照明が消えた。彼はアイマスクを着け、眠りに落ちていった。

エコノミークラスにしては、意外なほどよく眠れた。仮面の暮らしという足枷《あしかせ》からようやくすり抜けられて、ほっとしていくらか気が休まったのだろう。コックピットからのアナウンスで目が覚め、通路側に座っている、いらついた様子の女に合図し、トイレに行かせてほしいと伝えた。四十分後、夜通しのフライトを終えて飛行機から降りる客で混み合っている通路を、彼はじりじりと進んでいた。青白い顔のポルトガル人の税関職員が彼に退屈そうな目を向け、使い込まれたアメリカ合衆国パスポートにスタンプを捺した。その書類を使うのも、これが最後だ。ウンベルト・デルガード空港前の歩道に足を踏み出したとき、朝の空気は冷たく、太陽は輝き、空はどこまでも青かった。グレイはこれほど生きていると感じたことはなかった。

59

トルコ東部
九月

それらは小火器というよりは大砲のようだった。これらのライフル一挺の重さは、巨大な望遠鏡のような照準器を含めなくても、三〇ポンド（約一三・六二キログラム）だ。いずれも農場の家で木箱に丁寧《ていねい》に梱包《こんぽう》され、ブランケットをかぶせられて、彼らを待っている。ニザールがこれまでに見てきたどのライフルにも似ていない。それらはタショが要望したものにちがいない。銃床はほとんど骨組みだけのように見え、おかしなことに、二脚が長くて太い銃身の上にマウントしてある。スコープは彼の前腕ほどの大きさで、ばかでかいライフルに取り付けるのにぴったりだ。ニザールも英語は多少話せるから、スコープの名前に思わず笑みが漏れた。〝B・E・A・S・T〟（「獣」の意）

シリアでハダド大統領を暗殺したあと、ニザールはイエディッド将軍から次の指令を受けていた。その指令により、彼はここトルコ東部の人里離れた土地に来て、長距離射撃に備えている。ニザールが試みてきたなかでも最長距離だ。

レティクルに対して角度のズレがまったくないことを確認してからねじを締められるように、ふたりの男たちが機械工用の水準器で入念にアメリカ製照準器をマウントしていた。射撃者が撃っている最中にうっかりライフルとスコープの位置をずらしてしまうと、超長距離では重大な問題を引き起こしかねないから、スコープ・マウント自体にも小さなバブル水準器がついている。

それぞれのライフルに大量の弾薬も一緒に梱包されている。見た感じでは、何百発も入っているのだろう。ニザールは白い段ボール箱から一発の弾薬を抜き、じっくり見た。これほど大きなライフル弾を見たことはなかった。対空砲に使われるような弾薬のようにも見える。

タショはこの装備に詳しいらしく、てきぱきと手早く作業していた。自分の分の照準器のマウントを終えたあと、ニザールの装備も精確にセットした。照準器はＥＲＡ－ＴＡＣ（ドイツのレクナゲル有限会社製スコープ・マウントのブランド）アジャスタブル・マウントで固定されており、垂直方向の調整が自由にできる。ターゲットがだれなのか知らないが、スナイパー兵器システムからすると、長距離の狙撃になりそうだ。

〝シシャニ〟というニックネームがついているタショは名声を轟かせているものの、ニザールは彼が好きではなかった。冷たすぎるし、孤独を好みすぎるし、まじめすぎるが、何より、一緒にいると不安になる。これだけの目覚ましい業績があるにしては、ニザールが思っていたより若く見える。青白い顔と赤い顎《あご》ひげが彼の名刺の一部になっている。東側世界の通常の軍隊では、赤ひげのスナイパーを見たという噂を聞きつけたら、それが〝シシャニ〟でないことを祈る。

今ともに働いている男について耳に入ってくることを鵜《う》呑《の》みにするほど、ニザールはばかではない。すべてが事実であるわけがない。〝だが、ほんの少しでも……〟。それでも、あまり込み入ったことは訊かないことにした。ファーストネームでしか呼ばないが、ニザールにとって、この男はやはり伝説のとおり〝シシャニ〟だった。

タショは第一次チェチェン戦争のグロズヌイの戦いのとき、父親にロシア軍と戦わせてほしいと懇願したという。十五歳だから戦えたが、父親は頑として聞き入れず、家に残して母親とふたりの弟の面倒を見させた。タショの父親は一九九五年の元日にも戻らなかった。その後もずっと。戦闘に加わってまもなくロシア軍に殺され、期せずして、まさに防ごうとしていた事態を招いた。タショが生涯の使命に気づいた。ロシア人を殺すことだ。

タショは羊飼いとしての暮らしではなく、グルジア軍に入隊する道を選び、射撃と忍び寄りに長じていることを示した。戦術的リーダーとしての将来性を見せつけ、グルジア特殊偵察群に勧誘され、一九九九年のグロズヌイの戦いで頭角を現わした。一週間で五十人のロシア軍兵士を殺した。タショにいわせると、ひとりひとりが父親を殺したロシア兵だった。ゲリラ戦術が当時の潮流であり、その戦いが、彼にとってはじめて非対称戦争の現実的な教訓となった。簡易手製爆弾《IED》、自爆攻撃、市街戦、〝鼠たちの戦争〟。

ノヴィエ・アルディの虐殺として知られる事件で、いちばん下の弟が敵の手で殺されたことも、タショの決意を固くしただけだった。紛争が正式に終わり、亡くなった母親を見送ったとき、故郷シャーリとの最後の絆《きずな》が絶たれた。チェチェン反乱軍に武器を売って逮捕され、二年近く刑務所に収監《しゅうかん》された。勧誘と洗脳のいちばんのターゲットとして目をつけられ、大義を信ずる本物の聖戦戦士《ジハーディ》として現われた。

二〇〇四年から二〇一一年までの大義はイラクだった。彼はそこで死の伎倆《ぎりょう》を邪宗徒に対して使った。主にラマーディー、ファルージャ、モスルで働き、反政府勢力が恐ろしいまでに最高潮に達するにつれて、有志連合部隊や民間人をターゲットにした。名声が高まると、〝イラクのアルカイダ《AQI》〟として知られる組織内での責任も大きくなっていった。アブ・ムサブ・アル＝ザルカウィの名高い戦士のひとりとして、反政府勢力の下部組織を率いて進駐軍と戦った。アメリカ軍の駆逐に伴い、AQIがISISに変遷すると、〝シシャニ〟はシリアに目を向け、新しい旗のもとアサドの部隊と戦った。そして、二〇一二年のアレッポの戦いで、東側随一の聖戦戦士《ジハーディ》のひとりとしての地位を確立した。タショがイスラム以外のものに忠誠を尽くしていたことを、ISISを率いる支配者たちは知る由もなかった。ターゲットが何であれ、引き金を引くごとにロシア人を殺していた。

二〇一六年の襲撃でアサドの特殊警備部隊にとらえられ、胸の内を解するほどタショを注視してきたひとりの男の尋問を受けた。イエディッド将軍の申し出を、タショは今でも覚えている。金属のマットレスに寝かされた状態でくくり付けられ、車のバッテリー、ケーブル、水が用意されていた。

「私のもとで働かないかね？」将軍は礼儀正しく訊いた。「私のために働くなら、ロシア人を殺す機会を与えよう」

ニザールは政治や復讐などどうでもいいと思っていた。彼にいわせれば、これはただの仕事だ。父親にいわれてしかたなくシリア陸軍に入隊し、たまたま出世しただけのこと。知力と体力を買われて内務省の勧誘を受け、スナイパーになる訓練を受けた。

国の政治的暴動が全面的な内戦にエスカレートするにつれ、ニザールは反政府勢力の鎮圧において、敵側の指導層を積極的にターゲットにすることにより、重要な役割を果たした。ターゲットの顔に撃ち込むのが好みだった。敵の志気に大打撃を与えるからだ。指揮官の脳みそが顔に飛び散ってくることほど、戦う意思が萎《な》えるものはない。ターゲットの命を奪うことには、喜びも悲しみも感じない。命中の満足感があるだけだ。

主流メディアは戦争で荒廃した国を引き払い、〝新メディア〟のフリーランス・ジャーナリストが自分のビデオカメラやスマートフォンを使って、戦闘の様子を記録しようとしていた。その連中をニザールは好んで狙った。しだいに距離を長くして輝かしい一撃必殺《ワンショット・キル》記録を打ち立てた。シリアの兵器と訓練は、第一世界の軍隊のものに比べて粗雑だったが、技術訓練や装備面で足りないものは実戦経験と捕食者の本能で補った。

ニザールの伎倆は、シリア国外で活動する傭兵ネットワークを構築していたイエディッド将軍の目に留まった。〝帳簿外〟の仕事でカネを稼《かせ》げば、ニザールは運が尽きる前にシリアを離れ、好機が待ち受けているヨーロッパにたどり着ける。

シリア内戦ではニザールとタショが敵として戦っていたという事実は、いずれもたいして気にしていないように見えた。ふたりともスナイパーであり、やるべき仕事があるのだ。

ニザールは鉄のターゲットにオレンジ色のスプレー・ペイントを噴きかけたあと、小さなピックアップ・トラックで農場の家に戻っていた。重い鉄板をひらけた土地でしだいに遠くまで運んでいくので、この用事を済ませるのにだんだん長い時間がかかっていった。はじめは五〇〇メートルの距離にしたが、ニザールは簡単すぎると文句をいった。その後、ふたりが同時に発砲する練習を続けながら、しだいに距離を長くしていった。ニザールが家の陸屋根に登ると、タショはそこで腹ばいになっていた。すでにスコープでターゲットに狙いを定めようとしていた。

「おれを照準器でとらえたのか?」

訊かれた方の男が、珍しくも感情を表わしてにやりと笑った。「訓練の機会は逃さないようにしているのさ、ニザール」年かさのスナイパーがいった。「邪宗徒の軍事関係者兼SNS〝インフルエンサー〟とかいうやつの投稿に、そうしろと書いてあった」

一緒に訓練している伝説のスナイパーに、ニザールはいぶかしげなまなざしを向けた。ふたりともイエディッド将軍が構築したネットワークに組み込まれているが、タショがリードだ。だが、タショには知らないことがある。イエディッド将軍はニザールに今後の任務を任せることにしているのだ。ふたりだけの秘密の任務を。

「何でもないさ、ニザール。位置につけ、距離二〇〇〇」

ニザールはタショのものとまったく同じ自分のライフルをかまえ、弾薬を覆《おお》うのに使っていたタオルを動かした。はじめは、発砲すると雷管《プライマー》まで吹き飛んだ。薬室に圧力がかかりすぎているのだ。装塡《そうてん》した銃弾を暑い日中の陽光にさらしておいたせいで、薬莢《やっきょう》が熱くなりすぎ、圧力が上がったのだとわかった。タショは一緒にいて楽しい男ではないが、有能なプロフェッショナルであり、タオルで覆うという知恵も教えてくれた。おかげで問題はなくなった。

タショが距離と環境データをハンドヘルド・コンピュータに入力すると、ニザールは小さなターゲットをスコープにとらえた。ソフトウェアが銃弾のドロップから気温、大気圧、風、コリオリ効果（地球自転によって物体の運動が偏向する効果）、さらに銃身の右まわりのライフリングによって生じるスピンドリフト（ライフリングの回転によって飛翔中の弾丸が空気抵抗で流されること）まで導き出す。ライフルは距離一〇〇〇メートルちょうどにゼロインされている。今のターゲットまでの距離の半分にすぎない。

「十三MILS上げろ」

「十三MILS上げる」ニザールは指示を繰り返しながら、照準器上部のダイヤルを使ってエレベーションを修正した。

「三MILS右へ」

「三MILS右」ニザールはスコープのレティクルの正しいハッシュマークをターゲット

の中心に合わせ、ウィンデージのデータが入るのを待った。

「射撃用意」

「射撃用意」ニザールは息を吐きはじめた。

「カウントダウンする。三……二……一」

二挺のライフルがまったく同時に火を吹き、合計七百グレインの銅が除草された野原を飛翔していった。長い筒状のサプレッサーは取り付けてあるものの、ライフルの銃声はかなり大きかった。銃弾がターゲットに到達するまでに三秒近くかかり、命中時の衝撃音が射撃手の位置までこだまするまでに、さらに六秒かかった。二発命中。あと数日も訓練すれば、準備は整《ととの》うだろう。

60

クルディスタン
ヤジディ強襲部隊複合施設
九月

ランドリーの神経はすっかりずたずたになっていた。疲労と寒さのどちらが悪かったのか、よくわからない。空腹もひどいが、睡眠を奪われ、低体温症に近い状況に置かれていることとは比べ物にならない。何日も食べていない。息に金気が感じられることから、体がケトーシスの状態にあることがわかる。つまり、蓄えていた脂肪を燃やして生きているということだ。体が脂肪を燃料に切り替えると同時に、目もくらむ頭痛も苦痛のリストに加わった。

時の経過を追うのは無理な話だが、拉致《らち》されてから一週間近くが経っているだろうと思った。厳しい寒さと睡眠の剝奪《はくだつ》は、尋問の〝教科書〟によく書かれている項目だ。それが利くことも知っている。ただ、現時点ではそれにあらがう意思はあまりない。彼らがどんなことを知りたいにせよ、すぐに知ることになる。それに、こんなことにかかわっているのはカネのためで、イデオロギーのためではない。何らかの取り引きに持ち込めればいちばんいい。手首と足首の拘束具を手錠と足枷《あしかせ》に換えられたおかげで、手足への血流がある程度戻った。それまでは、血流が止まって両手両足を失うのではないかと不安だった。

ドアがあき、ブーツが濡れた床を踏む聞きなれた音がした。彼らは日に二度はこの部屋に入ってきて、ランドリーに水を与えている。精いっぱいの予想では、そろそろその時間だ。寒さと暑さのこの地獄のサイクルにあって、唯一待ち遠しいのが水の時間だ。水を受け入れようと、乾いた唇をすぼめた。驚いたことに、渇望していた飲み物はなく、両側から力強い手に持ち上げられ、持ち込まれた椅子の冷たい鉄の座面に座らされた。どちらの足も拘束具で椅子に固定され、手も同様に固定された。複数人が入ってくるブーツの足音が聞き分けられなかったことも、現実を把握できなくなっている印だ。

ドアが閉まったが、ランドリーはひとりでないことがわかった。食べ物のにおいがする。焼き立ての何かの肉にタマネギが添えられたものと、監禁者の服に染みついたニコチン。そのにおいでよだれが出てきた。数分のように感じられるあいだ黙って座っていると、拉致されたときから目を塞《ふさ》いでいたテープが顔からはぎ取られた。何度も冷水に打たれたせいで、肌がティッシュペーパーのように弱くなっていたから、テープがはがされたときに、おそらく皮膚と眉毛も少しくっついていっただろう。不思議にも、痛くはなかった。部屋の明るい照明は五感を麻痺させ、目をつむって下を向くと、天井と壁が接する部分を覆《おお》う廻り縁《クラウン・モールディング》のような光の輪を壁に描く強烈なLEDから目をそらした。

「おれを見ろ」ランドリーは男がそういう声を聞いた。すぐにその声がわかった。

ランドリーは目をしばたたき、床に焦点を合わせようとした。部屋の照明に、裸体が残酷なほどさらされている。ゆっくりと、細めた目を上に向け、元イラク内務省特殊戦術部隊《STU》のモハメッド・ファルーク少佐のほっそりした体を見た。ファルークは冬用の服装で、大型冷凍庫《ウォークイン・フリーザー》のように感じられる部屋でも温かそうだ。ランドリーは何年もかけてモーをだまし、アメリカ政府を支援するという名目で彼の雇い主のために働かせてきたが、今、立場が逆転した。モーがジュールズ・ランドリーのタマを握っている。この冷静で知的なイラク人将校が敵に対してとてつもない残虐性を発揮した場面を見てきたから、情けなどかけないことも知っている。モーが〝拡張尋問〟と純然たる拷問との境界線を越えないうちに、今こそ取り引きを模索して、まだ残っている自分というものの保全をはかるときだ。

「強姦した少女のことをいえ、ジュールズ」

「何だって？　どの少女だ？　少女など強姦していない！」〝なぜ愚かな少女のことなど知りたがる？〟

「ルイジアナの少女だ、ジュールズ。刑務所に行かずに済むように海兵隊に入隊する前の話だ」

〝いったいどうして……？〟。「ああ、あれか。ずいぶん前の話だ、モー……おれは……」

モハメッド・ファルークはひとこともいわずに椅子から立ち上がり、部屋から出て鉄のドアが閉まると、部屋は真っ暗闇になった。一秒後、冷水のシャワーがはじまった。ランドリーには絶叫することしかできなかった。

61

ポルトガル、リスボン
九月

グレイは中央及び南アメリカで何年も働いてきたから、スペイン語には堪能だった。何年も前にブラジルで思い知らされたのだが、あいにくポルトガル語は、多くの人が訴えているのとは裏腹に、スペイン語とはあまり似ていなかった。スペイン語も英語も話せない現地人との意思疎通は、共通の言葉や身振り手振りに頼って、かなり苦労した。彼の列車はその夜に出発する予定だから、日中はヨーロッパで二番目に古い首都で時間を潰さなければならなかった。彼はタクシーを拾って〈ホテル・ジェロニモス〉へ行って荷物を預け、ロビーのトイレで顔を洗った。

灰色、黒、白の石を敷き詰めたモザイクの通り、赤瓦屋根の明るい建物、レトロな路面電車、海の見える景色と、リスボンは街そのものが魅力的だ。だが、グレイにいわせると、雰囲気はどことなく暗い。重そうな足取りで通りを歩く市民から、喜びはほとんど感じられず、建物の多くは黒ずみ、手入れされていないように見える。リスボンは盛りを過ぎた街という感じがする。

数多くの移民を見かけたが、彼らの顔には喜びが満ちあふれている。モザンビーク、アンゴラ、赤道ギニアといった、あまたある元ポルトガル植民地にもともと住んでいた人々にちがいない。遠洋航海を習得し、世界の海を支配し、地球を広げたかつての強大な帝国が、今ではヨーロッパでも最少の経済規模しかない国のひとつで、その言葉だけがかつての領土に残る痕跡《こんせき》であり、昔日の姿を知るよすがのような色褪《あ》せた刺青《いれずみ》だった。

カフェで朝食を食べたあと、グレイは十四世紀に建てられたベレンの塔でも見ようかと、ふらり海岸へ歩いていった。リスボンの街から流れる狭い水路を守る小さなゴシック様式の要塞だ。古い緑色のライカをショルダーバッグから取り出して、何枚か写真を撮ったあと、切符を買おうと駅に戻りはじめた。オンラインで切符を買うなどもってのほかだ。グレイが昔の自分を捨て、新しい自分になる時なのだから。塔から海岸線へと続く歩道をぶらり歩きながら、グレイはiPhoneをタホ川の波立つ川面に投げ入れた。引き返したい気持ちなど微塵《みじん》もない。

オリーブ色のフェルト地のフェドーラをかぶり、〈レイバン〉のウェイファーラー・サングラスをかけているから、防犯カメラの好奇の目と顔認証アルゴリズムから、いくらか顔を隠せるだろう。まだらではあるが、顎《あご》ひげも生えかけている。ひどいスペイン語と、それに輪をかけてひどい英語で、いらいらする会話を交わしたあと、切符はオンラインか乗車駅でしか買えないといわれた。切符販売員はリスボン＝オリエンテ駅《エスタサオン・ジ・リズボア＝オリエンチ》のパンフレットを勢いよく指さした。その駅は空港の東にあり、とても歩いていける距離ではない。グレイは出発時刻が現地時間で午後九時三十四分だと三度チェックし、今すぐ街の反対側の駅まで往復するより、今夜、乗る前に切符を買うことにした。

グレイは出発時間までの数時間をやり過ごそうと、もどかしげに街を探索し、体を時差にゆっくり合わせようとした。毎回、散歩は時差ボケの解消に役立ってきたから、何マイルも歩いていろんな景色を眺め、歩きながらカメラで記録に残していった。車内で楽しもうと、カピトゥルという地元の赤ワイン二本と、焼き立てのパンとバターを買った。ホテルに預けていた大きなかばんを取りに行ったあと、午後の人や車の流れが落ち着くまで待ってから、タクシーを拾って駅へ向かった。

オリエンテ駅は白い金属のアーチを駆使した珠玉の現代建築で、太陽が街の反対側に沈むと同時に人工光に照らし出された。グレイはアメリカ合衆国政府に雇われていたときに、何年にもわたって出張などで貯めてきたユーロ紙幣の束から追加料金を支払い、スペイン国鉄レンフェの列車の個室切符を買った。パスポートの提示を要求されたとき、キリル文字とISOラテン文字でロシア連邦の国民であることを示す赤いカバーの冊子を、胸を張って提示した。大佐のつてのおかげで、パスポートはエイドリアン・ヴォルコフという名前以外、完全なる本物だった。ヴォルコフはこの瞬間まで存在しなかった男だ。

駅で列車が入線するのを待ちながら、グレイはサングラスをはずし、度数の入った眼鏡《めがね》をかけて、ささやかなディナーを食べた。手首に巻いたステンレススチールのロレックスに目を落とし、自分の前にこれを巻いていた男のことをふと思った。こんなことがはじまってもいないときに、すべてをほとんど食い止めた男のことを。グレイが力ではなく知性で出し抜いた男。

列車に乗ると、狭いながらもきれいな一等個室に入り、ドアをロックし、紙コップに赤ワインを注ぎ、風味《フレーバー》と鉄道移動の快適さを味わった。列車が静かな田園地帯へと進んでいくにつれて、うしろに離れていく街の灯が暗くなっていき、小さな街やもっと小さな村が行く先に見えてきた。一本目を飲み終え、二本目の残りもだいぶ減ったころ、折り畳《たた》み式の寝台を出し、ブラインドを下ろした。列車は足下の線路を踏んで律動的に揺れ、グレイはすぐさま眠りについた。

62

クルディスタン
ヤジディ強襲部隊複合施設
九月

「その女の名前はエイミー、エイミー・バートランドだ！」

水が止まったとき、ランドリーはだれもいない部屋に向かって話しはじめた。音を拾う機器が取り付けられていて、こちらの声が聞こえているにちがいないと踏んでいた。何年もこらえていた強いルイジアナ訛《なま》りが戻った。

「長い黒髪と緑色の目だった。とびきりきれいだった。いつも上等な服を着ていた。おれなど眼中になかった。ああいう金持ち女は、おれのような白人のゴミは目に入らない。おれ〝金持ちビッチ〟。あのたぐいの女を、おれたちはそういっていた。学校のだれもが大学に上がっていた。テュレーン大学がどうのとか、ママの女子学生社交クラブ《ソロリティ》に入るだとのしゃべっているのを、しょっちゅう聞いていた。テュレーン大学……。おれがおやじと同じようにアンゴラに行く可能性の方が高い。ムショ暮らしのことだ。エイミー・バートランドのような女はムショ暮らしのことなど、何ひとつわからない」

ランドリーは言葉を切った。目を床に落とし、声もささやきほどに落とした。「教会の託児所で働いていた。赤ん坊を抱っこしたり、おむつを換えたり。聖木曜日のミサのあとのことだ。聖金曜日の前の日だ。おれが育ったところでは、黒人をのぞいてみんなカトリックだった。おれは彼女のあとをつけて託児室にこっそり入った。親たちが子供たちを連れ帰ったあと、託児室を掃除していた。おれはなるたけ音を立てないようにドアをロックした。ロックがカチリと鳴ったとき、彼女は顔を上げ、おれを見た。にっこり微笑み、おれの名前を呼んだ。おれの名前を知っていることさえ、おれは知らなかった。だが、おれが近づいていくのを見ると、すぐに笑みが消えた。おれはなかなかのラインバッカーだった。あっという間にあの上等な服を背中側から引きちぎった。声を上げられないように、手で彼女の口を覆《おお》った。人にいったりしたら、特に警官にいったりしたら、おまえも、おまえの妹も殺してやるといった。おれが部屋を出ていくとき、あの女は膝《ひざ》を突いて泣きわめいていた。そんなことをして、悪く思っていると思うかもしれないが、そんなことはなかった。おれはそんなやつじゃなかった。あの夜以来、彼女には二度と会っていない」

　白色LEDのスイッチが入り、部屋は光にあふれ、またしても暗闇に慣れていたランドリーの目が衝撃を受けた。いつもは人を威圧するようながっしりした刺青《いれずみ》男が、昔と同じ自分の抜け殻になったかのようだ。肩を落とし、顎《あご》を刺青で覆われた胸にくっつけるようにして座っていた。

　鉄のドアがあき、モーが入ってきてドアを閉め、無言のままランドリーの向かいの椅子に座った。ランドリーは目を床に落としたままだった。

「それからどうなった、ランドリー？」モーは落ち着いた口調で訊いた。

「おじが保安官事務所で働いていて、エイミーの両親が事務所に通報した。彼女の〝ミス・パーフェクト〟の評判は、南部の小さな街ではいとも簡単に砕け散っていただろう。ソロリティにも入れないし、金持ちの男たちが求婚しようと列をつくることもなくなる。おじと保安官はエイミーの父親と取り引きした。おれが海兵隊に入隊し、街に二度と戻らなければ、向こうはおれを罪に問わない。おれは翌日に遅延入隊の書類に署名し、その二カ月後、卒業式が終わってすぐの月曜日、パリスアイランドへ向かうことになった」

「今はだれのもとで働いている？」

「ちょっと待ってくれよ、モー。おれが吐くとすれば、刑務所に行かないという確証がないとな」

「また水を浴びせてほしいのか？」

「ちょっと聞けよ、モー、聞けって。おれはただの雑魚だ。大物を釣り上げたいなら、おれも何かもらわないと」

モーはひと息つき、コートのポケットから書類を取り出した。プラチナチケットでも見たかのように、ランドリーの目がきらりと輝いた。〝脱出への道筋〟

「口頭でいうだけで充分だ。あんたが得られる取り引きは、これがせいぜいだ。罰が免除されるわけではない、ランドリー。軽警備のアメリカの刑務所に入り、二十年もいれば仮釈放の可能性が出てくるだろう。カントリークラブみたいなところだ。だが、せいぜいそこまでだ。細かい情報をひとつでも省いたら、どん底まで堕ちる。われわれに見つけられるかぎりでもっとも暗黒な刑務所に入ってもらう。アメリカの刑務所ではない。イラクの刑務所だ。収監《しゅうかん》されている連中には、あんたの知り合いもいるかもしれない。この先、あんたはみじめに死ぬまでのあいだ、エイミー・バートランドと同じ扱いを受ける。輪姦されないのは、尻の穴が治って次に輪姦されるまで、独房に監禁されているときだけだ」

ランドリーの目がざっと文書を読んだ。本物のようだし、調子に乗れるような立場にはない。

「受け入れる」ランドリーはいい、カメラが仕込まれていると思われる部屋の隅に顎を向けた。「受け入れる」

「話せ」

「二度のアフガニスタン派遣のあと、ブエノスアイレスの大使館勤務になった。そこで、あるCIA局員と知り合った。現場で動くスパイではなく、ただの分析官だった。おれは現地の女とちょっとまずいことになった。デートが終わったあと、相手の女が、どういうことになっているかわかったうえで、おれのホテルにやってきた。とにかく、例のCIAの局員が任せろといってきた。問題を消し去ってやる、と。そのあとそいつはおれがCIAに入れるよう手をまわした。本国とアルゼンチンの問題も均《なら》した。アルゼンチンでは、だれも書類など読めないしな。おまけに、嘘発見器の出し抜きかたも教えてくれた。CIAの契約者になってカネ入りもよくなり、〝アルバイト料〟はスイスの銀行口座に振り込まれた。リースが部隊を去ったあと、例のCIA局員はおれにおまえを勧誘するよう差し向けた」

「そのCIA局員とは何者だ、ランドリー？　名前は？」

「おれにはボンドと呼ばせていた。お笑いだぜ！　小太りの事務屋のくせに、自分が007だと思い込んでいるんだからな」

「それで、本名は教えられなかったのか？」

「ああ、だが、当たりはつけた。おれは人が思うほどまぬけじゃない。なにしろ、あいつもおれもCIAで働いていたわけだし」

「名前をいえ、ジュールズ。そいつの名前は？」

「グレイ。オリヴァー・グレイだ」

モーはカメラを見上げ、うなずいた。

「グレイはまだCIAで働いているのか？」

「ああ、ラングレーにいる」

「グレイがこの作戦全体を指揮しているのか？　それとも、別の諜報機関のために働いているのか？」

「他国のためじゃない、モー。あいつはある人物のために働いていた。ロシア人のようだが、ロシアには住んでいない。今はスイス人になっている。大佐と呼ばれている」

「そいつの名前は知っているのか？」

「いや、グレイは大佐としかいわなかった」

モーはそれ以上追及せず、話題を次々に変えて、ランドリーの気を引き締めさせ続けた。

「今の内務省の連絡員はだれだ？」

「サイード少佐、かつておまえの部隊にいた男だ。おれはグレイから受けたメッセージを伝えていただけだ。おれがイラクを出る前に、すべて手配は済んでいた」

「モロッコをターゲットにする指示は、だれに伝えられた？」

「グレイだ。複合施設の配置図と写真をもらい、移動の手配もしていた。おれはサイードに、チームを動かしてターゲットになっている者をひとり残らず殺せと確実に伝えればよかった。あそこにいた連中は、自分たちがどうなるかわかっていた。ああいう連中は、それまでも戻ってきた試しがなかったからな」

「もうひとつのチームはどこにいる？　ロンドンで使った連中は？」

「おれはひとりの男としかやり取りしていない。シリア人だ。今では西側各国に分子がいる。調教師《ハンドラー》が安く働かせる。聖戦《ジハード》にとりかかれるから、みんな満足というわけだ」

「シリア人というのは？　イラクのあと、おれたちはそろってシリアにいた。おれの知っているやつか？」

「イエディッド将軍だ。カシム・イエディッド将軍」

モーは顔にこそ出さなかったが、名声だけとはいえ、その男を知っていた。かつてのアサドの側近のひとり。シリアを離れ、アサド政権を利する場所や大義に傭兵を送り出す個人ブローカーとして動いているという噂だった。

「イエディッド将軍は今どこで暮らしている？」

「知らない、本当に知らない」ランドリーが拘束具をがちゃがちゃさせながら、不満げな声でいった。心が折れ、キレかかっている。

「おまえのチームはいくつ残っている？」

「残ってない。おれの駒は、モー、おまえだけだった。誓っていう。イエディッド、やつはヨーロッパ中にチームを持っている。アメリカにもいくつかあるかもしれない。おれは一連の攻撃で、みんなをびびらせさえすればよかった。グレイが別の計画も進めていたのは確かだが、おれは噛《か》んでない。おれは目立たないように振る舞って、それまでと同じように、おまえを動かし続けろといわれていただけだ」

「ロンドンのクリスマス・マーケット襲撃はだれが計画した？」

「いったろ、シリア人だ。おれはただのメッセンジャーだ」

「ランドリー、はっきりいっておく」モーはきっぱりといった。「あんたにも理解できるようにゆっくりと話すぞ。この取り引きは、あんたが知っていることをすべていうかどうかで決まる。あとになって、いい残したことがあったとわかれば、取り引きは解消され、あんたは死ぬまで売女になる。イラクの刑務所でアメリカ人ＣＩＡエージェントがどんな扱いを受けるか、想像してみるといい。かわいそうだとさえ思う。だから、脳みその中をよく探せ。われわれに知らせたいことは、ほかにないのか？」

「ない、ぜんぶいった。待て！　数カ月前、グレイはじかにイエディッドの元に行き、メッセンジャーのおれをはずした。なぜかは知らない。そんなことをすれば、今まで以上にリスクにさらされるだけだが」

「なぜだと思っているんだ、ランドリー？」

「さあな、何を計画しているのか知らないが、それのために多くの人を集める必要があるんじゃないか。でかい計画らしいからな。九・一一級かもな」

「もっと詳しくいってもらおうか」

63

ふたりの元SEAL隊員は、チーム・ルームで映像を見ながら、リースがメモをとり、フレディーは不安げに部屋の中で行ったり来たりしている。すでに通しで見たが、今はモーと一緒に部分ごとに巻き戻して見ている。

ランドリーがカシム・イエディッドの名前を出したところで、モーは一時停止ボタンを押した。「私はその男を知っている。彼の評判を知っている、というべきか。アサド軍の中にいる多様な抵抗勢力のメンバーを探し出す役目を負っていた。彼のやり方は残酷だった。だれかが裏切り者だと疑われただけで、イエディッドは家族を全員とらえさせ、妻と娘を拷問させていた。妻がいなければ、母親か、祖母まで探してこさせた。そういうことに関しては、おそらく私はあなたがたアメリカ人より吐きそうになったりしないだろうが、それでも、この男には胸糞が悪くなった。それから、忠誠心を疑われる村に対する化学兵器の使用をいちばん強く推奨していたといわれている」

「なぜグレイはリスクを取ってまで、このシリア人と合流する？　なぜ引き続き、ランドリーを安全器《カットアウト》として使わない？」

「信頼か？」フレディーが推測した。「ランドリーが信用できなくなっていたとか？」

「そうかもしれないし、彼らが計画しているものは大きくて、実行すれば、グレイの偽装身分がバレるからかもしれない」リースも考えられる理由をいった。

「その両方かもな？　グレイはＣＩＡでも高い地位にあるスパイだ。ということは、大きなことを計画しているにちがいない。長期スパイの動きとしては、ふつうではない」

「いいか、今回は外国の諜報機関絡《がら》みの話ではない」リースは友人にいった。「おれたちの相手は個人だ。とんでもない力を持つ個人だ。今回の計画はこれまで予想してきた以上に大きく、複雑なのだろう。ほかの情報を引き出してみてくれ、モー。ランドリーはあの頭の中に、おれたちの役に立ちそうな情報をもっと隠しているはずだ。それこそ、大規模な攻撃に関する実のある情報だ。具体的な情報が必要だ」

「喜んで」モーはリモコンを置き、部屋から出ていった。

「グレイはどうする？」リースは訊いた。

「ヴィックに連絡する。ヴィックは防諜関係の連中に彼のことを調べさせて、あっち側から事態を収めるだろう」

五分後、フレディーは施設内の盗聴防止処置がされた会議室からロドリゲスに連絡した。

「グレイはロシア関連部署の上級分析官だ」ロドリゲスが認めた。「中央及び南アメリカで海外勤務。現在は休暇でポルトガルにいる。承認済みの休暇申請書類をもとに、さっきホテルに確認したところ、グレイはチェックインしていなかった。彼から連絡をもらった者はいない。姿を消してしまった」

フレディーは電話を切り、新情報をリースに伝えた。

「どうも気に入らない、フレディー。何かが最終局面に移っているにおいがする。グレイはおれたちがランドリーを押さえたことを知る前に出国しているのだから、怯《おび》えて逃げたわけではない。もともと計画されていた。どんな計画にせよ、もうすぐ実行される」

「同感だ。ヴィックがグレイの情報をさらに掘り起こしているところだ。そのあいだに、アンディー・ダンレブという男に話を聞いたらどうかといわれた。おれはその男を知らないが、ヴィックがいうには、〝大佐〟と呼ばれているロシア人について知っている者がいるとすれば、アンディーだろうと」

「連絡してみよう」

「それが面倒でな。アンディーは昔かたぎだ。アナログ人間らしい。手を貸してもらいたいなら、会いに行くしかない。ラングレーにいる」

「おれは本当にCIA本部に入れてもらえるのか？　特殊戦コマンド《WARCOM》の司令官を爆殺し、国防長官《SECDEF》を射殺した男だぞ？」

「ああ」

「イスタンブールで買ってもらった上等の服を探しておくか」

64

スペイン、マドリッド
九月

夏の観光シーズンがとうに過ぎているとはいえ、マヨール広場はにぎやかだった。グレイはこれまでも何度かここに来たことがあるが、これほど多くの武装した治安部隊の姿を見たことはなかった。市と国の警察官、兵士、ふたり一組の治安警備隊《グアルディア・シビル》まで、独特の三角帽をかぶり、馬に乗って、広い公園と周囲の通りを巡回している。警備部隊が公衆の目に付くところにいるのは、テロリスト予備軍を思いとどまらせるためだ。カフェコンレッチェを少しずつ飲みながら、スペインの日常の光景と喧噪《けんそう》を体にしみ込ませ、ブエノスアイレス時代を思い出した。舌足らずなカスティリャ語（標準スペイン語）で注文すると、わずかにアルゼンチン訛《なま》りはあるものの、ほぼ地元民として通用した。

パリ行きの列車はすべて午前中に出るし、リスボン－マドリッドの夜行列車に乗ってきたばかりだから、グレイは一日、脚を伸ばす必要があった。近くの〈ホテル・カルロスV〉の部屋は、準備ができるまでまだ数時間かかるとのことで、お気に入りの街で歩道をぶらつくいい機会になった。日中はウインドウショッピングをしたり、スペイン語を使ってみたりして過ごした。ヘミングウェイがひいきにしていた、ヨーロッパ最古のレストランといわれる〈ソブリノ・デ・ボティン〉で食事をして、子豚のローストをむさぼるように食べ、リザーブのリオハ（スペイン北部のエブロ川流域産のワイン）も一本飲んだ。列車は朝早くに出るから、広場に隣接するカフェでハウスワインの赤を二杯ばかり飲んでから、ホテルの部屋に帰った。代わり映えのしないホテルだが、防犯カメラは古そうだし、あれこれ訊かれることもない。

パリ行きの列車は朝七時に出発し、グレイは車窓に流れ行く田園地帯をずっと眺めていた。〝光の都〟で一泊し、また鉄路でストラスブールへ向かい、そこで、長旅の最終行程にあたる列車に乗った。飛行機ならもっと早く、乗り換えも少なかったのだろうが、鉄路の方がはるかに安全だし、新しい自分に慣れる時間もできる。彼は興奮で身震いしながらバーゼルのスイス《S》連邦《B》鉄道《B》駅のドアをくぐり、連絡員を探した。

連絡員を見つけるまで、長くはかからなかった。全身黒づくめで険しい顔つきのスキンヘッド男。構内の向こう側から、その死んだ目がじっと向けられていて、グレイがようやく目を合わせたとき、男は笑みも見せずにこくりとうなずいた。男はグレイの荷物を持ってやる素振りも見せなかったが、駅前でアイドリングしていた黒塗りのメルセデスAMG G63へと案内した。運転手もパートナーと似たような愛想のよさで、乗っていたSUVから降りて、荷物を後部荷台に載せた。グレイは後部席に乗り、ドアを閉めた。公共交通機関で数多くの見知らぬ人々に交じって長旅してきたせいか、柔らかい革張りの車内の肌触りやにおいにも、もうすぐ到着する気配が感じられた。

65

ロイヤル・ヨルダン航空のフライトは、午前四時にアルビールを発った。したがってリースとフレディーはふたりとも朝まで一睡もできなかった。

〝テロ攻撃が差し迫っているかもしれない状況でも、ガルフストリームを用意してくれる要件にはならないのか?〟。リースは思った。

ふたりは外交旅券を持っているので、チェックイン手続きでは荷物検査もなく、素早く終わった。銃はすべて置いてきたので、リースはジーンズとワイシャツを着ていても、裸でいるように感じられた。エアバス319のビジネスクラスのシートは快適だったが、アンマンへのアプローチに入り、リースの眠りはすぐに中断された。アンマンでは二時間ほど時間を潰してフランクフルト行きに乗り換えることになっている。

ふたりはコーヒーを飲み、ロイヤル・ヨルダン航空のラウンジに並んでいた朝食を大量にかき込んだあと、昼前のフランクフルト行きフライトに搭乗した。ドイツ第五の都市に位置するフランクフルト空港は、ヨーロッパと中東を結ぶフライトのハブであり、長年にわたって、アメリカ人の殺し屋やらスパイやらも、それなりにここを通ってきた。リースは次のフライトでも数時間の睡眠をとり、ロンドンに着陸したときには、また人間に戻りかけているような気分だった。

さらに四時間のレイオーバー、空港ラウンジ、たっぷりのコーヒーが待っていた。さいわい、この空港には外国書籍を扱う書店があり、おもしろそうな本も何冊かあった。リースはそんな書店を探索するのがいつも好きだった。イギリス人、オーストラリア人、ニュージーランド人、南アフリカ人が書いた興味深い軍事ノンフィクションを見つけることも多かった。この書店では、ティム・バックスの『三ロのジン』を見つけた。セルース・スカウツとローデシアでの偽テロリスト作戦に関する著作だった。

〝キャッチーなタイトルだ〟とリースは思った。

ふたりは現地時間で午後四時三十分にユナイテッド航空777便に乗り、ダレス行きのフライトで九時間過ごすシートを見つけた。リースは買ったばかりの本を読み、何度かうとうとし、お気に入りのジャーナリストがちらりとでも出てこないかと知らず知らずのうちに期待していたのか、機内モニターで見られるケーブル・ニュース・チャンネルをあちこち見た。

時間帯《タイムゾーン》を超えて上空を西へと飛んでいるので、空は明けることのない夜だった。夜間は暗くなりそうでならなかった。大型のボーイング機は予定どおり午後八時五分に着陸し、まどろんでいたリースはびくりとして目を覚ました。二日近くもずっと移動してきたから、なるべく早く降りたかった。さいわいにも、ビジネスクラスのシートは出口の近くだった。

リースはダレスのクライスラーがつくった〝動くラウンジ〟の一台に乗るものと思っていた。一九五〇年代の製図板上で〝乗客の快適性の未来〟と銘打って開発されたかのような、時代遅れの搭乗降車用バスに。ところが、機体はCコンコースのボーディング・ブリッジにドッキングし、乗客をじかに連邦保安検査場へと吐き出した。そこでは、退屈そうだが油断のないアメリカの税関・国境警備局の局員が、ダークブルーの制服姿で待ち受けていた。IDのランヤードがライトグレーのスーツの外側にぶら下がっているスキンヘッドの男が、片側の端に立っている。そこに旅行から帰ってきた眠そうな目の観光客や、出張から帰ってきたストイックなビジネスマンが降りてきた。フレディーが局員を見つけ、素早く手を振り、ふたりの身分証を見せた。その太りぎみの男は、ふたりについてくるよう合図し、IDカードを読み取り機に通し、四桁《けた》の暗証番号を押すと、エレベーターへと続く特徴のない出入り口に入った。

これがリースを逮捕するためにアメリカに戻すある種の罠なのであれば、今こそそのときだ。パスポートのおかげで、出入国管理と税関を素通りでき、護衛に付き添われて、混んでいないエアロトレインの駅に行った。しばらくして、コンクリートとガラスでできた、ダレス独特の翼形のターミナルを突き抜けていた。これも一九五〇年代のドレイパー（MACのTVシリーズ『マッド・メン』の登場人物）チックなデザインのなごりだ。

〝どうやら本当に自由の身になったらしい〟

かなり遅い時間だったので、DCエリアの、とりわけ混むことで知られる市街へ向かうレーンの交通量は少なかった。CIAの運転手は何もいわず、黙々とルートを進んだ。新しいテック関連や防衛関連のオフィスビルがダレス・トール・ロードに立ち並んでいて、リースは驚いた。このエリアは彼が最後に来て以来、ずいぶん建て込んでいた。

国に戻り、不思議な気持ちだった。自分が何かから逃げていたように感じられた。リースは子供のころ、セブンイレブンでガムをひとつ万引きしたことがあった。これまで生きてきて、何かを盗んだのはその一度きりだった。今の感覚は、そのときと奇妙なほど似ている。

その夜の行き先は〈ヒルトン・マクリーン・タイソンズ・コーナー〉で、リースもフレディーも、体はとうに深夜零時を過ぎていると感じていたから、夕食は食べず、すぐに寝ることにした。時差のおかげで、リースは午前四時過ぎにはすっかり目が覚めていて、二度寝することなどできなかった。トレーニング用の服も、運動用の靴も持ってきていなかったので、寝巻き代わりのTシャツとボクサーブリーフを着たまま自室でのトレーニングで間に合わせた。数分ストレッチをしたあと、バーピー（立ち姿勢からスクワットスラストをして、また立ち姿勢に戻る運動）を百回やり、汗まみれになった。体を動かすのは気持ちが良かった。人の体というものはなまりやすいものだ。

リースは音量を抑えてケーブル・ニュースを見た。アフリカ沖の熱帯波動がハリケーンに発展しそうだと、どのチャンネルも取り憑《つ》かれたかのように報じている。おのおののネットワークのロゴが入ったレインコートを着た気象学者が、カリブ諸島のいたるところに前もって陣取り、まだ何日も先にならないとやってこない嵐の激しさを伝えようと待ち受けている。テロ攻撃をのぞくと、テレビの数多いストリーミング・サービスから視聴者を引きはがして、またニュースに目を引き戻せるのは、悪天の情報ぐらいだった。ネットワークは、嵐が来るたびに、〝次の大災害〟になるかのようにでっち上げていた。リースは巨大な液晶テレビを消し、シャワーを浴びた。

午前六時ちょうどにホテルのレストランがあいたとき、リースとフレディーはふたりとも階下で待っていた。いつもは無精ひげの生えた特殊部隊員が、このときはビジネススーツを着込んでこざっぱりしているようにも見えた。どちらもあまり口数は多くなかった。

頭の中を占めていることは、人前で話せるようなものではなかった。ただ、二十六ドルの朝食ビュッフェでは、アメリカ政府が支出する資金の元は取った。

ふたりを乗せる車は午前八時少し前に到着し、〈マクリーン〉から目的地までの短い距離を走るときの交通量はピークだった。セキュリティ・ゲートを通されたあと、ふたりが乗った黒いシボレー・タホは、六階建てのジョージ・ブッシュ情報センターの前に停まった。リースはたいして感動しなかったが、一九六一年に完成した〝旧〟ビルの入り口に近づくと、目を丸くした。ドアから中に入り、電子セキュリティ回転扉をくぐると、リースはロビーで何かに気づき、フレディーにちょっと待ってくれといった。

アラバマ産の大理石の壁に百二十九の星があり、両脇に国旗と局旗が飾ってあった。壁に刻まれたひとつひとつの星が、戦死したCIA局員や契約者を無言で表わしていた。

リースは碑文を読んだ。

国のために
身を捧げた
中央情報局員に
敬意を表して

星々の下のガラスケースに、黒い山羊革の名簿が入っていた。そこには戦死した九十一名の名前が記録されている。残りの名前はまだ機密になっている。ベトナム、ボスニア、ソマリア、エルサルバドル、エチオピア、イラク、アフガニスタンの地名と日付が目に入った。一九九三年、本部に入ろうと待っていた車の列に向かって、パキスタン国籍の男が銃撃したときに死んだ二名の名前もあった。グレン・ドハーティとタイ・ウッズの名前もある。ベンガジのアメリカ領事館を守ろうとして戦死したのだと、SEALチーム内で知られていた。それに[redacted]。友の[redacted]も探した。リースが部隊を去った直後、[redacted]CIAの仕事をしていたときに成形炸薬弾《EFP》で爆殺されたのだが、見当たらなかった。ほかの三十七名の[redacted]の星と同じく、まだ秘密にされているのだ。

リースは二〇〇三年の全戦死者の名前を見た。彼が探していたのは、ひとつだけぽつんと刻まれた星だった。名前が書いてあるはずのその横には、空白があるだけだ。しばらく思いを寄せ、思い出した。そして、深く息を吸い込み、フレディーに顔を向けた。フレディーも気持ちを汲み取るかのようにうなずき、リースをエレベーターに案内した。

66

バージニア州、ラングレー
CIA本部
十月

アンディー・ダンレブは大男で、リースより背が高かった。肩幅が広く、手もスラブ人らしく大きかった。髪には白いものが目立ち、物腰からは、かつて軍服を着ていたことがわかる。オックスフォード地の青いワイシャツは糊《のり》が利いていて、ズボンもきれいだったが、キャリアを通して政府の官僚主義に打ちのめされてきた男の疲れ切った表情が、顔に浮かんでいた。来客にもほとんど熱意を見せずに応じた。本、書類、ファイルの山が、床を含む平面という平面に積み重なっているせいで、狭いオフィスがますます狭苦しく感じられる。ダンレブは悪びれる様子もなく、机の対面に置かれた二脚の椅子から本の山をどかし、リースとフレディーに勧めた。ＣＩＡでいちばんロシア関係に詳しい専門家のひとりで、こういうときのために〝冷凍保存〟されていた冷戦の遺物だった。〝戦争の際にはガラスを割って緊急ボタンを押してください〟

「あなたに会うために、はるばるやってきましたよ、アンディー」フレディーがまず口火を切った。

「おそらくとんでもない時間の無駄だろうが、どうなるかおいおいわかるだろう。用件は？」

ダンレブには、抜け切らないかすかなシカゴ訛《なま》りがあった。

「あることであんたの助けが必要だ。ロシアから追放されて現在はスイスで暮らす、諜報界で〝大佐〟と呼ばれている男の話を聞いたことはあるか？」

「Кукольный мастер（クーカリヌィー・マースチェル）、〝人形使い〟……本名ワシリー・アンドレノフ」

ダンレブはロシア語と英語をなめらかに切り替えた。

「何者だ？」

「軍参謀本部情報総局《GRU》、ソビエト時代からある軍事諜報機関の大佐だった。冷戦後半期にくだらない《ティンポット》暴動やクーデターがあったとしたら、その男が堝《ポット》をかき混ぜて、武器を流していたはずだ。混乱と惨禍を世界中に広めるのが、その男の専門だった」

「というと、そうした工作活動はＫＧＢの仕業ではなかったのか？」リースは訊いた。

「ああ、軍事に特化した工作はいつもＧＲＵがやっていた。一九八〇年代のスパイ映画でどんなことを信じ込まされたのかは知らないが、ＫＧＢは首都から離れず、大使館が陰謀を企《くわだ》てているといった戯言《ＢＳ》を振りまわして騒いでばかりだった。現場で汚れ仕事をしていたのはたいていＧＲＵだ」

ダンレブは椅子を回転させ、インクジェット・プリンタの上面を覆《おお》い尽くしているファイルの束を掘り起こしはじめた。数秒後にまた椅子をまわし、フォルダをあけて一枚のエイトバイテン（大判カメラ用フィルムの大きさで、八×一〇インチすなわち二〇×二五センチメートル）の白黒写真を出した。アフリカと思われるところで、ソビエト時代の武器を持って数人の兵士と一緒に立っている、若き日のアンドレノフが写っていた。もじゃもじゃの砂色の髪が、頭のうしろにずらしてかぶっている士官帽の縁から垂れ下がり、ソビエト空挺部隊とスペツナズ部隊独特のボーダーシャツが、迷彩柄ジャケットのあいた襟《えり》から見えている。

「これが、たしかモザンビークにいたときの彼だ、いや、アンゴラだったか……いや、モザンビークだ。七〇年代から八〇年代にかけて、アフリカのあらゆる反乱軍への武器提供をほぼ一手に引き受けていた」

「七八年と七九年に、ローデシアの旅客機二機を撃ち落とした携帯式地対空ミサイル《MANPADS》を提供したのも、その男だと思うか?」リースは訊いた。

「まちがいないだろうな」

二度目の攻撃で亡くなったリッチ・ヘイスティングスの妹のことを思い、リースの目が険しくなった。

「その男はどうしてそんな大物になれた?」フレディーが訊いた。

「共産主義体制でだれもが使う手だ。彼の父親にその仕事をまわしてもらったのさ。ああ、本物の化け物だ、あいつは。スターリンのパージを指揮していたひとりだ。戦時中にポーランドで起きたカチンの森の虐殺も、あいつが調整役をした」

「その件は詳しくないんだが」フレディーが認めた。

「知らなくても意外ではない。六千万人も死んだのだから、二万人ぐらい何だというんだ? 基本的に、ロシア人は戦後ポーランドを奪い取ろうという長期計画を抱いていた。面倒を起こしそうな者をほっておきたくはなかった。そこで、ロシア人がいつもやることをやった。脳みそのあるやつを皆殺しにした。彼らは役人、弁護士、大学教授など、人を組織できそうなやつをかき集めた。ひとりずつ防音室に連行し、後頭部を撃った。ビルの反対側にもドアがあり、そこからトラックの荷台に死体を載せる。死体はカチンの森に捨てられた。それで、そういう虐殺名がついた。権利章典がないとそうなる。死体の山を発見したのは、実際のところ侵略してきたナチス・ドイツ軍だった。ソ連側はドイツ軍に罪をなすりつけようとした。ナチスはきわめてドイツ的なやり方で記録に残し、冷戦末期になるとソ連側はついに罪を認めた」ダンレブが間を置いて続けた。「べらべらしゃべってしまったな。とにかく、アンドレノフの父は大物としてのし上がり、息子の道筋は早くから敷かれていた。若き日のワシリーは、泥だらけになって鋤を使うことも、油にまみれて工場で働くこともなかった」

「何たる遺物だ。アンドレノフはまだロシアのために働いているのか？」リースは訊いた。

「いや、政府のために働いていないことは確かだ。ロシアのズバレフ大統領は穏健派だ。とにかくロシア基準でいえば穏健派になる。アンドレノフは筋金入りのロシア国粋主義者で、帝国の燃え残りに、また火をかき立てようとしている」

「どういう意味だ？」

「ロシアは死にゆく国だ、文字どおりの意味でな。国民の平均寿命は惨憺《さんたん》たる状況で、定年にも満たない。酒、麻薬、ＨＩＶ、ヘロイン、結核、全般的な健康不良——国民としてひどいありさまだ。それに加えて、出生率まで何世代にもわたってただ下がり。ゼイハン（ゼイハン地政学社社長で、地政学の見地から世界動向を予測する著作を発表している）などは読まないのか？」

「だれだ？」

「何でもない。とにかく、ロシア民族はぞろぞろと死んでいて、その穴を埋める者がいない。ロシアで増えているのはイスラム教徒だけだ。アンドレノフのような連中にしてみれば、彼らは本物のロシア人ではない。国粋主義者たちはロシア国境をウクライナやポーランドにまで広げ、両国の人々や資源をつかみ取りたいのだ。両国民を併合できれば、母なるロシアは生き長らえる」

「死にゆく帝国を救うために国土を収奪するのか」リースはいった。

「そのとおりだ」ダンレブがいった。「人類史を見てみろ。国家とはそういうものだ。スターリンは人々を強制移住させて、帝国を拡大しようとした。連中は南にも国境を拡げる、とおれは見ている。アゼルバイジャンとか、トルコにまでな」

「NATOは？」フレディーが訊いた。

「すでにクリミアではじまっている。NATOが何をした？　誤解しないでくれよ。ロシアはヨーロッパを怖がらせている。スウェーデンはその影響をもろに受けて徴兵制を復活させたが、ロシアの拡張政策に対抗できる国は、アメリカのリーダーシップがないとしたらドイツぐらいか。いいか、連中はヨーロッパ人が大勢乗っていた旅客機をウクライナ上空で撃墜したが、世界は肩をすくめただけでやり過ごしたのではないか」

「だが、現在のロシア政権はクリミアを侵略していない。侵略したのは前政権だ」フレディーがいった。

「そのとおり、前大統領はアンドレノフと同類だった。前大統領が表舞台から消えると、大佐は現政権に嫌われた。アンドレノフはプーチン、あるいはプーチンに近い考えの人間が舵取りに戻ってくることを何より望んでいるだろう」

「アンドレノフに、クーデターを起こすような度胸があるだろうか？」リースは考えていることを声に出した。

「あの男はキャリアをとおして、世界各地でそればかりしてきたのだから、度胸について疑ったことなどない」

「アンドレノフをつまみ上げ、戦争犯罪か何かをまぶして国から追い出したやつがいるようだな」リースはいった。

「ああ、幸運を祈るよ。まやかしの慈善事業と顧問料を払っているKストリートのスーツ連中に守られて、あの男はアンタッチャブルだ。おれは何年も前からあいつに関する警告を発してきたが、完全に無視されてきた。このくそ野郎は牢屋にぶち込まれて当然だというのに、アメリカの上院議員の半数があいつの企画する催しに参列している」

「どういう意味だ？」リースは訊いた。

「アンドレノフは〝地球各地の虐げられた人々に助けの手を差し出す〟とか、そんな戯言《たわごと》を謳《うた》い文句にした財団を運営している。実際には、世界中で違法な口利きをするためのフロント団体だ。ナイジェリアで油田の採掘とか、スタン諸国（国名の末尾に「スタン」がつく国）でリチウムの採掘をしたい場合、その財団に八桁《けた》のカネを出せば、現場の人間が門戸をひらいてくれる。資金は洗浄され、スチュアート・マガヴァンのロビイング事務所を介して政治家にばらまかれる。カネはDCで大勢の友人をもたらす。選挙イヤーならなおのこと」

「おれたちこそ、アンドレノフと話をした方がよさそうだな」リースは感想をいった。

「彼が動くとしたら、助っ人にだれを使うか、心当たりはないか？」

「それはわからない。GRU時代と財団設立にいたるまでにも、あの男は世界各地に無数のコネをつくってきている」

「元シリア軍将軍を使って傭兵を雇うかもしれない、というひとつの情報源からの情報しかない」フレディーが付け加えた。

「おれもそれに一票。シリア内戦の両側にやつの指紋がついている、とおれは踏んでいるが、それは専門領域ではない。おれがあんたらの立場で、そんな情報を持っているなら、シリア軍の将官連中を水責《ウォーターボーディング》めの拷問にかけて、アンドレノフとつながっている具体的な名前を吐かせる」ダンレブが間を置いた。「だが、だからこそ、おれはこのビルから出してもらえないんだろうな」

リースはこの男が気に入りはじめていた。

「最善を尽くすさ。話は変わるが、オリヴァー・グレイは知っているか？」リースは訊いた。

「やつがどうした？」ダンレブが答え、表情がこわばった。

「彼をどう思っている？　この話は完全にオフレコだ」

「おれはあのちびっこい男を信用したことなど一度たりともない。数年前にやつが不審な動きを見せていると上に話してみたが、〝レーンからはみ出すな〟といわれた。ここのくだらない政治的公正《PC》ときたら、あんたらは信じられないだろう」

「グレイがアンドレノフと何らかのつながりがあるとは考えられないか？」

「まったく驚かないね。アンドレノフがこのビルのどこかに手先を忍び込ませていないとしたら、それこそ心の底から驚く」

「率直な返答に感謝する」

「おれが何をされる？　どこかの極小オフィスに入れて放し飼いにして、書類仕事で潰すか？」そういって、ダンレブは片手を振って周囲を示した。

ふたりの潜水工作兵《フロッグマン》が顔を見合わせた。

「協力には、本気で感謝している」フレディーがいった。

「アンドレノフが相手なら、ガードを下げるな」ダンレブは警告した。「あいつは非道だが、それよりも、できるくそ野郎だ」

「わかった。あらためて、時間を取ってくれてありがとう」フレディーがいった。

「ここまで来た甲斐があるといいが。何かあったら連絡してくれ」ダンレブがふたりに一枚ずつ名刺を渡した。

「そうすると、世界の反対側から飛行機で飛んでこなくても、電話することもできたのか?」リースはどうしても訊いてみたくなった。

「飛行機はあんたらを気に入る前までの話だ」ダンレブは立ち上がり、手を差し伸べた。

「おかえり、ミスター・リース」

67

スイス、バーゼル
十月

アンドレノフ大佐は帰ってくる息子を迎えるかのように、グレイを豪奢《ごうしゃ》な家に迎え入れた。父親のいない家で育った者にとっては、とても大きな意味を持つことだった。グレイは青臭い男ではないが、自分がアンドレノフにとって単なる資産《アセット》以上の存在だと思いたかった。それでも、やっと到着できて安心していたし、胸も躍っていた。これほど自分が偉くなっていると、これほど必要とされていると感じたことはない。

アンドレノフの使用人によって山のような昼食が用意されていて、グレイの食欲はその山に挑み、ローストビーフ、ロブスター、さまざまなデザートを平らげた。アンドレノフは徹頭徹尾《てっとうてつび》ロシア人だが、世界各地を旅してきたおかげで、料理の幅は草原《ステップ》ではとても収まり切らないほど広がっている。

当然ながらロシア産の冷えたウォッカが食事と一緒に出され、師と仰ぐ男に書斎に案内されるとき、グレイの頭はくらくらしていた。書斎の天井は三階分ほどあり、見事な彫刻が施された羽目板の本棚が天井まで壁を埋め尽くしていた。高い棚の蔵書は黒と金メッキの錬鉄の階段を伝って出し入れするようだ。革装本のロシア文学の古典や、第三世界の図書館や博物館からくすねてきた希少な原稿が棚に並んでいる。

アンドレノフの机が本棚の反対側の大きな花崗岩の暖炉前に鎮座し、暖炉の炎が、まるで束縛から逃れようとしているかのように薪の周りでもだえている。炉棚の上には、お気に入りの絵、『トルコのスルタンへ手紙を書くザポロージャ・コサック』の精巧な複製画が掛けられている。一八九一年に制作されたこの油彩画には、オスマン帝国のスルタンであるメフメト四世への罵詈雑言《ばりぞうごん》に満ちた返事を大笑いしながら書いているコサックたちが描かれている。コサックたちは、先にスルタンから以下の要求を突きつけられていた。

〝モハメッドの息子、太陽と月の弟、神の孫であり太守でもある者として……〟コサックは〝自ら無抵抗で〟トルコの支配に下るべし、と。コサックの不敬な返事には、一部こう書かれている。〝ああ、スルタン、トルコの悪魔と糞たれ悪魔の親戚、魔王の秘書官よ。尻丸出しでハリネズミさえ殺せないとは、貴様は何たる悪魔の騎士だ？　悪魔は糞をし、貴様の軍勢はそれを喰らう。売女《ばいた》の息子の貴様に、キリスト者を臣民にできるものか。貴様の軍勢など恐るるに足りぬ。陸でも海でも貴様と戦い、貴様の母親を犯してやる〟

イリヤ・レーピンの原画は、サンクトペテルブルクの国立ロシア美術館に展示されているが、じきにアンドレノフの計画が実を結べば、彼の自宅にやって来るだろう。この絵と、コサックがスルタンに宛てて書いた手紙を見れば、アンドレノフが敵をいかに軽蔑していたかが端的にわかる。東西両洋間の争いがすぐには終わらないことを常に示し続ける証左だ。

グレイはその絵だけでなく、空間全体に見とれていた。壮大で男性的な空間だ。この冷戦の戦士に会うのは三年ぶりだ。寄る年波の跡はありありとわかるが、これほど多くを見て、経験してきた男にしては、いい年の取り方をしている。七十歳ほどだとは思ったが、よくわからないし、あえて尋ねようとも思わない。襟《えり》をひらいて着ている糊《のり》の利いた白いシャツの上に、上等なカシミアと思われるあつらえた茶のスーツといういでたち。足下の〈エドワード・グリーン〉のカントリー・ブーツはきれいに磨かれていて、裕福なヨーロッパ人紳士にしか見えない。ペイズリーのポケットチーフで、アンサンブルが完成している。髪は白髪交《しらが》じりで、目立たない顔を縁取るきれいに整《ととの》えられた口ひげが似合っている。だが、目は目立ちすぎるほどで、灰色の瞳は冷たい光を放つ銀色に近く、人を魅了する。

相手を落ち着かせることも、恐怖を植え付けることも、楽しませることもできる目だ。これから、アンドレノフのまなざしがどんな感情をもたらすのだろう、とグレイは思った。

「きみの長旅に乾杯しよう、オリヴァー」ロシア人がいった。

ふたりはグラスを掲げ、勝利に乾杯した。

「はるばる旅を続け、ついに、こうして私のもとに、きみのいるべきところにいる」

「あなたはもうすぐロシアを絶望の淵から救い出すのです」グレイは力強い口調でいった。

「ここがきみの家だ。とにかく当面のところは。ここにいるかぎり安全だ。オリヴァー、きみは私のために、ロシアのために尽力してくれた。われわれの国の未来の扉をひらく鍵を持ってきてくれた」

「あなたは私を信じてくれました。母国は信じてくれなかったのに」

「それはあの国がきみの母国ではないからだ、オリヴァー。生まれた場所が悪かっただけだ。アメリカ人は海と富があるせいで傲慢になっている。自分で財をなしたと勘ちがいしている富豪の息子のようだ。私がきみに見いだしているものは、そんな連中には見えないのだ。きみはわれわれの最高の資産《アセット》のひとつを引き入れてくれた、オリヴァー。それに、きみが計画したロンドンでの作戦は、期待を大きく上まわる成果を挙げた。きみは私の誇りだ」

「ありがとうございます、大佐。次は何をいたしましょう？　どういったお手伝いができるでしょうか？」

「きみには私の目になってもらわねばならない。私が行けないところに行ってもらわねばならない。もう少しだ、オリヴァー、あとほんの少しのところまで来ているが、目的地にはきみに連れていってもらうしかない。大げさでも何でもないが、ロシアの未来はきみの双肩にかかっている。イスラムがわれわれを内から破壊しようとしている。イスラム教徒人口が増え続ける一方、われわれの民族人口は着実に減少する傾向にある。ズバレフ大統領はあまりに弱腰で、彼らに対抗できない。あまりに弱腰で、なされなければならないことがなされていない。正当な理由が必要なのだ、オリヴァー。ウクライナのロシア民族を解放し、南はアゼルバイジャン、西はポーランドまで拡張する正当な理由が」

「スナイパーは用意できていますか？」グレイは訊いた。

「できている。こうして話している今も、現場に向かっている」

グレイはうなずいた。やっと一軍チームの一員になれた。そして、もうそろそろ決勝戦のときだ。

「オリヴァー、単なる暗殺ではわれわれの目的は達成できない。今は一九一四年ではない。オーストリア大公フェルディナントを暗殺しても、世界を再び大戦に引きずり込むには不充分だ。今日では、それ以上のきっかけが必要なのだ」

「なるほど」

「今日では、世界的リーダーを暗殺しても、人々が何日間か喪に服し、制裁されておしまいだ。あのチェチェン人、タショは、われわれが必要とする正当な理由を与えてくれるだろうが、それでも不充分だ。世界が無視できないものが必要だ」

「というと？」グレイは訊いたが、答えはすでに知っていた。

「西側はそれをCBRN攻撃と呼んでいる——すなわち、化学《ケミカル》、生物《バイオロジカル》、放射性物質《レイディオロジカル》、核《ニュークリア》による攻撃だ。今回、われわれは化学兵器に集中する」

68

バージニア州、ラングレー
CIA本部
十月

CIAがアンディー・ダンレブを閉じこめている分析官の根城から、ヴィック・ロドリゲスのいる幹部オフィス・フロアまで、フレディーが道案内を務めてくれたので、リースは安堵《あんど》していた。掃除用具ロッカーのようなダンレブのオフィスとはちがい、ロドリゲスのところは大きくて広々していた。壁一面に並んだ窓から自然光が注ぎ込んでいる。特殊部隊時代と準軍事作戦担当官時代の写真、表彰盾《たて》、記念品が壁に並び、本棚にも飾ってあった。

「おふたりさん、ラングレーへようこそ。リース、これが罠でなかったと、そろそろ信じてくれるか？」

「信じかけているところです」リースは笑みを浮かべ、オフィスを見まわした。壁に飾ってある白黒の褪《あ》せた写真が目に留まった。第二次世界大戦時のダックハンター迷彩の戦闘服を着て、M1941ジョンソン自動小銃など、多様なアメリカ製兵器を持った若い男たちが、誇らしげな表情を浮かべている写真だった。

「これは私が思っているものですか？」リースは訊き、フレームに入った写真に歩いていき、しげしげと見た。

「六一年の二五〇六旅団。〝バイーア・デ・コチノス〟。すなわちピッグス湾に出陣する直前の父の部隊だ。あの写真の中で唯一の生還者だった」ロドリゲスは説明した。

「勇敢な男たち」リースにはそれしかいうことが思い浮かばなかった。

「確かにな、リース。今日、現場に出ているわれわれの隊員とまったく同じだ。有能な人材は集められるだけほしい」ロドリゲスが続け、リースに向けていった。「これを会議室に持っていこう」

ロドリゲスはリースとフレディーについてくるよう合図した。ふたりは電話を取り出し、盗聴の恐れのない部屋のドアの外に設置されている、小さな私書箱に似た専用の金庫に入れた。

「何か持ってこさせようか？　コーヒーとか、ミネラルウォーターとか？」

「私はいいです、ヴィック。あんたはどうする、リース？」

リースもかぶりを振って断った。コーヒーを出されたら、いろいろ混ぜないといけないから、時間がかかる。

三人とも席につくと、リースとフレディーは、ジュールズ・ランドリーの尋問の最新情報とアンディー・ダンレブのワシリー・アンドレノフに関する意見をロドリゲスに報告した。

ロドリゲスは最後まで聞くと、しばらく天を仰いでからいった。

「アンドレノフは確かに陰謀をたくらみそうな男だ。その点を確認する必要があるが、静かにやりたい。キャピトルヒルにいるアンドレノフの友人たちが口を出してきて、こちらのカードを先方に見せるようなことになるとまずい。オリヴァー・グレイについても、きなくさい知らせがある。防諜チームが現状を取りまとめているが、警備局の連中が出世するようなものはできあがらないだろう。グレイが転向したことははっきりしている。はっきりしないのは、彼がどれだけの損害を引き起こしたのかということだ。オールドリッチ・エイムズ級の損害になるかもしれない。知ってのとおり、複数回にわたってポリグラフ

・テストをパスしながら、ソビエト連邦とロシアのためにスパイをしていた。これからこちらがどういう手に出るか決まっていないから、今のところはわかっている損害を広げないようにしている。彼がいつ転向したのか、だれに情報を流していたのか、そういった点を押さえる必要がある。ギリシアにいるシリア人将軍の線をどのように追っていけばいいか、案はないか？」

まずリースが応じた。「イエディッド将軍を見つけられたとして、われわれかギリシア当局が彼をつかまえた瞬間、ネットワークは地下に潜《もぐ》り、足取りが途絶えます。したがって、迅速にことを進めなければなりません。アンドレノフがCIA内の資産《アセット》の正体をさらしてもいいと思っているなら、九・一一並みに大きなたくらみでしょう」リースは続けた。「地域別統合軍司令官に、派遣している特殊作戦軍《SOCOM》を呼び戻してもらう必要があります。とりわけ戦域司令官緊急事態対応部隊《CIF》の中隊、いや、今の名称では危機対応部隊《CRF》を呼び戻し、待機させておかないといけません。[redacted]を戻し、予備の飛行大隊に臨戦態勢を取らせます。その間《かん》、われわれはランドリーからさらに多くの情報を引き出し、同時に、その情報をそちらの分析官や資産《アセット》にくまなく確認してもらい、カシム・イエディッド将軍の居所を見つけ出してもらいます。また、彼を始末する承認の取り付けもしていただかないといけないので、意のままにできるルート、回収できる借りをすべて使ってください。どこの国にいようと彼を捕縛《ほばく》していいという、国防長官《SECDEF》か大統領《POTUS》の承認が必要です。捕縛するのはわが国の部隊でなければなりません。情報を引き出して、それにもとづいて作戦を遂行する時間的猶予はあまりないので、パートナー国家や同盟国の部隊では無理です。単独でやるしかありません。そういったことをすべて進めると同時に、モーがアメリカの諜報機関のために働いていることがバレないようにする必要があります。ほかに何かいい忘れていることはあるか、フレディー？」

「たいした士官ぶりじゃないか、リース。お見事」フレディーがにやりと笑った。

「まあ、昔はそういうことをやってカネをもらっていたのさ」リースもにんまりした。

「今でもそうじゃないか、リース」ロドリゲスが口を挟んだ。「そういった手続きは、こっちで進めておく。承認の取り付けはやたら面倒くさくなりそうだ。いつもそうだが。長年にわたって、私もそれなりに高レベルの作戦に携《たずさ》わってきたからいえることだが、今回のはしばらくかかるかもしれない」

「まあ、最善を尽くしていただけたら、ヴィック」リースはいった。「そちらで承認を取り付けしだい、イエディッド将軍の捕縛作戦を遂行できるよう、こちらは準備を整《ととの》えておきます。そこからは、グレイから引き出した情報にもとづいて、臨機応変に進めます」

「やってみよう。だが、ひとつ問題がある」ロドリゲスがいった。

「どういったことですか?」リースは訊いた。

「きみらが空を飛んでいるあいだに、モーが姿を消した」

69

イラク、クルディスタン
十月

ランドリーの目隠しがとりはずされ、最悪の悪夢が広がった。彼は殺風景な尋問室から引きずり出され、倉庫のようなところに連れて来られた。暑く、体内に残っていたわずかばかりの水分が汗になって噴き出しはじめている。裸で、両手を背中で拘束された状態で、足の長さがそろっていなくてぐらつく木のスツールに立っている。頭上の垂木から垂れ下がるピアノ線が、彼の男性器にくくり付けられ、彼が今より低い位置に動けば、ピアノ線が絞首刑の縄のようにきつく締まるようになっている。ピアノ線がきつく締まらないようにするには、つま先で立ち続けなければならないが、何日ものあいだ何も食べず、水もほとんど飲まず、常に寒さに耐えてきたせいで、死ぬほどつらかった。スツールから足を滑らせようものなら、すぐさま睾丸と陰茎とが分断される。

この技法には詳しかった。ランドリーのお気に入りの技法のひとつだからだ。この十年のあいだに、軍民問わずけっこうな数のイラク人やシリア人に使ってきた。ある夜、ランドリーはかなりのジンを飲んだあと、武装勢力ではないかと疑われていた男に使い、妻に無理やりその様子を見せた。男が何も悪いことはしていないと突っぱねると、ランドリーは男を蹴ってスツールから落とし、男が失血死するさまを妻に見せてやった。その男はちがう家から引っ張ってこられたことが、あとでわかった。ランドリーは無実の男を殺してしまった。その過程で妻は過激派になり、子供たちも次世代の筋金入り聖戦戦士《ジハーディ》になるのは確実だった。

「ここにいるのはおまえとおれだけだ、ランドリー。生ぬるい西側の尋問室はない。水と室温の変化もない。アメリカ人もいない。監督官もいない。医者もいない。ＣＩＡもいない。**ルールもない**」

ランドリーはバランスを必死で保った。目が泳ぎ、部屋のあちこちに視線を走らせた。

「これがどんな結末を迎えるか、いうまでもないよな、ランドリー。カシム・イエディッド将軍について、知っていることをすべて教えてもらう必要がある。どこに住んでいるのか、どうやって連絡するのか、警備体制はどうか、すべてだ。さもないと、あんたには女になってもらう」

「モー、頼むからこんなことはやめてくれ。地図を書く。おれがそこまで連れていく。何でもする。カネならあるんだ、モー。ロシアからもらったカネがたんまりある。スイスに行ってもいい。カネならぜんぶくれてやる。姿を消してもやっていけるだけのカネだぞ、モー。それがすべておまえのものになるんだ。イエディッドはアテネに住んでいるが、船で地中海にいることが多い。まだ仕事の仲介をしている」

「正式な尋問室にいたときに、なぜそれをいわなかった?」

ランドリーは黙ったまま、バランスに集中していた。刑務所で何年も絶え間なく続く集団強姦より、イエディッドの方を恐れているのは明らかだった。

「どんな仕事を仲介している?」モーはランドリーに考える時間を充分に与えてから、質問を続けた。

「だれかが必要だというなら、どんな仕事でも。誘拐、襲撃、車爆弾、何でも」

「おれの昔の部隊をモロッコに送り込んで、CIAの施設を襲撃させたりもか?」

ランドリーの口がからからに乾いた。「ああ」

「もっと教えろ」

「ヨーロッパの各都市にシリア人難民がいる。元戦闘員もいて、イエディッドはその全員とつながっている」

「次のターゲットは？」

「それは本当に知らないんだ、モー、神に誓っていう。グレイがイエディッドに直接連絡を取りたいといってきたから、どうすればいいか教えてやった」

「グレイはなぜ連絡を取りたがっていたのだ、ランドリー？」

「知らない。おれの知ったことじゃないんだろ」ランドリーがバランスを崩しそうになり、恐怖の声を上げた。

「頭をフル稼働して推測しろ」

「あのロシア人と関係があるはずだ」

「スイスにいるロシア人か？」

「ああ、そいつだ。そいつとグレイが今回の件を裏で操っていたにちがいない。おれはただの小さな歯車なんだ。雑魚なんだ」

「おっと、そんなことは知っているさ、ランドリー。グレイは自分でイエディッドとの連絡を取る前、おまえにどんなことを依頼してきた？」

「イエディッド将軍に、あるスナイパーを探し出すよう伝えさせられた」

足を震わせながら、不安定なスツールに全力で立ち続けるランドリーから、汗が滴り落ちている。

「スナイパー？」

「ああ、シリアで最高のスナイパーだ」

「そいつは何者だ？」

「詳しいことは、知らない。〝シシャニ〟とかいうやつだ。〝昼の射手〟、〝昼のチェチェン人〟とか、そんな意味らしい。赤い顎《あご》ひげ。それぐらいしか知らない。**誓う**、モー。ほかに知っていることがあれば何でもいう。**頼むから、ピアノ線を切ってくれ！**」

ランドリーが話し続けるそばで、モーはメモを取った。ランドリーはがたぴしのスツールでふらつき、バランスを崩しかけ、男性器に巻き付けたピアノ線を切ってくれと懇願した。ランドリーは工作を詳しく説明した。受け渡し場所や警護訓練などを含む詳細な情報を伝えた。バランスを取る時間が長くなるにつれて、しだいに協力的になっていた。

モーはスツールの上で震えるランドリーを残して部屋を出ると、電話をかけた。

「すぐ戻る。どこへも行くなよ」

「**モー！　モー！　おれを置いていかないでくれ！**」

モーはリースの番号にかけ、ランドリーから仕入れた新情報を伝えた。数分後、CIAの分析官が、カシム・イエディッド将軍なる人物に関して日々集まってくる大量のターゲット情報にランドリーの情報を加えた。

　モーは通話を切り、刺青《いれずみ》だらけのがっしりしたランドリーの体が、サーカスの象さながらに小さなスツールに載っている部屋に戻った。

「頼む、頼む」ランドリーが懇願し、かつて自分の資産《アセット》だった男の深く、黒い、容赦のない目をのぞき込んだ。「知っていることはすべて話した」

「信じてやるよ」モーはいい、素早くスツールを部屋の向こう側まで蹴り飛ばし、ジュールズ・ランドリーを床に落とした。

　二五〇ポンド（約一一三キログラム）の巨体が、ぽろぽろと砂利が落ちているコンクリートの床にどさりと残忍な音を立てて落ちたが、さっきまでピアノ線にくくられ、反対側に垂れていた重さ数オンス（一オンスは約二八グラム）の部位は含まれておらず、ランドリーの体の横に落ちた。獣《けもの》のような絶叫が響いた。両手を背中側で縛られているから、股間に残っているものからの大量の出血を止めたくても、ランドリーにはどうすることもできなかった。真っ赤な鮮血が動脈からどくどくと流れ出るにつれて、絶叫はすぼんでいき、やがてうめき声になっていった。一分もしないうちに意識を失い、モーがトラックのギアを入れる前に臨床死状態になっていた。

第三部　贖罪

70

ワシントンＤＣ
十月

少数のリポーターへの意図的なリークからはじまったものが、翌日になって国家情報長官室により事実として確認された。ケーブル・ニュース・チャンネルはすべての枠をそのニュースで埋め、大手ネットワークでさえも日中の放送を急遽《きゅうきょ》変えた。テロリズムはソープオペラにも『ジャッジ・ジュディ』（裁判をテーマにしたリアリティ・テレビ番組）にも勝るらしい。アメリカとヨーロッパの諜報機関が、最近、ヨーロッパ各地で続発しているテロ攻撃の黒幕はイラク内務省の元少佐モハメッド・ファルークであると特定した。ファルークはアミン・ナワズの小部隊のリーダーであり、民間人と軍人の両方をターゲットに、特殊作戦の熟練指揮官としての伎倆《ぎりよう》を使用してきた。ナワズはアルバニア特殊部隊によって殺害されたが、ファルークはその包囲網をかいくぐり、トルコのどこかに逃亡したと目されていた。だいぶ古く画素の粗いファルークの写真が各国の視聴者に放送され、テロのリアルさが増した。アメリカ合衆国はファルーク捕縛《ほばく》に資する生体情報を含む人間と通信傍受による情報資産の機密扱いを解いて、同盟国の諜報機関と法執行機関に提供する。

ただし、アメリカ合衆国の提供する人間と通信傍受による情報が意図的に紛らわしく加工されたものであり、生体データ——顔認証、指紋及び音声認証——がファルークのものと一致しないということを、同盟国の情報機関は知らなかった。

数時間のうちに、モーは世界最大のお尋ね者になった。モーには、地球各地のイスラム・テロ組織に通用する〝偽の身分〟が、あっという間にできあがった。

71

ウクライナ、オデーサ
十月

アンドレノフの警護班なら、まちがいなくその任務をこなせていただろうが、グレイは自分でやると主張した。これまでほぼずっと机に縛りつけられてきたのだから、もうそんな目に遭うつもりはなかった。是が非でも作戦が遂行される現場に出る。自分の力をロシア人の雇い主に見せつけるのだ。

アンドレノフの連絡係がアジトを手配していた。フレッカ・ストリートの質素だがきれいなアパートメントだった。数多くのバーやレストランに加えて、フィルハーモニー協会と美術館も近くにある。このあたりのほとんどの人は、国語であるウクライナ語のほかにロシア語も話すから、これから示す伎倆《ぎりょう》を示す機会はふんだんにある。

このあたりではユーロが好まれることもあり、埠頭《ふとう》に入るのに、それほど大量の現金は必要なかった。アンドレノフはウクライナ人の半数を買収できそうなほどの現金を用意してくれたから、ある船を特定の位置に停泊させるくらいはたやすいことだった。船の係留場所を教えられていて、グレイはその場所を自分の目で確かめておくためにそこへ歩いていった。

GPS装置が充分な数の衛星の位置を把握し、この任務に必要な正確性を得るまでに、数分を要した。コンシューマー携帯GPSではなく、大型二周波オムニスター（静止衛星による全地球航法衛星システム）を利用してマッピングと測量ができるように設計された民生用装置だ。コンシューマーGPSの誤差は数メートルだが、このシステムの誤差は、水平と垂直の両方向とも一〇センチメートル以内だ。船が指示どおりに係留されていて、容器が適切な位置に置かれているなら、暗殺集団はターゲットを狙える範囲内にいることになる。

その夜、グレイは距離と高度の情報をスプレッドシートに慎重に記録し、さまざまな位置から射撃位置とターゲット位置を撮影したデジタル画像とともに、プリントアウトした。すべての項目をチェックし、さらに三重にチェックしたあと、その文書をDHLのエクスプレス配送用の封筒に入れて封をした。電子通信などを使ってこの作戦の内容を漏らすわけにはいかない。この情報は二日後にトルコに到着し、そこから連絡員が直々《じきじき》に農場の家に届ける。グレイはじきに世界を変えるのだ。

72

ワシントンDC
十月

リースとフレディーにできるのは、待つことだけ——CIA分析官がカシム・イエディッド将軍に関するターゲット情報をまとめるのを待ち、ロドリゲスが彼の拘束の許可を得るのを待つだけだ。

フレディーは車を借り、サウスカロライナ州ビューフォートまで八時間かけて車を走らせ、ひと晩、家族と過ごすことにした。サムの誕生日で、すでに何度もその日に一緒に祝うことができなかった。

リースがトレーニングの準備をしながらテレビをつけると、耳慣れた声が聞こえてきた。画面に目を向けると、ピューリッツァー賞を受賞したジャーナリスト、ケイティ・ブラネクが『FOXニュース・サンデー』に出ていて、不当監視について語っていた。〝前の通りをちょっといったところにいるのか！〟

この前の悲惨な試みのあと、今は自分が生きているなどと電話して、彼女をびっくりさせるときではないと思った。だが、表の道路の数マイル先にあるFOXのDC支局に彼女がいるとわかり、考え直そうと思っていた。サイドテーブルの電話をつかみ、ディスプレイをじっと見つめた。

〝またやってみるのか？〟

〝何ていえばいい？　もしもし、ケイティ、リースだ。おれは死んでいないし、この前会ったときの話だが、起爆装置がきみの頭を吹き飛ばすことはないとわかっていたんだ。夕食でも一緒にどうだ？〟

〝くそ！〟

リースは電話をベッドに放り投げ、彼女のインタビューでの発言に集中しようとした。

〝局に行ってびっくりさせるか？〟。ものの数分で行ける。

リースは〈レスコ〉の時計に目を落とした。

〝そうだ、そうするしかない。直接会う方が電話よりずっといい〟

リースはいちばん上等な服に素早く着替え、ロビーに向かった。

FOXニュースDC支局の斜向《はすむ》かいの〈スターバックス〉前で、リースはタクシーに下ろしてもらった。昔からアメリカの権力が集まる場であるキャピトルのすぐ北だ。リースは都会っ子などではないが、DCはいつ来ても好きだった。DCは特別だった。空気にエネルギーが満ちている。国内情勢がどれだけひどくても、ここだけはアメリカ合衆国のままだという雰囲気が漂っている。この立憲共和国は、たいがいの国なら滅んでしまうような嵐を何度も乗り越え、栄えてきた。〝ベンティサイズ〟の〝ブロンドロースト〟コーヒーを注文し、はちみつとクリームを入れる分だけ少なめにしてほしいとバリスタに伝えているとき、リースは、ついこの前まで、ここに位置する連邦の権力機関が血眼になって自分を見つけ出して殺害しようとしていたことを、思い出さずにはいられなかった。

リースはEストリートノース《N》ウエスト《W》に出て、ノース・キャピトル・ストリートノース《N》ウエスト《W》に向かった。電話を見るふりをしながら、ケーブル・ニュースの巨人であるFOXビルの正面を観察しつつ、通りを隔てた駐車場へ歩いていった。

『FOXニュース・サンデー』がそろそろ終わるころだ。収録後どれだけビル内にとどまるのだろうか？

〝何をしている、リース？　待ち伏せなんかしたら、彼女に怖がられるだけだ。向こうが

こっちに会いたくなかったらどうする？　別のドアから出ていったらどうする？　怖がられるだろうか？″

″考えすぎだ、リース″

そのとき、ケイティがブロンドのポニーテールを揺らしてビルから出て、リースが待っている駐車場に向かって歩いてくる光景が目に入り、リースの思いは途切れた。二〇〇ヤード（約一八三メートル）離れていても、まちがいなく彼女だとわかった。

ケイティに向かって踏み出したとき、電話のバイブを感じた。この番号を知っている者はそう多くない。リースは出ないでおきたい気持ちにあらがった。液晶画面に現地の七〇三市外局番ではじまる番号が現われ、アイコンをスワイプして電話に出た。

「はい」

「リース、ヴィックだ。今どこにいる？」

「ええと、DCにいます。コーヒーを買いに」

「ホテルのコーヒーじゃ満足できないのか？」

「まあ、はちみつを置いてなくて」リースはいい、歩きかけていた足を止め、ケイティが左に折れてキャピトル・ストリートに出て、駐車場から北へ歩いていく様子を見た。

「そうか、まあ、至急、飛行機に乗ってもらいたい。作戦に移行できそうな情報が入り、承認も得た。資源《リソーシズ》を動かしはじめている。三十分後にダレスに来られるか?」

「行きます」リースは即答した。

「それならむしろ、CIAの車を出して、ホテルまで迎えに行かせよう。きみはホテルに戻り、荷物をまとめて、ホテル前で車を待っていてくれ」

リースは通話を切った。〝くそ〟。歩き去るケイティを最後にひと目だけ見て、通りに向かって駆け出し、タクシーを止めた。

73

バージニア州、バージニア・ビーチ
十月

日曜の午前十一時四十二分にポケットベルが鳴り、教会での礼拝、芝刈り、子供との遊びなど、ごくありふれた日曜の朝の〝お勤め〟をしている、一見するとふつうの家族の気を引いた。妻子のいない者の多くと、いる者も何人かは、夜遅くまでバージニア・ビーチのバーをはしごしていたせいで、二日酔いを癒《いや》していた。素人目には、そういった者たちはラグビー・チームに見えるかもしれない。よく見れば、ふつうとはとてもいえない連中であることを示す動かぬ証拠が見えてくる。いちばん目に付きにくいものは、いつも必ず手の届くところに置いている煙草《たばこ》パック・サイズの奇妙な形のポケットベルだ。大半の人は一九九〇年代中ごろにポケットベルから携帯電話に切り替えたが、少数のエリート特殊部隊は、こういった緊急時に備えて常に待機している必殺の精鋭集団と衛星経由で確実に連絡を取る手段として、今でも使用している。

四十五分後、彼らは地球上でもっとも閉鎖的なクラブのチーム・ルームに集まっていた。もう家族、友人、恋人との連絡は取れない。任務だけに集中する。すでに耳慣れた〈イリジウム〉ポケットベルのブザーに日常生活を中断された家族は、仕事に向かう夫や父親の姿を見るのもこれが最後になるかもしれない、と痛切な思いを抱く。そうした家族は、もっと大所帯で、もっと世話の焼ける家族、すなわち海軍特殊戦開発群《DEVGRU》という家族に、夫や父親を貸しているのだ。

「チーム・リーダーの諸君、全員そろっているか?」ピート・ミルマン最先任上等兵曹が指揮官然とした口調で呼びかけ、雑談を制止した。

「第一チーム、います」

「第二チーム、います」

「第三チーム、います」

「第四チーム、います」

「了解。よし、諸君」ピートが続け、巨大なテーブルについている面々を見た。テーブルの両側には、ネットにつながっているコンピュータが備わった個別の机がある。このコンピュータは、ふつう軍施設のブリーフィング・ルームに備わっているSIPRコンピュータより機密性が高く、傍受の恐れもない。

ピートは真顔を保ち、[redacted]戦闘員兼チーム・リーダーたちの面々を見て、笑みを見せたい衝動を押さえつけた。上等兵曹としてこの男たちに要旨説明をするのも、あと数えるほどだろう。九・一一以降最初のクラスで[redacted]を卒業したのだから、もうずいぶん長いこと現役でいるし、ずっと派遣されてきた。この体は長年にわたり、NFLのラインマンより酷使されてきて、考えたくはないが、翌年創設される作戦立案機関の人事職《GS》に就く。最初の結婚は子供が生まれる前に大失敗に終わった。二度目の結婚の相手は特殊作戦コマンドで、海軍に二十三年もいるとはいえ、どうしても別れを告げられずにいる。

「今回の件では急展開となった、諸君。リビアとマルタのあいだの地中海上に浮かぶヨットに乗っているシリア人将官……カシム・イエディッドとかいう男を捕縛《ほばく》する[redacted]計画に対して、ついさっき国家安全保障会議《NSC》のゴーサインが出た。重要人物あるいは戦争犯罪人のトップテンには入っていなかったが、ついさっきトップワンの座に就いた。CIAはその男を進行中の計画における重要なプレイヤーであり、アメリカ合衆国に対する直接的な脅威であるとみなしている。一刻を争う状況であり、最高レベルからも注目されている。

何だ、スミティー」ピートはいい、いちばん新しくチーム・リーダーになった男を差した。

「直接的な脅威？　というと、その男を活用して、さらなる情報を引き出す必要があるのか？」

「そのとおりだ。今回は捕縛／殺害任務であって、殺害／捕縛任務ではない。明確な言葉で強調されたが、おれたちはイエディッドを生け捕りにする必要がある。諜報の連中はターゲット情報の最終仕上げに入っている。おれたちが精確な回答を求めている一連の不明点も含まれる。各自にターゲットの写真と質問事項のリストを持ってもらう」

「この男をどれだけ荒っぽく扱えるんだ、上等兵曹？」

「そう興奮するな、スミティー。急遽《きゅうきょ》、ラングレーから尋問官のドクター・ロブ・ベランジャーを呼んでいる。そっちは彼に任せる。今DCを発ってこっちに向かっているころだ。彼の身に何かがあればおれたちが引き継ぐ。BITの者たち」戦場尋問チーム《バトルフィールド・インテロゲーション・チーム》の頭文字を出して、ピートはいった。「その連中が引き継ぐ。ここがアフガニスタンのあばら屋でないことだけは覚えておけよ。これまでよりはるかに多くの目が向けられるから、そう思って動くように」

「今はTQというのかと思うけど」スミティーがにやりと笑った。「あんたら年寄りのためにいっておくと、戦術的尋問《タクティカル・クエスチョニング》だ」

「ああ、そうだったな。どうも覚えられない。また政治的公正《PC》か」

「その将軍の経歴は？」アメリカ有数の潜水工作兵《フロッグマン》というよりは、持久力系の運動選手に見えるＳＥＡＬ隊員が訊いた。

「興味深いやつだ」ピートは続けた。「アサド政権で将軍になった。アサドの政策に協力的でない大衆に化学兵器攻撃を遂行して、将軍の記章を得た。その後、シリアの主要石油産出会社アル＝フラートと何らかの関係を構築した。いずれにしても、彼の資金の出所はその会社だと思われる。彼は同社の警備コンサルタントに名を連ねているが、紛らわしくするためにそうしているだけだろう。ＣＩＡでは、基本的に人材仲介者だと考えている」

「それはいったいどういう意味だ？」スミティーが訊いた。

「まあ、シリア軍はロシア軍の顧問による訓練を受けていて、反乱軍の鎮圧において訓練成果を試す経験を数多く積んでいる。シリアはアラブの春を逃れた唯一の国だ。その点を忘れるな」

「ああ、だれにとってもどれほど都合よかったことか」

「こっちでわかるかぎりでは、彼には軍関係の人材に関する情報があり、シリアの利益が一致しているかぎり、その情報を各国政府、ならず者国家、テロ組織に、それにご想像のとおり母なるロシアにも売っている。爆発物のエキスパート、スナイパー、急襲チーム、化学兵器のスペシャリストが必要なら、イエディッド将軍が手配してくれる、というわけだ」

「現在のロシアは穏健派政権だと思っていたが」

「確かにそのとおりだ、スミティー。だが、前の大統領のときに決まった政策のいくつかはまだそのままだし、民間、政府機関の別を問わず、権力機構のリーダーも変わっていない。中には、現大統領の進歩的な政治姿勢に賛同できない者もいる」

「ロシア連邦保安局《FSB》やロシア対外情報庁《SVR》などか？」

「そのとおりだ。ＫＧＢやＧＲＵのロシア時代の生まれ変わりだ」

「そのヨットの警備状況はどうなんだ、ピート？」別のチーム・リーダーが訊いた。

「全長一三五フィート（約四一メートル）のスーパーヨットで、船名は〈ショア・シング〉。わかる、わかるよ、ひどい名前だ。いまいましい宇宙船みたいな船体で、一週間十七万五千ドルで借りられる。仕様では、乗組員八人と乗客十人が乗れる。ＣＩＡの推定では、将軍とおそらくふたりの乗客のほかに、シリア人護衛六人が乗船していると見られる。どうやら将軍はひとりでパーティーするのはお嫌いらしい。船上にＣＩＡの〝目〟はいないから、あくまで精いっぱいの推測だ。彼は以前もそのヨットを借りている。友人を連れていくこともある。よくあるヨット遊びだ。女、ウォッカ、好みの麻薬。ＣＩＡは去年、娼婦をひとり潜入させた。それで、彼のPSDとプロフィールがよくわかった」

「娼婦たちの代金もさっきの十七万五千ドルに含まれているのか？」スミティーが訊いた。「ちょっと高いような気がして」

ピートがやれやれと天を仰いだ。「追加料金だろう。まず本題の話を終えて、航空機《バード》に乗るぞ。オセアナ（海軍航空基地オセアナのこと）でおれたちを待っている。まとめるぞ。悪党の将軍は、カネを出してくれて、しかもアサドの政策に役立つ連中に、シリアの軍関係スペシャリストを紹介している。おれたちの仕事は、そういうスペシャリストのひとりに関する情報をつかむことだ。今回はあるスナイパーに関する情報をつかむ必要がある」

五十二分後、彼らはこうした不測の事態に備えて待機している二機のC－17に乗り、バージニア上空に飛び立っていた。最初のポケットベルが鳴ってから、九十七分しか経っていなかった。

74

大西洋上空のどこか
十月

スミティーは、部隊指揮官が中隊長と身を寄せて協議するさまを見ていた。中隊長は[redacted]にとっては初顔だったが、そこそこの男に見えた。部隊指揮官がその優男《やさおとこ》の相談を聞き、新しい役目になじませている。スミティーにはわかる。この部隊では、士官はロッカーを借りるだけだ。ショーを演じるのは下士官の戦闘員だ。

四つの急襲チームが二機の航空機に分かれて乗り、その後、四艘のボートで内燃機船〈ショア・シング〉を強襲、掌握し、シリア人のカシム・イエディッド将軍を捕縛《ほばく》／殺害する。スミティーはひと息つき、その急襲チームのひとつのリーダーとして、作戦の次の局面でどんな不測の事態が起こるだろうかと慎重に考えた。乗船作戦なら、二〇〇三年のアメリカ軍のイラク侵攻前に、国連のイラクへの禁輸制裁を守らせるために、アラビア湾北部で何度も遂行してきたが、現在の指揮系統の一部として遂行するのははじめてになる。〝ボートが一艘やられたらどうする?〟。数百万ドルの損失が生じるだけではない。任務はそこで終わらない。ボートを二艘失うことになっても、任務を完遂する。〝そうならないことを祈るばかりだが、戦闘員がやられたらどうする?〟。二艘のボートが最小限の人員で遺体回収にまわり、残りの二艘がターゲットのヨットに向かう。それでもやるべきことはやる。戦死した兄弟たちのために。彼の部隊はＨＫ４１６とＭＰ７を取り混ぜて持っていく。突破チームはトーチとチェーンソーを持っていくが、そうした重い道具は強襲上陸用舟艇に置く。得られた情報からすると、〈ベネリ〉のショットガンを設置してドアを撃てば、豪華ヨットのどのドアも打ち破れそうだった。

[redacted]。[redacted]。

航行船舶阻止作戦はこの精鋭部隊に用意された最重要任務だった。アメリカ合衆国の国

家安全保障を保つために乗船が必要であるのに拒絶された場合、海軍特殊戦開発群《DEVGRU》が招集される。この一目置かれる階級にある戦士たちは、アメリカ軍の兵器の扱いについて最高度の訓練を受けており、双子のタワーが崩落して以来、陸上ターゲットに対して動員されてきたが、乗船技術も磨き続けてきた。

ドクター・ロブ・ベランジャーはもう何年も撃っていないし、今夜は拳銃一挺ぐらいしか持っていかない。ボートのことはよくわからないし、飛行機から海に飛び降りたことはない。しかも夜間だ。体重一四〇ポンド（約六三・五キログラム）、白髪《しらが》交じりのぼさぼさの髪、何を考えているのかと周囲の人々に思わせる笑顔をもって、彼はＣＩＡでも有数の尋問官としての地位を確立した。医科大学の学資金、その後の神経科の研修費用もアメリカ空軍に出してもらった。ロブが軍の軍医科の出世階段を上っていたある晴れた火曜の朝、世界が一変した。

あろうことか母国が攻撃を受けたあと、国の報復欲求が最高潮に達したことを受けて、行政弁護士たちが極秘メモを出した。〝拡張〟という区分にはとても収まらない尋問テクニックを研究し、テストし、評価する許可をＣＩＡに与える内容だった。そうしたテクニックは、今後何年間も新聞の署名記事や社説によって微に入り細を穿《うが》つ精査の対象になり、討論番組で討論され、政治及び法制面で議論されることとだろう。空軍の神経外科医長の推薦を受けて、ロブはCIAの秘密研究施設に派遣された。メキシコのモンテレイのはずれに位置する、乾燥した山中の地下四階に埋もれている研究施設である。専門家、政治家、活動家、解説者などが、キューバのグアンタナモ湾で用いられた拘留者の睡眠剝奪《はくだつ》や無理な姿勢のことばかりをいい合っているあいだに、ロブと彼の医師団は、もっとも熟練した筋金入りのアルカイダ捕虜からもっとも有効的かつ効率的に情報を引き出す手法を実験し、研究し、洗練し、記録していた。

メキシコの地下で政治と倫理の折り合いといった面で、どれほど複雑な感情を抱いていようとも、ドクター・ベランジャーは国を愛する気持ちによる導きに従った。捕虜たちに過度の苦痛を与えたくはなかった。〝過度の〟というのがキーワードだった。ドクター・ベランジャーにいわせると、複雑なパズルを解いているようなものだった。可能なかぎり少ない苦痛しか与えずに、狂信者から必要な情報を引き出すと同時に、そうやって収集した情報の正確性と信頼性を確保するにはどうすればいいのか？　母国を守るために武器を取って突撃することはできないが、ちがった方法で戦いを手助けすることならできる。ドクター・ベランジャーはまさにそれをするつもりだった。

政権が替わり、国が〝長期戦〟と表現されるものに疲弊感を抱くようになると、ドクター・ベランジャーはバージニア州北部のCIAの医療スタッフになった。チームがメキシコで行なった尋問実験ファイルは紙の記録しか残っておらず、患者らしき者がひとりもいない、実験場所から遠く離れた病院の奥底の金庫室で眠っている。その病院は、存在しない会社のダミーとして名前だけ存在する。

非協力的な対象者から情報を引き出す知識と経験を兼ね備えた、全米でも数えるほどしかいない医者のひとりとして、ドクター・ベランジャーは貴重な人材だった。非常にまれではあるが、〈ペリカン〉のハードケースに商売道具を詰めて外国に飛び、仕事をしたこともある。まったく故障もない航空機から飛び出すのは、これがはじめてだ。隣に座っているSEAL先任上等兵曹が付き添ってくれるわけだから、これほど安心できる付き添いはないが、それでも不安だった。不安にならない者などいるか？　泳ぎだってたいしてできないのだ。

ドクター・ベランジャーの黒いハードケースは、別のSEAL隊員が持って降下する。急襲チームが〝VOI〟というもの、つまり重要船《ヴェッセル・オブ・インタレスト》船を確保したあとで、手元に戻されることになっている。そこからは彼が仕事をする番だ。

ドクター・ベランジャーは、何度も訓練を重ね、自分たちが何をしているのか明らかによくわかっているSEALチームの動きを見ていた。パラシュートを体にセットし、武器や装備を固定し、その後、チームメイト同士で二重、三重のチェックにより、命を預ける装備を細かい点まですべて、何人もの目で確認していく。そうするからこそ、地中海の水面に安全に落下することができるのだ。

ドクター・ベランジャーは立ち上がり、体を一回転させながら、ハーネスを横の大柄なSEAL隊員のタンデムリグに固定してもらった。これで彼の命は、ほんの数時間前にはじめて会った、ブロンドのひげを生やしたバイキングの手にゆだねられた。あとは運命に身を任せる以外、どうすることもできない。

C‐17のランプがあき、容赦ない外気が吹き込むと、轟音《ごうおん》がフォームラバーの耳栓越しでも耳を聾《ろう》した。アドレナリンがどくどくと流れ出し、テロとの戦いの初期に、最初のアルカイダの捕虜がCIAの工作員チームに連れてこられたとき以来の気持ちを感じていた。

〝決意〟

パレットに載せた強襲上陸用舟艇から灰色の補助パラシュートが飛び出し、船体を激しく引き、貨物倉から夜の闇に引きずっていった。一艘目が見えなくなると、二艘目もすぐに続いた。ドクター・ベランジャーにはわかった。二機目のC‐17でも、離陸前に格納庫で手短に説明を受けたように、すぐうしろで同じ動きをしている。ジャンパーが彼と一緒にあいたドアに近づくにつれ、急襲チームの面々や舟艇の操縦者が、空から降下していく流線型の高速舟艇に続いて機体後部から矢継ぎ早に飛び出していることになど、ほとんど気づきもしなかった。

不意に、ランプの端が足の下に来て、彼らは深淵の中に足を踏み出した。

75

地中海
十月

カシム・イエディッド将軍が最初に異変に気づいたのは、個室のドアが勢いよくあけられ、隔壁にぶつかったときだった。次は警護班長がマカロフ九×一八ミリ拳銃を振り上げ、コカインをこよなく愛する背の高い赤毛のウクライナ人女と寝ていたベッドから出るよう、慌てた様子で叫んでいたときだった。

イエディッドは体を起こすと、ちょうど警護班長が雨のような銃弾を背中に受けて絶命し、ベッドのすぐ手前の床に倒れるところを目撃した。

将軍はムードを高めようと照明を暗くしていたが、彼の股間に顔をうずめていた若いウクライナ人のしなやかな肢体は照らし出されていた。そんなとき、別世界からの亡霊ふたりが彼の聖域を打ち砕いた。ふたりがアメリカ人であることはすぐにわかった。ヘルメットに取り付けてある四眼の暗視装置が、たった今、彼の人生が取り返しのつかないほど変わってしまったことを如実に示していた。ウサーマ・ビン・ラーディン襲撃で有名になり、その後、軍に触発されたテレビ番組や映画によく登場した装置だ。その科学技術の粋は、捕食者たちが部屋の明かりを利用してさらなるターゲットを探せるように、やや上にずらされている。

　イエディッドはこれまで襲撃を受ける側にまわったことはなかった。襲撃を命じたことは何度もあるが、襲撃自体は常にほかの者たちに任せてきた。彼は襲撃者ではなく企画者だ。それまで感じたことのない全身がすくむほどの恐怖を感じた。近くに拳銃があったとしても、手を伸ばせもしなかっただろう。

　ふたりの侵入者のうち体の大きな方に荒々しく床に押し倒され、手際よく結束バンドで手を拘束された。これほどの手際のよさとなると、アサドが統制する軍事諜報部隊ムカバラトのロシア人顧問が実演していたのを見て以来だった。

　イエディッドの女友だちも手を縛られたが、多少の威厳が保てるようにベッドシーツが与えられ、部屋からやさしく連れ出されるころには、はじめの悲鳴は収まっていた。侵入者の肩の灰色と黒の記章は褪《あ》せているが、アメリカの星条旗がついていることに彼女は気づき、今夜、地中海の底に沈むことはないと思った。将軍についてはよくわからないけれど。

甲板に顔を押し付けられたまま、イエディッドは乱暴に横向きにされた。だれかが彼の顎《あご》をつかみ、顔がよく見えるようにひねると、おそらくは最近の彼の写真と思われるものと見比べていた。懐中電灯を当てられて目がくらんでいるときに、別の急襲隊員が近づき、自分のリストコーチの別の写真と見比べた。チームメイトに向かってうなずくと、胸のボタンを押し、イエディッドの今後にとって凶兆《きようちよう》だとわかる言葉をいった。

「大当たり《ジャックポット》だ」

76

大西洋上空

ガルフストリームは、リースがロドリゲスの招集を受けてから一時間も経たずに離陸していた。とにかく、ついにプライベートジェットにたどり着いたのは確かだ。G550はつかの間、海兵隊航空基地ビューフォートに着陸してフレディーを乗せてから、東の大西洋上を飛んだ。パートナーの顔を見て、息子の誕生パーティーの最中に国外へ飛び立つことになって、ひどく堪えているのがわかった。そういうことはいつになっても簡単ではない。サムのような特別な支援が必要な子供の誕生パーティーならなおさらだ。

ダムネックで待機していた中隊がターゲットを襲撃するころ、リースとフレディーは空を飛んでいて、引き出した情報にもとづいて必要な準備を整《ととの》えることができる。武器はクルディスタンのCIA基地に保管されているから、基本的な武器一式は地上班の兵器庫から航空機に積み込まれ、ふたりはそれを使うことになる。フレディーは黒い〈ペリカン〉ケースをあけ、中に入っていたＨＫ４１６Ｄアサルトライフルを調べた。

「一挺だけか？」リースは訊いた。

「そのようだな」フレディーが答えた。「まだあんたを信用していないのかもな」

「最高だぜ」

「おい、ラングレーに来てまだまもないおれの経験からすると、これだけでも運がいい。ほら」フレディーがいった。「あんたは拳銃二挺を持っていてくれ。おれはライフルを持つ」

「ありがたいことだぜ。予備の弾倉はないのか？」リースはいい、九ミリ口径のＳＩＧ Ｐ３２０Ｘ-キャリーとＰ３６５を点検した。「向こうでどんな作戦を遂行するつもりだ？」

「少なくとも、なかなかのホルスターがふたつあるじゃないか」フレディーがいい返し、Ｐ３６５用のアンクルホルスターと、大きい方の銃用の〈ブラックポイント・タクティカル〉のミニ・ウィングをリースに放った。

「おれはこの〈エルカン〉が好きだ」フレディーは、ＨＫにマウントされている高価な照準器のことを指していい、ＨＫを上部《アッパー》と下部《ロワー》両機関部《レシーバー》に分解し、地味なバックパックに入れた。

「ボディアーマーもないのか？」リースは訊いた。

「そのようだな。被弾することは計画に入っていないのだろう」

弾倉をセットしているあいだ、ガルフストリームの機内衛星電話システムから、甲高い呼び出し音が響いた。話はほぼ一方向で進み、フレディーは少しメモを取ってから通話を切った。

「[redacted]がたった今、ヨット上のイエディッドを襲撃した。イエディッドは生きている。今はCIAの尋問官が尋問している。急襲隊員にパーティーを邪魔されたとき、将軍は怯《おび》え切っていたらしい。じきにもっと多くの情報が入るはずだ」

「どう思っている、フレディー？」

「そうそうたる登場人物だ。現ロシア政権とは明らかに対立していて、DCと太いパイプを持つ元軍参謀本部情報総局《GRU》大佐、敵側に転向して逃亡中のCIAのロシア分析官、アサドと関係があり、シリアやイラク、あるいはほかの地域から他国へ実質的に傭兵を仲介しているシリア人将軍。その三人ともが、元CIA地上班のサディストとつながっていて、そいつが、アメリカ政府のために働いていると思っていたあんたの旧友を調教していた。手持ちぶさたでそんなことをしているわけでないのは確かだ」

課報員に転身したふたりの元潜水工作兵《フロッグマン》がさまざまなシナリオを話し合っていると、また呼び出し音が鳴った。

「ストレインだ」

「ミスター・ストレイン、ロシア課のアンディー・ダンレブだ。あんたに知らせないといけないことが見つかった」

「よお、アンディー！　そっちは何時だ？」

「わからんが、遅い時間だ。あることを思いついて、オフィスに戻ってきた。かみさんが身震いしていたよ」

「だろうな。スピーカー・モードにして、リースとも話せるようにするぞ。それで、どうした？」

「おれたちが話したあと、オリヴァー・グレイのことがどんどん気になり出した。あいつが〝クロ〟なのはわかる。だが、わからないのは、〝なぜ今なのか？〟だ。何年もアンドレノフのもとで働いていたのに、なぜ今になって正体をさらすようなことをしたのか？」

「こっちも同じ疑問を抱いていたよ、アンディー」リースは口を挟んだ。

「まあ、答えが見つかったと思う。実は、あいつの机に置かれる〝生〟の課報データをいくつか見てみたのさ。あいつは、傍受された山のような通信データを見ていた。給与等級からすると、まずやらない業務だ。あいつの裏切りの証拠を週末ずっと調べたが、それらしいものはひとつも見つからなかった。今夜になって、あいつはそういうものをどこかに隠しているのではないかと思った。おれに感づかれないように、システムから抜いているのではないか、と。だが、〝生〟のデータまで隠すことはできない。だから、戻って確認してみると、メッセージ・トラフィックにない傍受データを見つけた」

「そのデータというのは？」

「ロシア大統領の旅程だ。国家安全保障局《NSA》がロシア連邦警護庁《FSO》、アメリカ連邦防護局《FPS》、アメリカ大統領府の三者間の通信をいくつか傍受していた。ＦＳＯはロシア版シークレット・サービスだ。こっちには、一時間ごとのズバレフ大統領の位置がわかるスケジュール一カ月分がある。今月分だ、ストレイン。しかも、今月のカレンダーはもう半分過ぎた」

「今、ロシア大統領はどこにいる？」

「明日の正午にオデーサで演説する予定だ。その後、翌朝早くモスクワに戻る」

「グレイはたまたま今月、姿を消すことにしたわけではなかった。そのスケジュールが鍵だ。自由に使えるデータ分析の資産《アセット》が必要なんだが、アンディー。あんたがやってくれないか？」

「頼まれないのかと思っていたよ。何をすればいい？」ダンレブは刑務所から解放されたような気持ちだった。

「あんたの最高のチーム、信頼できるメンバーを、傍受される心配のない会議室に集めてくれ。この件のさらなる情報が入るだろうから、あんたのチームにはおれたちの目、耳、脳になってもらう」

「さっそく電話して、人をたたき起こさないとな」

「グレイと関係のある者は絶対に入れないでくれ」

「その点は問題ない。この業界では、やつとおれは同じサークルには入っていなかった、とだけいっておこう」

「対テロセンター《CTC》のニコル・ファンは知っているか？」

「名前は聞いているが、知り合いではない」

「今回の件でおれたちに手を貸してくれている。できれば、彼女もチームに入れてもらえると助かる」

「わかった。今の話を間に合わせるには、急がないとな」

「ありがとう、アンディー。礼をいうよ」フレディーは通話を切り、友に顔を向けた。

「リース、忘れるところだった」

「何のことだ？」

フレディーは座席うしろのスペースからダッフルバッグを引っ張り出した。「アフリカにいたとき、あんたがリチャード・ヘイスティングスにくれてやったものを見て、新しいやつが入り用かもしれないと思った」彼はいい、バッグから〈ウィンクラー〉のトマホークを取り出し、友に手渡した。

リースはその木と鋼鉄の精巧な武器を見つめ、カイデックスの鞘を固定しているバンジーコードをゆっくり引き、死をもたらすヘッドを出し、鋭利な刃をしげしげと見た。

「これは受け取れんな、兄弟。自分の中隊の斧だろう」リースはいった。光栄に思うと同時に恐縮してもいた。

「おれはそいつを持ち歩いたことはない。知ってのとおり、銃の方が好きだからな」フレディーはいい、この瞬間を明らかに楽しんでいる様子でにやりとした。「受け取れよ。モロッコでおれを殺そうと建物をよじ登っていた〝ハージー〟をしとめてくれた礼だと思って。それに、あんたがそういうのをどれほど好きか、わかっているしな」

「ありがとう、フレディー。おまえを守るために持つことにする。それでいいか？」

「いいとも、リース」

77

地中海上空のどこか

十月

最難関はロシア側に情報を伝えることだった。通常であれば、国務省ルートを使うのがまっとうなのだろうが、この場合には急を要した。フレディーはつかんだ情報をヴィック・ロドリゲスに伝えた。ロドリゲスは電話をかけながらオフィスに入った。ジャニス・モトリーと話したあと、ＣＩＡのモスクワ支局長から、ズバレフ大統領の警護を担当するロシア連邦警護庁《ＦＳＯ》に接触するのが最善だということになった。情報源や情報収集手法を守らなければならないから、伝達文は簡単なものになった。アメリカ政府は、シリア国籍と思われる個人が、来たるウクライナのオデーサでの遊説中にロシア大統領を狙っていると信じるに足る理由を持っている。ＦＳＯのトップは丁重かつ適切に返答したが、新たな情報はいっさい明かさなかった。

あちら側の共有に関する理解と脅威に対する懐疑には、根拠がないわけではない。唯一の情報源、直感、想定に頼るから、面倒なことになる。当然、世のはじめから、戦闘で戦士を生かしてきた第六感というものもある。ときにはただ本能を信じる必要がある。

CIAのガルフストリームがオデーサ国際空港に着陸するまで、あと三十分を切ったとき、また電話が鳴った。今度はイエディッド将軍のヨットを急襲したSEALチームに同行したCIAの医師が、最新情報を伝えるために連絡してきたのだった。

「ストレインだ」

「フレディー、ドクター・ロブ・ベランジャーです。最新情報です」

「いい知らせを頼むよ、ドック」

「まあ、ご存じのとおり、私はいいか悪いかの判断はしません。これから伝えるのは情報であり、しかも信頼できると考えます」

「了解。どういった情報だ？」

「CIA分析官のオリヴァー・グレイはカシム・イエディッド将軍を介してスナイパー・チームを雇っています。確認されているかぎりで、彼らが最後にいたのは、二週間前、トルコ＝ジョージア＝アルメニア国境沿いの街、ゲルの近くです。イエディッド将軍によれば、このスナイパー・チームはジョージア人のタショ・アル＝シシャニと、シリア人のニザール・カッタンとのことです。現在、ラングレーがそのふたりについて徹底調査をしているところです。写真が入手できたら、掘り起こせた情報と合わせてそちらに送るはずです」

「彼らのターゲットは？」

「イエディッドは知らないといっています。グレイは自分で作戦を管理したがっていたとのことです」

「イエディッドが語っていたことは、どの程度信頼できると考えている？」

「ミスター・ストレイン、かばん《ケース》をあけて商売道具を使うのがいちばん確実ですが、その必要もありませんでした。イエディッドは原理主義者ではありません。アッラーのために死ぬつもりもありません。そういう人たちが私の専門なのですが。彼はビジネスマンであり、大義のために命を捧げることに興味はありません。この点については話をする立場にありませんが、彼はＣＩＡの資産《アセット》として大いに役立つでしょうから、安心してください」

「了解。ほかには？」

「あります。イエディッド将軍には、拘束時に女性の同伴者がいました」

「娼婦ということか？」

「はい。その女性が、数日前にひとりのアメリカ人がヨットに乗っていたといっています。イエディッドは、そのアメリカ人がグレイだと認めました。女性を乗船させるときに、降ろしたとのことです」

「それはどこだ、ドック？」

「オデーサです」

フレディーはバックパックからiPadを取り出し、特殊部隊が利用する精巧な描画プログラムである〈リードナヴ・システムズ〉のアイコンをタップした。ゲル周辺地域を映し出し、リースにも見えるようにスクリーンの角度を変えた。

「今の電話はドクター・ロン・ベランジャーからだった。イエディッド捕縛《ほばく》作戦に同行してパラシュート降下したCIA尋問官だ。彼がいうには、グレイはスナイパー・チームを探させるためにイエディッド将軍を雇い、イエディッドは見つけてきたそうだ。しっかり聞けよ、確認されているかぎりで、彼らが最後にいた場所は黒海の向こう側、ここだ」フレディーはいい、スクリーン上のある地点にカーソルを動かした。「何か気づいたことは？」

「ずいぶん辺鄙《へんぴ》なところのようだな」リースはいった。「あまり人目を引かずにライフルを撃つには持って来いだ」

「同感だ。彼らは何かの訓練をしている。海岸までどれほど近いか、見てくれ。例のスナイパー・チームがここから乗船したとする」フレディーがいい、スクリーン上で示した。

「その後、黒海を渡る。とすると今はオデーサにいる」

フレディーが画像を拡大し、画面一杯に黒海とその海岸線全体を広げると、スナイパー・チームが最後に確認された位置は、ロシア大統領の行き先の、陸地に囲まれた内海を挟んだ真向かいに当たっていた。

「そいつで港湾の情報を引き出せるか？」リースは訊いた。

「具体的なことは出せない。引き出すにはアンディーのチームの力が要る。規模の大小にかかわらず、いちばん近い港は、ジョージアとの国境を越えてすぐのバトゥーミのようだ」

エンジンの出力が落ち、ガルフストリームはウクライナの田園地方上空で急激に下降しはじめた。客室のスピーカーからパイロットのアナウンスが入り、十分後に着陸する旨が伝えられた。ふたりともシートベルトを締め、しばらくそれぞれが最新情報について考えた。パズルのピースが集まりはじめているが、リースは大きなピースをひとつ、見逃しているような気がしていた。

78

ウクライナ、オデーサ
十月

ウクライナに到着すると、ただちにリースとフレディーはキーウの大使館付きの工作担当官の出迎えを受けた。ひげ面の特殊部隊員みたいな男ふたりを迎えるために車で六時間かけてオデーサの空港までやってきたからか、不満げだった。ターミナルの外で出迎えたとき、スティーヴ・ダグラスは礼儀正しかったが、あまり愛想よくはなかった。ふたりは小さな黒いラーダの四駆SUVの後部荷台にバックパックを載せ、車に乗った。

「さて、あんたらは大統領の訪問のために来たのか？」

「そんなところだ」リースは答えた。

「シークレット・サービスで少し人員が足りないようだな？　どうしてあんたらを選んだ

のかは知らないが」

「おれたちはロシア連邦警護庁《ＦＳＯ》とそんなに仲よくないしな」フレディーが付け加えた。

「どういう意味だ、ＦＳＯというと？　シークレット・サービスの話をしているんだが」

「アメリカのシークレット・サービスか？」リースは訊いた。

「当然だろ。大統領《ＰＯＴＵＳ》が来るんだから」

「アメリカ合衆国大統領が来るのか、オデーサに？」

「二時間後ぐらいに来る。あんたらが来たのは、それが理由じゃないのか？」

　フレディーはすぐに衛星電話でロドリゲスに連絡し、手短に報告した。効率が悪いとはいえ、ワシントンの政府機関間の歯車がまわりはじめ、ＣＩＡがシークレット・サービスに連絡した。最近、大統領がイラクやアフガニスタンの交戦地帯を訪問したときもそうだったが、今回の訪問もぎりぎりまで秘密にされていた。ホワイトハウスの代表取材記者たちも、エアフォース・ワンがオデーサに着陸するまで何も知らず、アメリカの諜報機関と連邦法執行機関ほど大きな官僚組織ともなれば、右手が左手のしていることを知らないこともよくある。

　一方、スティーヴ・ダグラスも電話し、先発隊が作戦基地として使っているホテルを確認した。ふたり組のCIA局員が具体的な脅威の情報を持ってきたことを、現地のエージェントが知らされたころ、ダグラスは〈ホテル・オトラダ〉の臨時指令センター前に駐車していた。

三人がホテルのロビーに入ったとき、青いパンツスーツにラペルピンをつけた小柄な女性エージェントが近づいてきた。フレディーは上着の内ポケットから緑色のCIAのIDバッジを取り出した。リースが持っていたのは、黒いアメリカ合衆国のパスポートだけだったから、彼はそれを手渡した。女性エージェントが両方をつぶさに見て、フレディーのバッジを返し、その後、リースのパスポートも返した。

「あなたは指名手配ポスターで見た男の人にそっくりなのですが、ミスター・ドノヴァン」エージェントがいい、きらきらした力強いまなざしでリースを見つめた。

「よくいわれるんだ」

彼女はゆっくり笑顔になり、握手した。「キム・シェールです。わたしのあとについてきてください」

シークレット・サービスがホテルを丸ごと占有しているかのようだった。制服エージェントと私服エージェントがロビーを動きまわり、主役であるアメリカ合衆国大統領の到着に備えていた。部屋はコンピュータや通信機器が載ったテーブルだけでなく、少なくとも十五人のエージェントや技術者でぎゅうぎゅう詰めだった。五十代はじめの長身の男が部屋の中央に立っていた。指揮しているのは明らかに彼だった。ダークブルーの三つボタンのビジネススーツを身にまとい、後退する生え際との戦いに降参したらしく、頭髪はきれいに剃《そ》っていた。その男が振り向き、やることが手いっぱいだといった感じでリースとフレディーに挨拶《あいさつ》した。

「どういったご用件でしょうか、おふたりさん？」

ミネソタ州か両ダコタ州東部の訛《なま》りだった。

「われわれはCIAの地上班の者です。私はフレディー・ストレインで、こちらはジェイムズ・ドノヴァンです。ロシア大統領、あるいはアメリカ合衆国大統領、あるいはその両者に対する差し迫った脅威がここオデーサにあります。そう信じる理由をわれわれは持っています」

ふたりは彼のすべての関心を引いた。

「脅威というと？」

「スナイパーです。正確には、スナイパー・チームです。〝シシャニ〟とかいうジョージア国籍者と、ニザール・カッタンという名前のシリア人です。最後にいるのが確認された場所は、黒海のトルコ側です。大統領がどのような公式訪問を予定しているかは知りませんが、キャンセルする必要があります」

「その情報の信頼度は？」

「信頼できる情報です」フレディーは答えた。

「こんなことはいいたくないのだが、大統領を暗殺したがっている者は大勢いる。頭のいかれたやつが脅迫してきたからといって、スケジュールをキャンセルするわけにはいかないのだ。具体的な情報を教えていただかないと」

「いいか、ワシリー・アンドレノフという元軍参謀本部情報総局《GRU》大佐の命令で、シリアの将軍が傭兵を仲介した。ロシアの政権交替をもくろむアンドレノフは、ロシアとアメリカの大統領がたまたまオデーサに来るというときに、オデーサのすぐ近くにスナイパー・チームを配置したんだ。大統領のひとり、あるいは両方がターゲットだぞ」

シークレット・サービスの男が片手を上げて話をさえぎった。「すまない、悪気はなかったんだ、おふたりさん。このとおり手いっぱいだというのに、毛むくじゃらのＣＩＡの男ふたりがやってきて、大統領暗殺計画があるといってきたものだから。やり直そうじゃないか。おれはリー・クリスティアンセンだ」

ありありと態度が変わり、長身のクリスティアンセンはふたりそれぞれと握手した。

「リー、大統領は演説をキャンセルするか、演説会場を室内に移す必要がある」フレディーがいった。

「おれが決めていいなら、大統領をホワイトハウスから絶対に出さないのだが、共和国というものはそういうふうには動かない。脅威があるたびに、予定をキャンセルするわけにはいかないのだ」

「今回は、頭のいかれたやつが実家の地下室からツイッターで脅迫文を投稿したというような話じゃない。熟練スナイパー・チームが絡《から》んでいるんだぞ」フレディーが強い口調でいった。

クリスティアンセンがため息を漏らした。「こうしよう。あんたがたがうちの全資源にアクセスできるように、うちのエージェントひとりをつける。エージェント・シェール、この件ではきみがこちらの代表をしてくれ。このふたりが必要だというものがあれば、ふたりの希望どおりにしてやってくれ。邪魔するやつが出てきたら、じかに私に連絡してくれ。私はホワイトハウスと協議して、ふたりにこっちの体制に入ってもらう。とりあえずはこれでどうだ？」

「それでかまわない」フレディーが答えた。

エージェント・シェールがふたりを連れて廊下に出て、会議用テーブルが置かれたさっきより小さな部屋に入った。三脚に載ったホワイトボードが隅にあった。シェールを長方形のテーブルの短辺側にして、三人ともテーブルの席に着いた。

「さて、どんな情報を持っているの、おふたりさん？」

リースがまず話した。「これから、おそらくきみが知ってはいけないことを話す。物覚えがそんなによくなければいいんだが」

「わたしはお酒をよく飲むから」

「それなら大丈夫だ。こちらが知っているのはこういうことだ。クーデターや暗殺を企《くわだ》てきた元ロシア諜報将校が、現在はスイスに住んでいる。ズバレフ大統領率いる現ロシア政権とは反目していて、強硬派の復権を強く望んでいると思われる。彼は仲介者を使い、シリアの将軍に接触し、スナイパー・チームを雇わせた。同チームが最後に確認されたのは、ジョージアとアルメニア国境の近くに位置するトルコの僻地《へきち》だ」

フレディーがｉＰａｄをシェールに手渡し、その位置を指さした。

「訓練地としてはいい位置ね」シェールがいった。

「おれたちもまったく同感だ」

「貸してもらえる？」シェールが画像を縮小し、地域全体を表示した。「黒海のこんなに近くにいるのは、気に入らないわね。しかも、両大統領は主要港近くの海岸線で演説をすることになっている」

「演説場所は？」

「ここ」シェールが地図をスクロールして、オデーサが真ん中に来るように表示し、ズームして海岸線近くの演説予定地を示した。「ボッフォの列柱と呼ばれているところ。ヴォロンツォフ宮殿の敷地内に位置している。観光名所で大きな史跡になっている」

弧を描く狭い建造物が十本の巨大な柱に縁取られ、そびえる円形闘技場のようなたたずまいだ。その前に玉石を敷いた広場があり、その先の広い石の階段を上ると、最上段の両側に台座に載った、成熟したたてがみのアフリカ・ライオン像が建っている。

「現場で狙撃されるリスクは？」フレディーが訊いた。

「わたしたちはそれほど高くないと評価している。演説位置の前方にビルが建っていて、演台への照準線をさえぎっている。そのビルはわたしたちが確保しているし、こちらのカウンタースナイパー・チームも配置している。列柱の背後は海までずっと低地が続く。港には、何にもさえぎられずに現場が見える建物がいくつかあるけれど、距離二〇〇〇メートル以内の建物は、すべて押さえている。演説のあいだは、港湾全体が立ち入り禁止となり、わたしたちもそっちには目を光らせておく」

「オデーサで大統領が大衆の前に姿を見せるのは、その演説だけか？」

「空港のエプロンと演説に向かうルートをのぞけば、それだけ」

「そのルートについて教えてくれ」

「スナイパーにとっては、うってつけとはいいがたい。ターゲットがビーストに乗っているならなおさら」シェールがいった。〝ビースト〟とは、重装甲が施された大統領専用キャデラック・リムジンのことだ。

「この現場にほかに変わったことは？」

「ある。第二次世界大戦中に使われていた地下埋葬所があるけど、埋葬所自体は大戦よりずっと前にあった。パルチザンがナチスと戦うためにそこを使った。広場は一八〇〇年代にはレストランだった。オーナーは泥酔した客を地下道網に引っ張っていき、すぐさま埠《ふ》頭《とう》に連れていくと、港で待っている奴隷船に売り渡していたといわれている」

「本当か？　荒っぽい目覚めだっただろうな。地下道網も確保しているんだろうな？」フレディーが訊いた。

「そのとおりだけど、地下道網は地下三階まであって、完全な地図はできていない。わかっている入り口はすべて確保しているけれど、よく新しい入り口が見つかる。新しい地下道や人工の遺物を見つける地下道網探索のおかげで、ひとつの産業ができあがっている」

「すごいな」フレディーはいい、電話をチェックすると、アンディー・ダンレブからのメール着信が見えた。

「分析チームがさっそく動きはじめたようだ。新しい情報を見つけたかどうか、確認してみよう」フレディーは盗聴の恐れのない安全な電話会議用の番号に電話し、テーブル中央に電話を置き、スピーカーフォンとつないだ。

「ダンレブだが」

「アンディー、フレディーとジェイムズだ。シークレット・サービスのエージェント・キム・シェールとオデーサにいる」

「エージェント・シェール、ラングレーのアンディー・ダンレブだ。コンピュータの達人、ニコル・ファンとファビアン・ブルックスも一緒だ」

「短期間でよく集めてくれたな。新情報は入ったか？」リースは訊いた。

ニコルが話しはじめた。「ワシリー・アンドレノフ、ジュールズ・ランドリー、イエディッド将軍に関係するあらゆるもの、あらゆる人を探っています。アンドレノフの政治的なコネクションと慈善事業のおかげで、大量の文書記録をたどらなくてはいけなくて厄介《やっかい》でしたが、どうにか読み通しました。ランドリーのネットワークはどうやら狭いようです。イエディッドは、中東と南欧にいるイスラム過激派難民全員とコネクションがあります」

「いい換えると、何もわかっていない」ダンレブが口を挟んだ。

「探し続けてくれ、アンディー。時間は……あとどれくらいある、キム？」リースは訊いた。

「アンブレラが着陸するまで三時間と三十二分。ステージに上るまで四時間」

警護対象者、つまり〝政府要人〟には、必ずシークレット・サービスのコードネームがつけられる。〝アンブレラ〟は、第一〇一空挺師団の第一八七歩兵連隊のことで、〝落ちていく傘〟を意味する日本語の〝落下傘〟にちなんだニックネームだ。前政権によって副大統領に選出される前の二〇〇三年、現大統領は落下傘部隊を指揮していたからだった。

「四時間もないから、できることをやってくれ。きっと何か見つかる。きっとな」

フレディーが通話を切り、シークレット・サービスの連絡役に顔を向けた。「現場に連れていってくれないか？」

「行きましょう。わたしが運転するわ。それから、あなたたちふたりにラペルピンを用意させて」

79

ウクライナ、オデーサ
十月

リースとフレディーは、CIAのSUVの後部から装備の入ったかばんと武器を取り、乗せてくれたダグラスに礼をいった。エージェント・シェールはふたりを、どう見ても現地のレンタカー会社から借りてきたと思われる白いヒュンダイのミニバンの前に連れていった。

「サバーバンはなかったのか？」リースはからかった。

「**やめてよ！** 先発隊の扱いなんか、こんなものよ。PPDの人たち、あっ、PPDというのは、大統領警護班《プレジデンシャル・プロテクティブ・ディビジョン》のことだけど、そういうクールな人たちは、当日に使う車両をC-17で輸送させるけど、わたしたちは〈Avis《エイヴィス》〉がその週に貸し出せなかった残りものを何でも使うだけ」

シェールはホテルからミニバンを出し、現地人のように現地の通りを走った。明らかに、先発隊の一員としてしばらく前から同地域に入っていたようだ。

「どうして今の仕事に就いたんだ、キム？　いきなりシークレット・サービスに入ったのか？」フレディーが訊いた。

「いいえ、まずアナポリス（メリーランド州の州都で海軍兵学校の所在地）に行った。そのあとは海兵隊。大尉として除隊し、家業の保険会社で働こうとしたけれど、自分の頭を銃で撃ち抜きたくなってしまった。それで、五年前にこの仕事に応募して、ずっとここにいる。この仕事は大好き」

「海兵隊ではどんなことを？」リースは訊いた。

「諜報ね、だいたい。高速移動部隊を支援していたけれど、ほとんど前進作戦基地《FOB》から出なかった」

「海兵隊特殊作戦コマンド《MARSOC》か？」

「今は〝レイダーズ〟というけど、ええ、わたしは情報将校として同部隊付きとなった」

「そうだったな、〝かつてMARSOCとして知られたアーチスト〟（アメリカのロック・アーチストであるプリンスの別名のもじり）か。ひっきりなしの名称変更についていくのはしんどい。おれは二〇〇四年に二カ月ばかり、海兵隊特殊作戦コマンドのデタッチメント・ワン《MARSOC DET ONE》に同行したことがある」リースはいった。「しっかりしたグループだった。彼らから多くを学んだ。特にK少佐には世話になった。少佐は山岳戦訓練センターを仕切っていた。たいした人だった！」

「彼は最後まで勤め上げたわ」キムが思い出しながらいった。

「一等軍曹《ガニー》のグティエレスは、きみが海兵隊にいたころもいたか？」リースは訊いた。

「いたわ。狭い世界《スモール・ワールド》ね」

「まったくだ」

現地警察に身分証を提示し、検問所を通過したあと、エージェント・シェールはプリモルスキー大通りにミニバンを駐《と》め、ふたりを演説場所へ案内した。灰色の玉石を敷いた車道《ドライブウェイ》に沿って、ある時期には重要な人物の住居だった、列柱が目立つ荘厳な十九世紀の建築物の前を通りすぎた。ゲートのついた会場の境界線はすでに準備が整《ととの》っており、仮設フェンスで聴衆が、空港にあるような磁力計と荷物スキャナーが設置されたテントに誘導されるようになっていた。制服姿の警備員がシークレット・サービス・エージェントのシェールの顔を認め、彼らを中に通した。検問所を出て、建物の側面をまわると、iPadの画像で見た列柱が真正面にそびえていた。

会場はリースが思っていたより小さかった。大聴衆の収容力よりテレビ映りのために選ばれたのは明らかだった。正面にステージが設置され、数ヤードの距離を隔ててふたつの演台が用意されている。さまざまな関係者が準備の最終チェックを進める一方で、アメリカ、ロシア、ウクライナの警護の人員も忙しそうに動いていた。

彼らはステージに上り、周囲を見た。演説会場は高い崖の上に位置し、海側は切り立った断崖だ。列柱の陸側から狙撃するとなると、ほとんど選択肢はない。列柱の周りを背の高い木々と建物が取り囲み、ターゲットに照準線を合わせられそうな位置で、シークレット・サービスによって確保されていないところはない。現代的な長い歩道橋がステージ下手と市街地とをつないでいるが、周囲のビルの屋上か高い階の窓からならステージに向かって撃てる。だが、すべて当局に確保されている。三人はしばらく会場にとどまって周囲の状況を確認した。そして、全体的な警護体制評価の一環として詳細に点検してきた、ほかの何十人もの目が見逃したことを探した。

リースがまず沈黙を破った。「率直にいうが、キム、ここはいい会場だ」

「同感だ」フレディーが付け加えた。「唯一気にかかるのは港湾だが、そこは閉鎖されているんだよな？」

「ええ。会場の二〇〇〇メートル以内はすべて調べて確保してある。ドローンを飛ばして赤外線シグネチャーを探しているし、ドッグ・チームが昼夜を問わず巡回している。港湾も確保している」

「おれたちは何を見逃している？」リースはほかのふたりというよりは自分自身に問いかけた。

いちばん近い埠頭《ふとう》、そして林立するクレーンのはるか向こうの水平線上に、緑と赤のタンカー型の大型船が停泊していて、いくつかの色鮮やかな輸送コンテナが甲板に積み上げられている。フレディーがバックパックからレーザー・レンジファインダーを取り出し、大型船に向け、列柱の一本につけて安定させた。

「二一〇〇メートル。技術的には、あそこの沖側の埠頭からも狙えなくはないが、難しいだろうな」

「確かにな。この風ならなおさらだ。警戒に値する脅威だと思うか、フレディー？　近ごろの長距離射撃の世界記録はどうなってる？」

「そういう記録は一、二年ごとに塗り替えられるが、確認されている実戦での最長記録は、カナダ人スナイパーが二〇一七年に打ち立てたもので、三八七一ヤード（約三五四〇メートル）だ。そいつは、おれたちがかつて使っていたような〈マクミラン〉TAC-50を使った。銃弾は十秒かけてターゲットに到達した」

「いかれてるな」リースはいい、やれやれと首を振った。

「とんでもない射撃だぜ」

「いや、おまえがそんなことまで記憶していることがいかれてるという意味だ」リースはにやりと笑った。「制御された射撃場での記録はどうだ？」

「おれの知るかぎりでは、テキサスの射手が二〇一八年に・四〇八シャイタック弾を使い、三マイル（約四・八三キロメートル）の距離で命中させている。それ以前には、うちのスナイパーの教官が同じ銃弾を使って、二・八マイルで成功している。忘れないでほしいのは、今の二例は戦闘下での記録ではないし、手に入るかぎりで最高のライフルとスコープの組み合わせで、この地上でもっとも高度な訓練を受けた凄腕のスナイパーによる一撃だということだ」

「というと、あそこのクレーンと船からだと」リースはいい、遠くを指し示した。「確率の低い射撃だが、不可能ではないわけか。流通しているライフルと照準器でも、可能ではある。あの沖側の埠頭を調べさせてくれないか、キム？」

「防御線の外だけれど、ええ、だれかに確認させる」

エージェント・シェールが数歩離れ、電話をかけた。手を動かしながら話し、タンカーの正確な位置を説明したあと、電話を切り、またふたりのところに戻ってきた。

「あれは石油ターミナルだから、一般人は立ち入りできないそうよ。ゲートが設置されていて、地元警察がそこについている。うちの者を現場に行かせて点検し、さらに無人機《UAV》にも調べさせることになった」

「よし、いいぞ、引き続き会場を見てまわろう。まだ何か見落としているような気がする」

「シークレット・サービスは大統領《POTUS》に対する脅威を徹底調査する」シェールが説明した。「あらゆる旅程で立ち寄るあらゆる位置で。ケネディー大統領以来、大統領に対するスナイパーの脅威には、当然ながらきわめて敏感になっている。ダラスの悪夢の再来なんか、だれも望まないから、一九六三年以降の軍部と法執行機関の全スナイパーのデータを保持していて、SNSが出現してからはオープンソースの情報を利用して、退役軍人のスナイパーが経営する射撃訓練所に通っている民間人に目を光らせている。POTUSが立ち寄るたびに、当該地域にいる人全員を何重にもチェックする。運輸保安局《TSA》から得られる現地への旅行者の情報から、元軍人／法執行機関職員、及び民間で訓練を受けた長距離射手の情報まで。ひとり残らず調査して、POTUSが立ち寄る地点の近くにいる者は警戒対象となる。顔認証テクノロジーができて、とても助かっている」

「念入りだな」リースはいった。「だが、この場合、外国で訓練を受けたスナイパーの情報までは持っていないのだろうな」

「国家安全保障局《NSA》のおかげで、データベースはかなりしっかりしたものになっているけれど、確かに、一〇〇パーセントなんてものはない。アメリカ、カナダ、ヨーロッパで訓練を受けたスナイパーの情報は充分にある。大統領をしとめる可能性がいちばん高いのは、たまたまそういうスナイパーだけど。うちの評価では、それ以外の国々は二〇〇〇ヤード（約一八二九メートル）を超える長距離で狙撃する訓練体制や装備がない。しかも、二〇〇〇ヤードだと、わが国のスナイパーでも長すぎる」

リースはうなずき、海に目を向けた。「〝シシャニ〟はここにいるんだ、キム。おれにはわかる。準備万端で狙っている。あのスナイパーはここにいる」

オリヴァー・グレイはジェイムズ・リースに気づいた。前年、民間人やら軍人やらをアメリカ各地で襲撃したあと、マスコミで騒がれていた男だ。

〝父親そっくりだ〟

リースとふたりの同僚は、〈ブートレッガー〉という列柱近くの高層ビルの一階に入っているギャングスター風のパブの前を通ったとき、彼にまったく気づかなかった。グレイは歩道のテーブルに座り、その辺にいる現地人と同じように、地元のロシア語新聞を読みながらコーヒーを飲んでいた。パブは、歩行者の話し声が聞こえる高所からだいぶ下にあるから、このパブが接する通りは演説がはじまる直前まで封鎖されない。

リースがもうひとりの西洋人の男とシークレット・サービス・エージェントと思われる女と三人で歩いているということは、アメリカ政府の寵愛を受けられるようになったのだろう。それでジュールズ・ランドリーがレーダーから消えた理由がわかった。つまり、この作戦の情報が漏洩《ろうえい》したということだ。それでも、中止するには手遅れだ。これほどの好機は二度と訪れない。グレイはすでに後戻りできないところまで来てしまった。作戦も同じだ。引き返す道などない。

80

「カウンタースナイパーの装備を教えてくれ」リースはいった。

三人のアメリカ人は、列柱を見下ろす改装中の大きなアパートメント・ビルの屋上に立っていた。頭からつま先まで黒い戦闘服《BDU》に身を包んだシークレット・サービスのシャープシューターがひとり、AR-10と思われるものを、屋上の手すりに設置しているところだった。一九八〇年代に製作されたビンテージの使い込まれた〈シュタイナー〉双眼鏡が近くに置いてある。そのアメリカ人のそばに、もうひとり黒服のスナイパーがいた。服と同じ黒地に色鮮やかな記章がついたベレー帽をかぶっている。その男のライフルは、銃架式のボルトアクションに〈ナイトフォース〉のスコープをマウントしたもので、三脚に載っている。その横にも別の三脚があり、〈ライカ〉スポッティング・スコープと測距機能付き双眼鏡が載っている。リースもフレディーも忘れていなかった。ロシア兵の方がアメリカ兵より優れた装備を持っているのだ。少なくとも、光学照準器に関するかぎりはそうだ。

「ええと、配置される場所にもよるけど、今回の場合、うちの者がロシア側の連邦警護庁《FSO》の者と組ませている。アメリカ側射手ひとり、ロシア側射手ひとりで、ふたり一組になる」シェールが説明した。「アメリカ人の武器携帯を許可してもらえない国もあるけど、大統領警護班《PPD》と協調できるように、どの国でも最低でも現地射手に同行する」

「シークレット・サービスでは、通例ふたり一組で動かないのか？」フレディーが訊いた。

「ふつうならそうするけれど、今回はしない。今回の警備体制は、ロシア側とウクライナ側とわれわれとの三者間の協議で決まっている。それに、予算削減も大きく響いている。それでなくても、エージェント数が足りない。だから、ロシア側と組めば、もっと広い半径にこちらの射手を配置できる」

「大惨事のもと《レシピ》に聞こえるが」フレディーがいった。

「そうならないことを願いましょう」

「あのライフルは何だ、フレディー？」リースは訊いた。

「タクノストというやつだと思う。ロシアの新しいスナイパー・ライフルだ。優れたライフルだといわれているが、自分で撃ってみたことはない」

「急襲班はどうなっている？　地上にはどんな資産《アセット》がある？」リースは訊き、その場で行ったり来たりをはじめた。

「CATこと、カウンターアサルト・チームがステージのそばに控える。彼らの仕事は、PPDを支援すると同時にアンブレラを安全な場所に移動させること。ロシア側にも同様の機能を持つチームがある。いずれもそれぞれの警護対象者から離れることはない。移動しなければならないところに脅威が生じた場合、それに対処するのはウクライナのアルファ部隊（ウクライナ保安庁の対テロ特殊部隊）になる」

「いいにくいことをいってすまないが、キム、ロシア側とウクライナ側は憎しみ合っているんじゃないのか？　何といっても、ロシアはクリミアを占領している」フレディーが指摘した。

「そういったことを分析するのは、うちの脅威評価チームになる。わたしたちエージェントは、政治は政治家に任せるだけ」

「分析といえば、アンディーに連絡するのだった」フレディーはカウンタースナイパーたちから離れて、電話した。リースとシェールもフレディーについていき、顔を近づけて話を聞いた。

「アンディーだ」

「ストレインだ。何かわかったか？」

「こっちもちょうど電話しようと思っていたところだ。たった今、国務省の知り合いから連絡があった。ズバレフ大統領は今日の演説でクリミアの返還を宣言することになっている。それと引き換えに、アメリカはモスクワに対する経済制裁を解除し、EUはロシアの天然ガスを大量に買う。わが国の大統領はロシアを称え、三カ国の元首が握手し、みんなで〝クンバヤ〟（アメリカ南部に伝わるアフリカ系アメリカ人の霊歌で、近年では非現実的な妥協のシンボルになっている）を歌う」

「アンドレノフの未来像とは合致しないようだな」リースは口を挟んだ。

「まったく合致しない。大統領を暗殺したくなるような動きだろう。それに、いわせてもらえば、アンドレノフなら事態が自分に有利に転がるようにするだろう」

「どういう風に？」

「ズバレフが殺害されたら、新大統領は報復に必要な支援を得られる。つまり、ウクライナ、アゼルバイジャン、あるいはロシア領内にいる始末したい連中、おそらくコーカサスにいるイスラム教徒に罪をなすりつけるつもりだ。ロシアの戦車がウクライナやトルコのさらに奥まで入り込んで、また領土を分捕っても、暗殺された大統領の写真を振りまわして正当化できる。きみらがここにいたときにもいったが、死にゆく帝国の最後のもがきだ。人は死ぬとわかれば、死に物狂いになるものだ。ああくそ、こっちの大統領まで撃たれたら、おれたちもロシアを支援することになりかねない！　しかも、今おれがいっているのは、現状に関していちばん精度の高い推測だ。おれたちは完璧じゃない。おれたちはイラクが大量破壊兵器《WMD》を持っていると思っていた、覚えてるか？（イラクの大量破壊兵器保持を理由に、二〇〇三年にアメリカなどの有志連合がイラクに侵攻したが、実際にはそうした兵器は存在しなかった）」

「覚えてるさ」リースはいった。「分析を続けてくれ。エージェント・シェールに現地に集まっている警護部隊のリストを送ってもらえるよう頼んでみる。そこにおれたちが見逃している人間がいるかもしれない」

「PPDに全関係者のリストを送らせるわ」シェールがいった。

「よし、みんな、ありがとう」フレディーが通話を切った。

「おそらく動機面は確認できたな」リースはいった。

エージェント・シェールが時計を見た。「今の話は関係各所に伝えるけど、もっと情報が必要ね。アンブレラの着陸までもう一時間もない」

81

「アンブレラがこっちに向かっている、あと五マイル（約八キロメートル）。十分後に到着予定」

フレディーは目立たないマガジンキャリアに弾倉を詰め終えた。カービンが左脇に収まるように斜《なな》めがけにした。リースはこの新しい雇用主の厚意で二挺の九ミリ拳銃を持った。無線機はふたりだけで通信できるものを使うことになった。シークレット・サービスが使用するものとは共用できない。したがって、リースはエージェント・シェールからシークレット・サービス側の無線通信を知らせてもらえるように、常に彼女の近くにいなければならない。これほどの短時間では、それが精いっぱいだった。

ふたりの元SEAL隊員は、それぞれティオシンという歩道橋の両端に陣取った。そこは一段高い構造物で、周囲を見渡せるし、そこそこ移動しやすい。リースとシェールのいる方が両大統領が演説を行なう列柱に近く、フレディーのいる方は西端だった。警護資産《アセット》と情報を調整する必要が生じた場合、リースの方がしやすいから、フレディーから衛星電話を託されていた。

通りは封鎖され、大統領の移動ルートから人も車も排除されていた。数百人の聴衆の全員が人の手によるボディーチェックと電子スキャナーによるチェックを受け、列柱前の広場を埋め尽くしていた。バックパック、ショルダーバッグ、ブリーフケースの防御線内への持ち込みはできなかった。ブラスバンドがステージ左手で、歩道橋側に向いて整列していた。ふたりの指導者が会場に入るまで生中継をしないという条件で、テレビカメラがイベントの状況を撮影しようと待ち受けている。

ウクライナ警察のチームが、リースとフレディーが気にしていた埠頭《ふとう》の捜索に入ったが、変わった点はひとつも見つからなかった。リースは双眼鏡を使い、目に付いた隠れ場所をすべて目視した。事実上この会場には中間地域がない。それが厄介《やっかい》だ。射手は至近距離か超長距離にいる。

〝おまえがここにいるのはわかっている。どこに隠れている？〟

「アンブレラ到着まであと五分」

「何か見つけたか、フレディー？」

「いや、リース」フレディーが無線で応答した。

その輸送コンテナは、貨物船の甲板に山のように積み重なっているまったく同じ規格のボックスの最上部にあり、そこから港湾が一望できる。コンテナ内には通信機器はいっさいなく、すべての進行は時計にしたがうしかない。携帯電話、衛星電話、無線機はどれも電子シグネチャーを発する。それが遠隔で探知されると、位置が特定される。アメリカが得意とするものがあるなら、通信装置、とりわけ携帯電話の位置を特定して、襲撃目標にすることだ。〝多大なる犠牲を払って得た教訓だ〟

赤外線が漏れるのを防ぐため、換気システムは十二時間前に停止され、コンテナ内に設置された酸素ボンベから医療用マスクを通して呼吸はできるものの、分厚い断熱素材で裏打ちされたコンテナ内は信じられない暑さ、湿気、悪臭だった。ニザールは目を閉じ、気持ちを落ち着けようとした。何日間にも感じられる時間が経ち、ようやくタショがニザールにうなずき、扉をあける時間だと告げた。ふたりとも色の濃いサングラスをつけていた。

それぞれがクランクをまわし、住宅の窓と同じように金属パネルを内側にはね上げた。コンテナの外側の色と同じ赤いメッシュの布は張られたままで、ごく近くで目を凝らさないかぎり、外からの露出を制限しつつ、外の様子はわかるようになった。コンテナ内に押し寄せる風は天国のような心地だが、サングラスとメッシュ越しで暗くなっているとはいえ、外の明かりには目がくらんだ。すでにライフルは開口部のうしろにセットされていて、前方は二脚に、後方はビーンバッグに似た砂嚢《さのう》に載っている。タショとニザールは特徴的な建造物である列柱を楽にスコープでとらえ、体とライフルの位置を調整し、いわゆる〝自然狙点〟を得た。ニザールの息と汗まみれの額から立ち上る熱気と湿気で、スコープのリアレンズがたちまち曇った。ニザールは急いで曇りを拭き、よく見えるようにした。

エレベーションはすでに合わせてある。ふたりがコンテナに入る前に、隠れ場所からターゲットまでの正確な距離が測定され、伝えられていた。貨物船の正確な全長と埠頭に対しての位置もわかっている。だが、風は一筋縄では行かない。南西から吹いているが、せいぜいそのくらいの情報しか得られない。この超長距離では、銃口付近の風の状況を把握するだけでは不充分だ。ライフルとターゲットのあいだで複数回、風の状況が変わるかもしれないからだ。さいわい、ここのような海沿いの風はかなり安定しており、地形的にも風の状況に影響するものはほとんどない。

蜃気楼、眼下の海面の動き、ターゲット付近に立っている背の高い木々の揺れ、埠頭に林立するクレーンの上に取り付けられている旗までも、タショは〈スワロフスキー〉のスポッティングスコープで観察した。そうした風の状況を物語る指標を観察しながら、任務の成否を分ける風の状況を思い描きはじめた。

「こんなのを見つけたよ、アンディー」

ファビアンの言葉だった。オデーサの地にいるチームの役に立つかもしれない情報の断片を必死で探る手助けをしているコンピュータ・エキスパートだ。

「どんなことだ？」

「確認されているアンドレノフの仲間を探していて、こっちのデータベースにひとつ残らず照会していたんだ。ユーリ・ヴァトゥーチンはアンドレノフの親衛隊長で、ほかの親衛隊員と同じく、元ロシア連邦保安局《FSB》の特殊部隊員だった。チェチェンでの彼の隷下《れいか》に、グリゴリイ・イサエフという男がいた。きわめて似た名前で、グレゴリー・イサイというのが、シークレット・サービスがさっきメールしてきたロシア連邦警護庁《FSO》のリストに載っていた。完全に合致する名前ではないから、コンピュータ照合では名前がヒットしなかった。イスラム系の名前だと、よくこういう問題にぶち当たるから、今回も頭に残っていた。ただ、ロシア人の名前でやったことはなかったけど」

ダンレブは分析官の手からリストを引っつかんだ。**「ストレインに電話しろ！　すぐに！」**

82

「アンブレラ到着まであと一分」

「あと一分だ、フレディー、そろそろはじまるぞ」

「了解」

CIAの衛星電話が振動すると同時に、ブラスバンドが演奏を開始し、ロシア版の〝大統領万歳〟が流れはじめるなか、ズバレフ大統領がステージに上った。リースは左耳の無線機のイヤホンを手で押さえ、電話を右耳に押し付けた。「ドノヴァンだ」

「アンディーだ。ロシア連邦警護庁《FSO》のエージェントのなかに、アンドレノフの親衛隊長の部下がいるかもしれない。グレゴリー・イサイという名前だ」

「もう一回いってくれ、アンディー。ここはすごくやかましいんだ」

「FSOエージェントのグレゴリー・イサイが、あんたの探している射手かもしれない！」

〝くそ！〟

リースはその名前をシェールに伝え、シェールが独自の無線で連絡した。その後、リースは無線機の送信ボタンを押した。

「フレディー、グレゴリー・イサイというFSOエージェントが例の射手かもしれない。シェールが現在地を探している」

リースとフレディーは屋上の人影を探しはじめ、シェールからの情報を待った。双眼鏡やスポッティング・スコープを通して、ほとんどどの高層ビルにも、脅威を探して割り当てられた範囲を走査しているふたつの人影が見えた。

フレディーは、近くの角に位置するピンクと白の屋上にロシア側スナイパーの姿を認めたが、アメリカ側スナイパーの姿はなかった。歩道橋の高みからそのビルへどう行けばいいのか見まわした。ここは高すぎて、下の通りに飛び降りることはできない。運がよくて両足が折れる。歩道橋の西端まで走っていくと、探していたものを見つけ、肩にかけていたHK416が邪魔にならないように背中にまわした。彼は歩道橋の高さ六フィート（約一・八メートル）の金網フェンスを乗り越えた。〝こんなことをする歳じゃないんだが〟。フレディーは大きく息をして、下の二階建てアパートメント・ビルのタイル貼りの屋根に飛び降りた。滑ったり走ったりしてその勢いのまま隣の屋根に飛び移り、着地したときに足首をひねった。足を引きずりながら平らな屋根を歩き、両足を軒から垂らし、ブーツのつま先で石壁を探りながら、歩道に駐《と》めてあるボルボのセダンのルーフまで六フィートほど飛び降りた。屋根が空に描く線に銃口を向け、足首の激痛をこらえながら、できるかぎり速くひょこひょこと交差点を横切り、新しい目標へと急いだ。

フレディーは激しい動きに息を切らしながら、ボディアーマーに取り付けていたマイク・ボタンを押した。「リース、今そっちから見て北西のビルに向かっている。そこに射手がいると思う」

「了解！　そこに支援の人員を向かわせるようシェールに伝える」

フレディーはアパートメント・ビルの出入り口に続く三段の階段を怪我《けが》した足首でなるべく速く上り、木枠のガラス戸を引いてみた。鍵がかかっている。彼はためらいもなくサプレッサーでガラスを割り、残っていた窓枠をはずしてから中に入った。三階建てビルの一階は洋服のブティックで、中は暗かったが、天蓋形の庇がついた窓からわずかな陽光が入っていた。銃のレールにマウントしてあるライトを使って、施錠されていない奥のドアを見つけ、中に入った。ドアの向こうの狭い廊下の突き当たりに古い木の階段があり、上階に目を光らせて脅威に警戒しつつ、できるだけ素早く移動した。〝死に急ぐなよ〟

踊り場のある階段を上って二階にたどり着き、さらに最後の踊り場を経て三階に近づいていた。足下の階段のきしみをのぞけば、ビル内はしんと静まり返っている。耳元で無線が入ると、本気でびっくりした。

「フレディー、そっちのカウンター・スナイパーが無線連絡に応答しない。アルファ・グループがそっちに向かっているが、おまえの支援には間に合いそうもない」

フレディーは了解したと伝えるために、マイク・ボタンを二度押した。

83

屋上に立っているひとつだけの人影は、ズバレフ大統領がステージに上がったという合図だった。これだけ離れていると、ふたりのスナイパーからターゲットの顔は判別できないから、時刻、位置、防御線内からの合図が頼りだった。そろそろ仕事の時間だ。タショはスポッティング・スコープからライフルに移動した。最後にもう一度、風の状況を確認し、決行する決断をした。風の状況把握は科学というよりは芸術だ。この距離ならなおのこと。自分のウインドホールドを決め、ニザールにはやや異なるホールドを指示する。そうすることで、統計学的にいずれかの射撃が命中する確率を高める。風は予測しにくい。

「一二・九MILSエレベーション」

ニザールがスコープ上部のダイヤルを見た。「一二・九MILS了解」

「二・九MILS右」

「二・九MILS右」ニザールが繰り返した。

「射撃用意」

「射撃用意」

「三……二……一」

バン！　コンテナ内の銃声は耳を聾《ろう》し、射撃による超過気圧が囲まれた狭い空間で響いている。銃弾が銃身から出ていく前に、銃口から出た火薬ガスが開口部を覆《おお》うメッシュを吹き上げ、銅の銃弾が秒速三〇〇〇フィート（約九一四メートル）弱で銃口から飛び出た。銃弾は三・一七一秒をかけて弧を描き、コンテナ下の物体と列柱の上を飛翔していった。銃口からターゲットまでの落下距離は九七〇インチ（約二六・六四メートル）であり、したがってスコープで一〇〇〇ヤード（約九一四メートル）でゼロインし、エレベーションを調整したのだった。時速一三マイル（約二一キロメートル）の西よりの風が、飛翔する銃弾を二二一インチ（約五・六メートル）横にずらす。

タショは自分の射撃には完璧に風を読んだ。ということは、ニザールの三五〇グレイン弾は列柱の一本の柱にめり込み、会場に白い粉を降らせる。大勢の聴衆は爆発だと勘ちがいするだろう。

〝シャニ〟の銃弾はそれとはちがった恐ろしいものを降らせた。ズバレフの腹部を貫通し、血、骨、ちぎれた腸、消化したものがステージに飛び散った。銃弾がロシア大統領の脊椎を分断し、何が起こったのかだれもわからないうちに、大統領の体は重力に負けて下へくずおれた。

ライフルの銃声や音速で飛翔する銃弾の乾いた音がバンド演奏にかき消されていなかったとしても、大統領は地面に倒れ、その音さえだれにも聞こえなかっただろう。タショとニザールは任務を完遂した。〝インシャラー〟。ここから先は、もうひとりの射手が遂行する番だ。

エージェントたちが即座に反応し、隊形を維持してステージへ移動するさまを、リースは見た。アンブレラは床に押し倒され、いちばん近くにいたエージェントたちによってステージから離されていった。聴衆の混乱の声がパニックの悲鳴に変わり、バンドのメンバーも自分の楽器を置いて、物陰で身を縮めた。ケブラーのボディアーマーとヘルメットを身に着け、KAC SR-16カービンで武装した黒服のカウンターアサルト・チーム・エージェントが、ヴォロンツォフ宮殿の側面から出てきて、周囲の制圧にとりかかると同時に、アンブレラは警護班によって急いで安全なところへ連れ出された。

大統領《POTUS》が撃たれる危険性を脱すると、リースは、フレディーが屋上にひとりで立っているといっていたロシア人スナイパーに目を戻した。今いる高みからはその姿が見えないので、さらに高いところへ移動した。

フレディーは階段で屋上までたどり着いた。意外でもないが、ドアはあかなかった。ドアを突破する道具はバックパックに入れていなかったので、カービンのセレクタ・スイッチをフルオートに合わせ、デッドボルトとドア枠を連射し、木と金属でできたドアを粉々《こなごな》にした。空《から》になった弾倉を抜き、チェストリグに入れておいた予備弾倉を挿入し、ボルトストップを平手で叩いたあと、ドアを蹴破り角を曲がって屋上に出た。三十発の先端《チップ》が茶色《ブラウン》の銃弾でドアを連射して奇襲要素がなくなっていたから、迅速に移動した。横向きに歩いていくと、平らな金属の屋根に広がりゆく血溜まりが見えた。さらに先に行くと、一〇ヤード先に出血の源が見えた。屋上のカウンタースナイパー位置で警戒するよう命じられていたシークレット・サービス・エージェントが、仰向《あおむ》けに斃《たお》れている。ぴくりとも動かない。フレディーはエージェントの右側に一歩近寄り、ロシア製スナイパー・ライフルの長銃身が自分に向けられようとしているのに気づいた。ロシア人スナイパーが膝《ひざ》立ちから立ち上がり、振り向こうとしている。

フレディーはロシア人スナイパーをスコープでとらえ、胴体に六発速射して屋上に薙《な》ぎ倒した。スナイパーは屋上に横向きで倒れ、重そうなライフルが横のデッキに落ちた。フレディーは念のためさらに二発をロシア人の頭に撃ち込み、急いで前に走り、アメリカ人エージェントの具合を確かめた。

「リース、ひとりやられた。脅威は始末した。繰り返す。脅威は始末した。オーバー」

シークレット・サービスのカウンタースナイパーは首を撃たれていた。ロシア人スナイパーのそばに落ちているサプレッサーつきのヤリギン拳銃で撃たれたのだろう。フレディーはシークレット・サービス・エージェントの傷口を圧迫した。出血箇所を押していると、かすかな脈を感じた。重傷のエージェントの横に膝を突いて圧迫しているが、指のあいだから鮮血が流れ出てきた。

「リース、至急、屋上に救急隊員《メディック》を頼む。重傷者が一名いる、オーバー」

「すぐに手配する、フレディー。オーバー」

ニザールはとっさにボルトを操作し、ライフルの弾倉から弾を薬室に送り込んだ。命令にしたがい、スコープをステージ右手の三階建てビルに向け、さっきより短距離の射撃にエレベーションを合わせた。すでに風の計算はしてあり、スピンドリフトを考慮してレティクルも調整していた。ターゲットはうつぶせになっているかと思っていたが、実際には膝立ちで、かえって狙いやすかった。ニザールは息を吸い、引き金にかけた指に力を入れはじめた。

屋上の手すり付きの壁のうしろで膝立ちになっていたフレディーの姿を見失ったが、リースも高いところにいるので、ウクライナのアルファ部隊急襲隊員が乗ったSUVが支援に駆けつけるさまは見えた。

「フレディー、アルファ・チームがそっちの前の通りに到着した。救急隊員《メディック》もいるから、そのまま待っていてくれ。オーバー」

「了解だ、リース。アンブレラは無事か？」

「確認済みだ、無事だ、フレディー。だが、ズバレフ大統領がやられた。どこから撃ったのかまったくわからないから、頭を低くしていろ」

衛星電話から甲高い音がして、リースは着信に身構えた。

「フレディー、盗聴防止回線に着信だ。そっちにもつなぐから待ってろ」

フレディーは右手で負傷したエージェントの首を押さえながら、左手で無線機を取り、起動しようとした。

リースは応答を得られなかった。

ニザールは反動と銃口爆風《マズル・ブラスト》を感じた。〝ロシア人をしとめた。ふたりのロシア人をしとめた〟

彼はタショと向き合った。

「やったな、タショ」笑顔のニザールがいった。

「やったな、ニザール」

年かさのスナイパーは最後にもう一度スコープをのぞき込み、自分たちがつくり出した混乱を見た。ほぼ同時に、奇妙な衝撃を右側頭部に感じた。生温かいぬめったものを顔に感じ、うしろのニザールに顔を向けようとして、なぜ何も見えないのかと思った。

ニザールはさらに二発、サプレッサーのついたスチェッキン拳銃でスナイパー・チームのパートナーに撃ち込んだ。イエディィッド将軍に指示されたとおりに。今日の事件の罪をかぶってもらうチェチェン人が必要だった。ニザールは自分が使い捨ての資産《アセット》だとわかっている。たった今、彼が殺した伝説のスナイパーと同じように。今日は自分がチェチェン人でないことに感謝した。目に飛び散ったタショの血をぬぐい、深紅の血溜まりの中で前のめりにライフルに覆いかぶさっている、生気の抜けた体を眺めた。〝弟子が師匠を打ち破る〟。サプレッサーのついたライフル射撃と、それよりはるかにやかましい、狭いコンテナの中で放った九×一八ミリの銃声とで、耳鳴りが続いていた。暗い鉄の箱には、汗、血、焼けた火薬のにおいが充満している。姿を消す頃合いだ。

「もしもし」リースは衛星電話に応答した。

「ミスター・ストレインですか？」暗号化された衛星回線を通して、その声が訊いた。

「いや、リー……ええと、ドノヴァンだ」リースは答えた。

「ああ、ミスター・ドノヴァンでしたか、ドクター・ベランジャーです。ミスター・ストレインと話をさせてください。緊急の連絡です」

「おれに話してもらうしかないな、ドック。こっちはいかれた状況になっている」

「わかりました。イエディッド将軍の尋問で腑《ふ》に落ちないことがあったので、少し時間をかけて彼について調べてみました。詳細は割愛しますが、少しばかり説得を試みたところ、報告すべきことが得られました」

「教えてくれ。ただ、手短に頼む」

「そちらの脅威はスナイパーだけではありません」

「**何だって**？」

「ノビチョクという神経系化学兵器のことは聞いたことがありますか？」

「ある。最近ロンドン（実際にはロンドンではなくソールズベリー）でロシア人スパイの殺害に使われたやつか？」

「そのとおりです。イギリスで暗殺されたのは、セルゲイ・スクリパリという軍参謀本部《GR》

情報総局《U》のエージェントでした。ロシア政府は例によっていっさいの関与を否定しています。ノビチョクをアンドレノフの政敵を対象に実験するというのも、あながち考えすぎともいえません。ふたりはGRU時代に互いを知っていたでしょうし。それから、忘れないでいただきたいのは、イギリスの事例はほんのわずかな量だったということです。ノビチョクは二元化合物《バイナリ・コンパウンド》であり……」

「バイナリ？　どういう意味だ？　混ぜる必要があるということか？」

「はい。化学兵器禁止条約の規定をすり抜けられるように、ふたつに分けて保存されます。混ぜると、ＶＸやサリンより毒性が強くなります。正確には、そのふたつの七から十倍の致死力です。ウズベキスタンで開発されましたが、開発に携《たずさ》わった施設は、一九九九年にアメリカ主導の国際査察官の監視の元で解体されています。例の二元化合物《バイナリ・コンパウンド》がロシアとシリアに送られたのではないかとの疑念は、ずっとぬぐえていません」

「つまりどういうことなんだ、ドック？　イエディッドがここで化学兵器による攻撃を画策していると？」

「そのとおりです」

「**くそ！**　解毒剤はあるのか？」リースは差し迫った口調で訊いた。

「アトロピンならノビチョクの対抗薬になりますが、対抗するのに必要な量自体が致死量です」

「どのように散布する？」

「空からの散布がいちばん効率がいいでしょう」

「上空は閉鎖されている。空からではない」

「ちょっと待っていてください、ミスター・ドノヴァン。新しい情報源――イエディッド将軍――に尋ねてきます」

リースは苦しいまでの数分を待つあいだ、エージェント・シェールに最新情報を伝えた。

「あなたにいわれたことを考えれば、筋が通るわ」彼女がいった。「大統領は飛行場に向かっている。数分後には離陸する」

「ミスター・ドノヴァン！　ミスター・ドノヴァン！」衛星電話がまた息を吹き返した。

「ああ。どうぞ」

「地下埋葬所です。空から降ってくるわけではありません。広場の下の地下埋葬所から噴き出してくるんです！」

〝くそ！〟

「キム！　地下埋葬所の入り口はどこだ？　鉄格子で塞《ふさ》がれているところに出る入り口だ！」

「ついてきて!」シェールは叫び、ドアに向かって走り出した。

「フレディー?」リースは無線機で呼びかけた。「フレディー!」〝くされ無線機め〟

一九八一年のレーガン以来、大統領暗殺の企《くわだ》てはなく、シークレット・サービスがどれほど訓練を受け、練度を高め、準備を整《ととの》えようとも、警護対象者が狙撃されかかり他国元首が実際に狙撃されたともなれば、やはり混乱が生じた。

リースは混乱をよく知っていた。戦闘のつきものとして付き合い、生じるときを予期し、その中でうまく立ちまわれるようになっていた。混乱には好機が隠れている。今回は敵にとっての好機につながる。リースは自分で計画したかのように、はっきりとそれを理解した。シークレット・サービスがもっとも重要な任務として大統領の元に集結するなら、それまで世界一の警護部隊によって確保されていた地域は、地元法執行機関の連絡係が引き継ぐことになる。つまり、その地域が脆弱になるということだ。

リースとエージェント・シェールは全速で通りに出た。先発チームの一員であるシェールの任務には、会場へ出入りできるあらゆるルートを把握することも含まれている。立ち止まって自分の位置を確認することもしなかった。どこに行けばいいか、正確に知っている。

「こちらシェール!」シークレット・サービスのエージェントはラペルマイクに向かって

叫びながら、遊歩道の混乱と密集から逃れようとする人々であふれ返る通りを縫《ぬ》って進んだ。警察の笛が鳴り響き、それでなくとも混乱している現場がますます混乱しているように聞こえている。

リースは長銃身の銃があればいいのだがと思ったが、自分の仕事をまっとうしようとする現地警察官の十字線にとらえられかねないこともわかっていた。ふたりのアメリカ人は、携帯武器をホルスターから抜かずに海側に急いだ。

「どこへ向かっている?」リースは群衆の頭越しに声を上げた。

「離れないで! この地域で確認されている地下埋葬所のすべての入り口に、エージェントと地元警察を配している。いちばん近いのはこの断崖の下よ」彼女がいい、前方を示した。「わかっているかぎりでは、どれも列柱の真下には行けない」

大統領演説でも封鎖されていない最寄りの交差路に近づくと、ふたりは走る速度を緩《ゆる》めた。この騒動の中でどうしていいのかわからず、混乱しているように見える警官に、シェールがシークレット・サービスのバッジを見せると、ふたりはほうぼうから鳴り響くクラクションを突き抜けて、黒海に臨む歩道に出た。

「あそこよ」エージェント・シェールがいい、間に合わせの小道へ進み、ふたりの位置から一〇〇ヤード(約九一メートル)ほど下った岩だらけの海岸を指さした。「行くわよ」

「待て」リースはいい、彼女に追いつき、海岸と周囲の地域に視線を走らせた。「エージェントはどこにいる?」

「中継点に移動して、大統領の位置に合流することになっている」シェールは答えた。

「わかった、敵影はなさそうだ」リースはいった。「だが、地元警察がどこにも見えない」

スナイパーが地下埋葬所の入り口を守るために身を潜《ひそ》めていそうだと感じるところに、リースは目を向けた。

〝ひと呼吸置き、周囲を見て、決断しろ〟

「そこに制服警官がいるはずだけど、わたしも受け入れ国の警備体制については――」

エージェント・シェールがいい終えることはなかった。リースはすでに彼女を地面に押し倒していた。同時にフルオートマチックのライフル掃射がふたりの位置に降り注いだ。シェールが先頭にいて、地面に倒れるときに二発被弾し、リースは彼女のシャツのうしろをつかみ、巨岩の陰まで身を低くして引っ張っていった。

〝三〇〇ヤード(約二七四・三メートル)下、土手の真ん中ほど〟

射手にとっても最適な位置ではない。フルオートマチックで撃ったということは、スナイパーではない。おそらくテロ集団の中でもいちばん未熟な者が、入り口を守るようういいつけられ、いいつけどおりのことをしているのだろう。

「どこを撃たれた？」リースは大声で訊き、両手で射入口と射出口を探しながら、側面にまわる部隊がいたらこの位置はまずいと考えていた。

「わたし、わたし……」

「どこだ？」リースは訊いた。

「脚……」シェールがあえぎながらいった。

リースは傷の確認を終え、シェールとこっちに接近する道筋を交互に見た。戦闘という激しい状況では、最初に見つけた傷の手当てをしているうちに、別の目立たない傷口からの失血で、負傷した戦友が命を落とすことはよくある。

「圧迫しろ、ここだ！」リースは命じ、シェールの手を太ももに置いた。ズボンの片方の脚に血が染みはじめていた。動脈から出血しているのでも、大腿骨が折れたのでもなさそうだが、今は基本に立ち返るときだ。まず戦いに勝たなければならないことはわかっているが、DNAの何かが、広まりゆく血溜まりにこのまま彼女を残すなと命じている。素早く対処する必要がある。

「止血帯はないか？」

「ある、足首に」

リースは手を伸ばし、ズボンの左足をまくり上げた。〝何もない〟。次は右足を見た。足首のすぐ上に、戦闘用止血帯が巻いてあった。リースはその〈ノース・アメリカン・レスキュー〉の止血帯が、弾が飛び交うところへの度重なる派遣時に持っていったものと同じタイプだとわかり、使い方もよく知っていた。脚の少なくとも二カ所あるように見える銃創のすぐ上に止血帯をあてがうと、きつく締め、棒をひねり、プラスチックの留め金で固定した。

「無線機を借りるぞ」リースはいい、腰に留めてあった無線機をつかみ取り、彼女のイヤフォンにつながっている線を引っ張った。

「こちらはジェイムズ・ドノヴァンだ」リースは無線機に向かっていった。「エージェント・シェールと一緒だ。現在地は……キム、ここはどこだ？」

「チョ、チョルノモルスク・ストリートを渡ったところ。列柱の南西」目に激痛をたたえ、彼女があえぎながらいった。

リースは通話ボタンをまた押した。「チョルノモルスク・ストリートの海側だ。エージェント・シェールが脚を撃たれた。エージェントと医療班を呼んでくれ。気をつけろ、現在地の約三〇〇ヤード下の斜面にひとりの敵戦闘員がいる。ライフルを持った少なくともひとりの射手だ。この地域で化学兵器が使用される危険がある。列柱から人を退避させろ。

化学兵器はノビチョクで、現在、地下埋葬所にある。使用手段は不明」

リースは応答を待たなかった。無線機をシェールの手に置き、自分の長袖シャツを引き裂き、穴が空いている傷口に押し込みはじめた。

「ああ！　痛い！」シェールが歯を食いしばりながらいった。

「大丈夫だ。無線機に気をつけて、支援に駆けつける者たちを誘導しろ。〝ピストーラ〟の弾は何発残っている？」リースは訊いた。

「十二発。予備弾倉がひとつ」

「よし。いいぞ」リースはいい、シェールがホルスターから抜いた銃が、357SIG弾を使うSIGP229だとわかった。

「懐中電灯は持っていないか？」リースは訊いた。

「持ってる」

「貸してくれ」リースはいい、受け取ってポケットに入れた。

「だいたいでいいからあの悪いやつがいる方に、弾を撃ち込んでほしい。三〇〇ヤード前方の土手の真ん中ぐらいにいる。頭上に一本の木が見える。その木を見つけて、そこから二〇ヤードぐらい向こうを狙って撃ってくれ。できるか？」

「ええ。あなたはどうするの？」

「そいつの側面にまわる。準備はいいか？」リースは訊いた。

シェールは自分の目の前で戦いの道具と化した男を見上げた。

「**キム！**」リースは叫んだ。「準備はいいか？」

シェールはうなずき、ふたりを守っていた巨岩に背を着けた。

リースは片膝立ちになり、ＣＩＡがこの出張のために支給したものより大きな拳銃を抜き、負傷したシェールに手渡した。

「おれがここから飛び出したら、すぐに撃ちはじめてくれ。攻め《アクション》の方が受け《リアクション》より速いから、おれは大丈夫だが、きみは絶対に頭を下げておくんだ。弾倉ふたつ分、撃ち尽くしてくれ。おれの銃は最後まで撃つな。見落としたやつが、この辺にいるかもしれないから、その銃は予備だ。お守りだ」

「あなたはどうするの？」キムが驚いた様子で訊いた。「武器が必要なんじゃないの？」

「おれはもう一挺持っている」リースはいった。

シェールは彼の茶色の目を見つめ、身を震わせた。

「いいか？」リースはまた訊いた。「**行くぞ！**」

リースが巨岩の陰から飛び出すと同時に、シェールが体をくるりと回転させ、巨岩の反対側へまわった。リースにいわれた木を必死で探し、見つけると、そのすぐ下を見た。すぐさま発砲炎が見え、弾がリースの方向に飛んできた。シェールは撃ちはじめた。

リースは土手を一気に駆け登り、照準線の届かない道に出ると、その尾根沿いの道を走った。力がみなぎっている。右側の車の流れは止まっていて、銃声に好奇心をくすぐられた歩行者は足を止め、黒いバックパックを背負って猛スピードで海岸線を走っているおかしな男を見つめている。エージェント・シェールの357SIG弾が発砲される音が聞こえる。フルオートマチックの連射が止まり、ライフルを持っている者が遮蔽物に隠れたか、弾が発砲されている場所を特定しようとしているのだろう。

〝常に戦闘位置を改善しろ〟

リースは背負っていたバックパックを急いで降ろし、中に手を入れながらも、全力で移動し続けた。彼の手がフレディーからもらったトマホークの木の柄をつかんだ。バックパックを投げ捨て、リースははるか昔から伝わる武器からカイデックスの鞘をはずし、それも地面に投げ捨てた。敵対勢力の情報が必要だ。そのためには、トマホークが拳銃にはできない選択肢をもたらす。脚を勢いよく上下動させ、周囲の地形に視線を這わせて脅威を探る。

リースは目印を見つけた。斜面に生えた一本の木。距離は一〇〇ヤードほどで、急速にその距離を縮めていった。シェールには二十四発しか弾がないとわかっていたから、射撃回数を数えようとしたが、正確な数はわからなかった。かまうか。やるしかないのだ。

リースは小道を離れ、険しい土手から崖へ下りていった。敵がシェールの位置を特定し、狙いを絞って反撃している。フルオートで撃っているのはまちがいだ。これからその代償を払うことになる。リースは崖を下りながら、前方で地面が動くのを見た。ターゲットが茶色のブランケットをかぶり、伏せていた体を横向きにして弾倉を交換していたとき、リースは敵の頭上、左斜《なな》めうしろから襲いかかった。

リースはトマホークを振り降ろし、敵の背中やや右を切り裂いた。体を守るボディアーマーもなく、鋭いブレードはテロリストの必須器官を守る骨と肉を軽々と切り裂いた。リースの勢いと、肉体を切り裂かれたことによるテロリストの激しい痙攣《けいれん》のせいで、ふたりは五〇ヤード（約四六メートル）下の崖下まで転がっていった。

ふたりは激しく地面に叩きつけられたが、重傷を負うほどではなかった。リースは急いで立ち上がったが、ターゲットは体に絡《から》まっていたライフルのスリングを振りほどけずにいた。

リースは一瞬で襲いかかり、ターゲットを仰向けに倒した。人体はかなりの虐待に耐える。よって、リースの第一攻撃では殺せなかった。リースの原始的な一面はすぐに終わらせたかったが、情報が必要だった。元SEAL隊員はAK型のライフルを左膝で固定し、左腕で喉笛《のどぶえ》を押しつぶし、右手でトマホークを打ち付ける体勢に入った。

「英語は？」リースは歯を食いしばりながらいい、彼が覆いかぶさっている男の目をにらみつけた。

男の目に理解と憎悪が浮かび上がったが、それ以上の返答はなかった。リースは以前にもそんな目を見たことがある。殺すぞと脅してもまるで利かない燃えるような憎しみをたたえた目。死は彼らを救済するのみ。

民間人が化学兵器で攻撃されようとしている今、リースには指示を待つつもりはなかった。〝自分で決断し、道を切りひらけ〟

「地下道に何人いる？」

この男はひとこともいわない。

この男が大量破壊兵器《WMD》攻撃に積極的にかかわってきたとわかったことで、リースの次の決断は楽になった。地下埋葬所でどんな敵対勢力が待ち受けているのか、もっとよく把握しようと、体を少しずつ切り刻んでいく時間はない。無辜《むこ》の男、女、子供が住む街全体のために、リースがこれを終わらせなければならない。地下道に敵の戦闘員が何人いようとかまわない。リースは入っていく。さっきまでAKの連射でリースたちを釘付けにしていた男から離れ、フレディーからもらったトマホークの柄の先についているスパイク側を側頭部をめがけて振り降ろし、脳まで貫いた。テロリストの体ががくがくと震え、リースはトマホークを抜き、手の中でくるりと向きを変えると、刃の側で頭蓋《ずがい》を打ち付け、とどめを刺した。

リースは死んだ男のAKを手に取り、よく見た。〝弾倉がない〟。薬室を確認した。〝空っぽだ〟。男のチェストリグに残っていた最後の弾倉を抜き、最上部の銃弾を親指で押し下げ、フルに装弾してあることを確認してから、マガジンウェルに挿入し、チャージング・ハンドルをラックして一発の銃弾を薬室に送り込むと、海岸線沿いに錆びついた金属の扉がついたコンクリート・バンカーへ移動した。ここが地下埋葬所への入り口だ。

84

はっきりとはわからないが、アクラムは外で銃声がしたと思った。仮にそうだとしたら、地元警察が海岸に下りてきて、ジアドがＡＫで警察を殺したということだ。まあ、全員は殺せなかったかもしれないが。ジアドはグループ最年少で、何をおいても熱意だけはある。おそらく、支援部隊が呼ばれ、まもなくジアドは死ぬ。〝大義のために殉教する〟。警察を引きとどめ、チームが任務を完遂する時間を稼《かせ》ぐのだ。ここまで来たら、自分たちを食い止めるのは手遅れだ。チーム最年長者として、シリア軍のあと、軍事諜報部隊ムカバラトの軍事部門での長い軍歴を持つアクラムは、二元化合物《バイナリ・コンパウンド》を混合してノビチョク神経毒をつくる方法を知る唯一のメンバーだ。

最近ではマスヤーフのシリア科学研究調査センターに配属されていた。その施設はシリア北西部のジャバル・アンサリヤ山脈の東斜面にあり、西側による最近の空爆でも、なぜかターゲットからはずれていた。イギリス、フランス、そしてもちろん、両国の主人であるアメリカによる空爆である。十一世紀に〝アサッシン〟として知られるイスラム教の一派が組織されたのが、このマスヤーフだという史実を、アクラムは忘れてはいなかった。イエディッド将軍は高い報酬を出してくれ、目をかけてくれ、ムカバラトの出世コースに乗せてくれた。今、かの有名な何世紀も前の〝戦士《フィダイ》〟のように、アクラムも松明《トーチ》を引き継ごうとしている。チームを構成するほかの四人の男とひとりの女は、アクラムがここまでたどり着けるようにするためにいる。彼を守るためにいる。

イエディッド将軍から正確なターゲットが伝えられたわけではないが、重要な人物だと信じるに足ることはいわれた。卑劣にも彼らの母国を攻撃した国々のひとつの指導者かもしれない。アクラムはバッシャール・アル＝アサド大統領の人間の笏《しゃく》となり、西側に対し反撃するのだ。彼らは経済制裁や軍事力をもって、彼の母国をターゲットにしてきた。

〝彼らにとってはあいにくなことに、アサッシン誕生の山中に建てられた化学研究センターを、彼らは見逃した〟と彼は思った。〝今日こそ、自分で蒔《ま》いた種を刈り取らせてやる〟

何百マイルも離れたところから発射されるミサイルは、ターゲットをはずすこともある。たった今ノビチョクの二元化合物《バイナリ・コンパウンド》を混ぜてできた白い粉なら、はずすことはない。ライフルの銃弾や空から投下されるスマート爆弾のような正確さは必要ない――恐怖《テラー》を植え付ける兵器なのだ。目に見えず、避けようがない。無差別だ。

彼らはドゥーマという反政府軍の街に微量でテストし、じかに効き目を確認した。この毒素が皮膚に触れただけで、激しい痙攣《けいれん》を引き起こし、麻痺し、心肺が停止する。西側の諜報機関は塩素ガス攻撃だと誤った評価を下していたが、実際には、国連による化学兵器査察に先立ち、ソビエト連邦が崩壊したあと、ウズベキスタンのヌクスからシリアに移されたノビチョクのテストだった。そうやって、研究と改良を加えられてきた。ようやく準備が整《ととの》った。二元化合物《バイナリ・コンパウンド》のままなら安全だが、ふたつの物質を混合すると、人が知るかぎりもっとも恐ろしい神経毒ができあがる。大半の人はサリンガスという毒ガスについて聞いたことがあり、そのとてつもない威力に相応の恐怖を抱き、理解も進んでいるが、最近までノビチョクは謎だった。サリンと似たような性質を持つものの、ノビチョクはサリンの千倍を超えるほど有毒で、どんな解毒剤もまったく意味をなさない。一マイクログラムだけ皮膚に触れただけで死につながり、オデーサの通りに解き放つことになっている量なら、この全域は何世代も住めなくなるだろう。恐怖《テラー》の永続的な影響をもたらすものとしては完璧な物質だ。九・一一同時多発テロ以来、西側へのもっとも大きな一撃になり、アサド大統領が国民に公《おおやけ》に約束していた復讐にもなる。イエディッド将軍は大統領直々《じきじき》に励ましを受けたのだ。

〝私は失敗しない〟

装置を地下道に運び込むのは楽ではなかったが、どうにか運び込み、予定より早く所定の位置にたどり着いた。ファヤとタウフィクが、入り口を警備していたふたりの男を造作もなく始末した。チームに女を入れる利点だ。女がいるおかげで、疑われることなく男のターゲットに近づくことができる。女子コマンド大隊はアサド大統領の肝《きも》いりで創設されたと噂されている。そうした国防を担《にな》う雌ライオン《ライオネス》が、今や精鋭の共和国防衛隊の一個大隊を占めている。ライオネスとして五年間の軍歴を積んだあと、二〇一五年、ファヤはダマスカスで武装勢力を鎮圧すべく、前線で目覚ましい活躍を見せたことを受けて、ムカバラトに引き抜かれ、イエディッド将軍はそれ以来、彼女に顧問料を支払い続けてきた。魅力的であることもよかった。今回はタウフィクと手をつないで海岸を散歩していて、ふと足を止め、地下埋葬所を警備していたふたりの地元警官に、上の通りの騒ぎはどうしたことかと尋ねることができた。周りの世界のことなど忘れて、ふたりきりで海辺のひとときを過ごす恋人同士だ。

偽の恋人同士が、国への奉仕として訓練を受けてきたとおりに、疑いもしない警官の喉《のど》にナイフを突き立てると、その刺し傷は残酷で、死のにおいを漂わせていた。口笛の合図で、アクラムとハッサンが上の道から下りてきた。アクラムは大きなバックパックに送風機を入れていて、ハッサンは世界を一変させるふたつの小さな容器を持ってきた。ジアドはAKを持ち、地下道の入り口がよく見える斜面で配置についた。

地下道網の奥に達した。いよいよ時間だ。防護服内の空気は濃縮し、アクラムは体全体が汗でぐっしょり濡れている。ほかの者も似たような状況だということはわかっていた。これから散布する邪気を通さないバリアとしてつくられた、薄いナイロン・スーツを着ているのだから。上の通りにつながっている脇の換気坑に向けて送風機を設置し、テープと接着剤を機密材として使って、送風機に円筒形の管をつけて換気坑とつなげた。もともと、この換気坑は、列柱に溜まった水を海へ流すための排水溝としてつくられ、地下埋葬所までつなげられたのだが、これから死の通路となる。

チームのメンバーはそれぞれ、かの有名なムカバラトの軍事部門にいて、イエディッド将軍に仕えていた。将軍はこの作戦のために彼らを招集することにした。彼らが通常兵器ではない化学兵器の散布法の広範な訓練を受けていたからだった。薄いナイロン・スーツでもこの任務には間に合う。混ぜ合わせた二元化合物《バイナリ・コンパウンド》を黄色い管に慎重に流し込み、送風機を設置して、まわせばいいだけだ。造作もない。抜群の効き目。もはや彼らを止める手だてはない。

85

〝闇〟

〝暗視ゴーグル《NOD》はない。サプレッサーもない。チームもいない〟

リースはそっと地下埋葬所の中に足を踏み入れ、地下道を進みはじめた。すぐに殺されなかったということは、この先にだれがいるのかはわからないが、リースがさっき無力化した後方防御の男が、彼らの六時方向を守ると信頼しているのだろう。あるいは、地下道のもっと奥で待ちかまえているのか。

ＡＫに二十八発だか三十発だかの弾が入っている。アンクルホルスターにＳＩＧＰ３６５、エージェント・シェールに借りた〈シュアファイア〉のフラッシュライト、そしてトマホークがある。

闇の向こうに何が待っている？　ひとりか？　ふたりか？　重武装したテロリスト集団か？　ノビチョクの二元化合物《バイナリ・コンパウンド》はもう混合したのか？　何千人ものウクライナ人がもう死

の化合物に触れて死んだか、重篤な状況になっているのか？　リースは先を急いだ。

ベトナム戦争時、父の部隊の〝ジネズミ〟の話を思い出した。〝ジネズミ〟はフラッシュライトと1911拳銃だけを持って、地中迷路に潜《もぐ》っていったという。それに、アフガニスタン戦争がはじまった当初、山岳地帯の地下道網に入っていったという友人やチームメイトの話も思い出した。

自分がいることを敵に知らせたくはないので、フラッシュライトは使わないことにしたが、左手に持ち、AKの銃床に押し当てていた。こっちはひとりきりだが、〝塹壕《ざんごう》〟にいる敵部隊はどれだけの武器を持っているかわからず、恐ろしい神経毒を持って、古代都市の通りの下に広がる漆黒《しっこく》の闇のどこかに隠れている。そこはまだ探索し尽くされていない、地下三層の洞窟や地下道の迷宮と化している。

通路が狭くなり、空気は冷たく、重くなりはじめた。リースは左肩で壁をするようにして通路を進んでいった。冷たく湿った石灰岩の壁が、新しい戦争における戦いをじきに見守ることになる。

リースにはまず音が聞こえた。立ち止まり、耳を澄ました。

敵は暗視装置や赤外線ライトを持っているだろうか？　じきにわかる。

ボウハンティングで獲物を狩る前に忍び寄っていたときにもよくしていたが、リースは靴を脱いで移動の音をなるべく立てないようにして、少しずつ進んだ。

明かりが地下道を照らしはじめ、リースはその明かりの方へ向かった。光が漏れる割れ目に向かって突進したかったが、追跡している者たちのだれかひとりでも生き延びて化学兵器を作動させたら、だれのためにもならない。

別の音がして、ぴたりと足を止めた。〝今のは何だ？〟。掃除機のような音だ。すると、静かになった。リースがさっきより速く前に進むと、前方の光が明るくなっていった。

さらに近づくと、アラビア語のささやきを電子化したような、聞いたこともない音が聞こえてきた。リースは膝《ひざ》を突き、体を壁から離して右側に傾け、ターゲットがもっとよく見えるようにした。

地下道の二〇ヤード先に謎めいた光景が見え、リースの脳がその情報を処理すると、たちまち恐怖に変わった。リースのものと似たAKを持って見張りに立っている男の姿を、ランタンが照らし出している。男の目は数秒おきにリースの方に向けられているものの、意識は警備には向いていなかった。仲間に向けられていた。

防毒マスクを着け、白い防護服を着た三人が、工業用送風機のようなものを、鮮やかな黄色の管に取り付けようとしていた。マンホールや建設現場の地下道の下水設備の通気によく使われ、バカでかい掃除機のように角の内側や外側に沿って曲げられる管だ。それが洞窟の壁に固定されていた。何が行なわれているのか、リースが把握するのに少しかかったが、しばらくするとピンと来た。狭い空間の通気用だと思われるこの送風機と、それに取り付けてある管が、恐怖《テラー》の兵器となっている。この高出力送風機は地下道の床に設置され、携帯用バッテリー装置につながれている。その周りに、キリル文字が記されたプラスチック容器が散らばっている。恐怖のノビチョクを脇の通路から上の列柱へと撒《ま》き散らす装置の準備が、最終段階にあるらしい。今にも作動しそうだ。ドクター・ベランジャーもいっていたが、彼らはこの神経毒を迷路のような地下埋葬所に運び込み、送風機で混み合ったオデーサの通りに吹き出させるつもりだ。

「〝ジアド？〟」AKを持った護衛の誰何《すいか》が、防毒マスク越しに音声変換されたデジタル音声となって聞こえてきた。護衛はじっとリースの方に目を凝《こ》らしている。

送風機がまわりはじめた。

〝くそ！〟

リースはAKを五発撃って応答したが、照明もなく暗闇で照準を合わせたため、大きくはずれた。護衛がただちにフルオートでリースの方に発砲しはじめ、リースはうしろに引き、円錐形に広がる連射から離れるしかなかった。洞窟という閉じられた空間でのライフルの発砲音は耳をつんざき、発砲炎は目をくらませた。

〝運は勇敢な者に味方する〟

リースはフラッシュライトのスイッチボタンを押して地面に置くと、すぐさま地下道の反対側へ動いた。

敵の目がまばゆい光に向けられると、リースはライフルで十発撃ち、その男に派手な風穴を空け、送風機の方へ突進していった。

仲間が地下埋葬所の床にどさりと倒れたとき、別の敵がAKに手を伸ばし、ほかのふたりは暗闇の中に入り、地下道の迷路に消えた。リースがAKから放った弾は、防護服を着たテロリストのひとりの胸の上部に命中し、さらに二発が防毒マスクの顔を覆《おお》っているところに命中し、テロリストは血みどろになって倒れた。リースは追いかけたい衝動にあらがい、大きな送風機の前で立ち止まった。電気モーターが甲高い機械音を出して、化学剤を上の明るい街へ押し上げている。数秒のうちに死の気体が地上に達し、何千何万とはいわないまでも、何百人もの命を奪い、一帯は毒に汚染された地域に一変する。

リースは送風機のモーターを狙いつつ、指が重い引き金の〝遊び〟をなくしていった。その後、指の動きを止め、力を緩《ゆる》めた。

〝考えろ、リース。柔軟に対処しろ〟

〝くそ！〟

ダイヤルに記されているのが何語にしろ、リースには読めないが、これほど直感的にわかるものはない。彼は手を伸ばしてダイヤルを左にまわした。送風の向きが変わるのがわかった。ノビチョクを通気管から地下埋葬所に引き戻すのだ。

リースはきびすを返して走りかけたが、立ち止まり、送風機の風向きを地下迷路の奥へと向けた。毒素を送り込もうとした連中に毒素が向かうようにした。送風機が死をもたらす神経毒を吸って地下世界に流し込みはじめると同時に、リースは来た道順を全力で走って戻った。

86

リースが地下埋葬所から出てくるころには、海辺は地元警察、ウクライナ軍、そして、ホスト国との調整のために残されていた数人のシークレット・サービス・エージェントでごった返していた。

リースはＣＩＡ工作担当官のダグラスを見つけ、地下道で見たことを報告し、白い防護服を着たふたりのテロリストは神経毒で汚染されているから、出口にたどり着いたとしても、即時に射殺しなければならないと強調した。ドクター・ベランジャーはリースに連絡したあと、各所に警鐘を鳴らしていた。それが連鎖的に広がり、ウクライナ国家非常事態庁の大量破壊兵器《WMD》対応プロトコルが発動し、世界の注目を集めているオデーサの事件を受けて、警戒レベルが最高に変更された。ＨＡＺＭＡＴ（人体に有害な物質）チームはすでに地下埋葬所の入り口を塞《ふさ》ぎはじめていた一方、軍が近隣と周辺住民の組織的な避難を行なった。

「シェールの具合は？」リースは訊けるタイミングですぐに訊いた。

「命に別状はないよ、リース。だが、悪い知らせもある。きみの友人のことだ」

リースがフレディーの最後にいた位置にたどり着いたときには、アルファ部隊が現場を確保していた。負傷したシークレット・サービスのスナイパーは地元の病院に搬送され、アメリカの医療班が懸命に救命措置をしている。黒いビニールシートが屋上のふたつの死体にかぶせられていた。リースは友の脇にひざまずき、黒いシートをめくった。涙が目に込み上げ、愛にあふれる夫、三児の父で、キャリア全体を国に捧げ、今回は大統領を守るために命まで捧げた男の顔を抱いた。自分の部隊を丸ごと失い、身重の妻と子供を自宅で殺されたショックで、もう悲しみなど感じないと思っていた。だが、ちがった。

周囲の重力が渦を巻き、リースの世界はスローモーションになった。ウクライナの即応部隊が手際よく治安の確保に当たりながら、犯罪現場という表現に収まり切らない現場の保全に全力を尽くしている。これは戦争行為だ。リースには、彼の知るかぎり最高の男のひとりの死に顔を見つめることしかできなかった。

87

ドイツ、ラムシュタイン空軍基地
十月

　フレディーの遺体は遺体袋に入れられ、できるだけ冷やすために氷に囲まれていた。リースは友の亡骸《なきがら》に付き添ってC－17に乗った。同機には、大統領の車列に使われたシークレット・サービスの車両も積まれた。空軍の積み荷管理官《ロードマスター》はフレディーの遺体袋を機体の金属の貨物フロアに、敬意をもって慎重に固定した。リースはその横に座った。

　給油を行ない、大統領一行と、別々でドイツ入りしていたほかの警護班と合流するためにドイツに着陸すると、ひとりのエージェントがリースに近づいてきて、大統領の招待によりエアフォース・ワンへの搭乗を申し出た。リースは丁重に断った。チームメイトのそばを離れるつもりはなかった。アフガニスタンの一件で海軍犯罪捜査局《NCIS》が捜査に入ったときには、戦死した部隊員を母国に運ぶ際に付き添う任務を剝奪《はくだつ》されていた。今度はそんなことはさせない。

リースはヴィック・ロドリゲスと携帯電話で話し、フレディーの遺族への告知の調整を頼んだ。翌日の午前六時十三分に、サウスカロライナ州ビューフォートのジョーニー・ストレインのベッドルームの明かりがつくと、ロドリゲスが玄関ドアを静かにノックした。ノックを聞いて、彼女の鼓動が早まった。軍人の妻ならだれもが恐れる瞬間が来たのかと、覚めることのない悪夢を見ることになるのかと恐怖した。

ジョーニーはロドリゲスを知らなかったから、薄手のローブ姿でドアを少しだけあけたとき、そこにいるのがだれなのかわからなかったが、付き添いで来ていたフレディーの海軍時代の部隊の礼装に身を包んだ最先任上等兵曹は知っていた。彼女の視線が上等兵曹の記章から三叉《トライデント》の矛記章へ、そして悲しげなまなざしへと走ると、膝《ひざ》がぐらつき、彼女は床にくずおれた。

フレディーはドイツのラントシュトゥール地域医療センターでアルミニウム合金の棺《ひつぎ》に移され、氷も入れ替えられた。その棺には金属の取っ手と留め金がついていて、大きなライフルケースのようだ、とリースは思わずにいられなかった。フレディーも喜ぶだろう。

グライムズ大統領の名誉のために付け加えれば、元SEAL隊員の亡骸を運ぶ準備が整《ととの》うまで、大統領もドイツで待っていて、急遽《きゅうきょ》、空軍基地と医療センターを訪問し、志気を高めたり、アメリカに帰国する前に、戦闘で負った傷を癒《いや》している男女将兵に謝意を示したりした。六人の制服姿の航空兵が、国旗で覆《おお》われた棺をC－17に戻し、シークレット・サービス・エージェントが軍用貨物バンと航空機のローディングエプロンのあいだで儀仗兵を務めた。ほぼ全員に軍隊経験があり、その間《かん》に友人やチームメイトを失った者も多い。

巨体のジェットが母国に近づくにつれて、リースは体内に恐怖が充満していくのを感じた。ジョーニーと顔を合わせなければならないことはわかっているが、自信がなかった。

〝何ていえばいい？　フレディーはおれを探しに遣わされたばかりに死んだ。おれが誘いを断っていれば、フレディーは今も生きているのだ〟。友を失った悲しみが、とてつもない罪悪感に飲み込まれた。しかし、ジョーニーのためにも、自分が強くならなければならない。立場が逆なら、フレディーもローレンのためにそうしていただろう。もっとも、ローレンはもういない。〝みんないない〟

航空機がメリーランド州のアンドルーズ空軍基地に着陸すると、格納庫の近くに人々や車が集まっているのに気づいた。霊柩車、リムジン、きっちり整列した喪服の人たち。C－17がその格納庫に向かってタクシングし、パイロットが〈プラット&ホイットニー〉のターボファン・エンジンを切った。

乗員が棺をフロアに固定していたストラップを静かにはずし、脇にどいた。傾斜板が降ろされると、数々の勲章を着けて二列に並んでいるフレディーの元チームメイトたちが見えた。その多くはもじゃもじゃの口ひげを生やしているが、完璧な礼装で、航空機と待機中の霊柩車のあいだの〝非常線〟となっていた。

ジョーニーがエプロンに立っていた。サムの肩にうしろから手を置き、ほかのふたりの子供たちに挟まれ、抑えた悲しみを顔にたたえている。ヴィック・ロドリゲスがジョーニーの悲痛な長旅にずっと付き添い、今もすぐそばに寄り添っている。彼女の両親と思われる夫婦が横にいて、そのふたりより年かさの、リースも顔を知っているフレディーの両親もその隣にいた。〝みんな急に老けて見える〟

SEALチームが近づいてきたとき、リースは棺の頭側で気をつけの姿勢で立っていた。重苦しいチームの先頭に立っている最先任上等兵曹とは知り合いで、目が合うと、挨拶《あいさつ》の代わりにほんのかすかにうなずくのがわかった。こんなところで何をしているのか、と彼らは思っていることだろう。ほんの数カ月前、彼らはペンタゴンの指令を受け、チームを派遣してリースを殺そうとし、その後の予期せぬ展開をつぶさに追っていたのだから。今ごろリースは死んでいるというのが、おおかたの予想だったはずだ。

遺族の意向に加えて、ここに集まっていた面々はペンタゴンが公式には認めていない部隊の隊員なので、マスコミは閉め出された。フレディーの戦いは終わったが、まだこの男たちはアメリカ軍の強力な槍の先となって戦っている。国旗に覆われた棺が遺族の方に運ばれていくとき、広々したエプロンに風が吹き渡った。そのとき、リースは棺を運んでいたSEALの隊員ひとりの、片方の膝下が義足だと気づいた。〝得がたい男たちだ〟

棺が積まれ、儀仗兵が隊列を解くと、リースはジョーニーに近づいていった。ジョーニーはSEAL顧問下士官のひとりと話をしていたが、リースの姿を見ると、近寄り、びっくりするほど強いハグをしてきた。ずっと泣いていたらしく、青い目が赤く腫《は》れている。

「ローレンとルーシーのことは、本当にかわいそうだった、リース」

〝夫が棺に入って帰ってきたというのに、おれに家族のお悔やみをいってくれるのか〟

「そ……そちらもフレディーのことはお気の毒に。あいつは死んだときも生きているときと変わらず、英雄だった」

「あなたが一緒にいてくれたとヴィックに聞いたわ、リース。あなたがいてくれて、あの人がひとりで逝《い》かなくて、本当によかった。わたしはあの人がどこにいたのかも知らなかったから」

「助けてやれなくてすまない、ジョーニー。一瞬の出来事だった。あいつは苦しまなかった」

「そうだってね。ヴィックが教えてくれた」ジョーニーが涙をこぼしながら、彼の胸に軽く額を載せているのが、リースにはわかった。

「あの人がチームを離れたとき、わたし、とてもほっとした。この仕事なら安全だから、ずっと心配しなくてもよくなるっていってたのに」

「そのはずだったんだ、ジョーニー。すまない。おれのせいだ、ジョーニー。こうなるのはおれでよかった」

ジョーニーが急に顔を上げた。「バカなことといわないで、ジェイムズ・リース。絶対に。わかった？」

「奥さん、お邪魔してすまないが、大統領がお会いしたいそうだ」そばに立っていた海軍中佐《O-5》がいった。

ジョーニー・ストレインは背筋を伸ばし、大きく息をした。ティッシュで涙を拭き、夫の友人の目を真正面から見た。「あの人を国に連れ帰ってくれてありがとう、リース」

「こんなことをしたやつを探し出すよ、ジョーニー。かかわったやつ全員を探し出す。約束する」

「きっとね」彼女はいい、うなずいて歩き去った。

88

バージニア州、ラングレー
CIA本部
十月

リースがロドリゲスのオフィスに座っている前で、このCIA局員は机に載っている書類の山から読み上げた。

「FBIがシークレット・サービスを支援している。最終報告が入るまでしばらくかかるだろうが、初動の発見がいくつかある。スナイパーの隠れ家として設置されていた輸送コンテナが見つかっている。赤外線シグネチャーを漏らさないように、内側に断熱材が張ってあった。スナイパーたちは、両大統領の到着を待って、少なくとも数日はそこに閉じこもっていた」

「やはりスナイパー・チームだったのか。イエディッド将軍がドクター・ベランジャーにいっていたとおりだ」リースはいった。

「そうらしい。同時に撃った二発がロシア大統領を狙い、一発が命中した。もう一発は横の柱に当たった。〈ナイトフォース〉のスコープがマウントされた二挺のアメリカ製〈チェイタック〉ライフル、弾道コンピュータ、スポッティング・スコープ、などなどが見つかっている」

「ふたりの射手。二種類の風のデータ」リースはいった。

「そのとおりだ。その後、射手のひとりが、フレディーが無力化したスナイパーに銃を向けた。口封じだろう。あの距離だと、それがだれかまではわからなかっただろう。射手は人影に向かって撃っただけだ」

「というと、近距離にいたスナイパーは大統領《POTUS》を殺すことになっていたのか？」

「そう推測されるが、尋問する者もいない。フレディーが殺したスナイパーはグレゴリー・イサイだと確認された。ズバレフ大統領のロシア連邦警護庁《FSO》警護班のスナイパーだった。祖父母が何十年か前にロシアに強制移住させられたウクライナ人だった。イサイは恨みを抱く国粋主義者だったと、アンドレノフの広報は触れまわっているが、われわれはその説を買うつもりはない。イサイはアンドレノフの警護隊長ユーリ・ヴァトゥーチンの部下だったというのは周知の事実だ。長距離スナイパー・チームについては、ひとりがコンテナ内で死んでいた。彼のパートナーで、イエディッド将軍が尋問でニザール・カッタンと認めた男が、マカロフ九×一八ミリ拳銃で射殺したのち、姿を消したようだ。死んだスナイパーはタショ・アル＝シシャニだと確認済みだ」

「つまり、ひとりのスナイパーが、POTUSを撃つことになっていたズバレフ大統領護衛班の近距離スナイパーを撃った。だが、撃たれたのは実はフレディーだった。その後、ニザールがタショを殺し、逃走したということか？」

「そう見えるということだ、リース」

「連中はグライムズ大統領がそこに来ることを、どうやって知った？　かぎられた人しか知り得ない情報だぞ。おれたちも現地に行くまで知らなかった」

「目下、調査中だ。国家安全保障局《NSA》がかなりの資源《リソース》をつぎ込み、アンドレノフに多少なりとも関係がある全電子データを掘り起こしている。アンディー・ダンレブは、アンドレノフに情報を流す者はもうアメリカ政府内にいないと一〇〇パーセント確信している。グライムズ大統領の旅程は、出発間近になってロシア側から漏れた可能性が高いと認めている。モスクワには、まだアンドレノフに忠実な情報提供者網があり、そういった連中はアンドレノフがまた支配者として返り咲き、自分たちを政権内のしかるべき地位につけてもらえる日を待ち望んでいる。ダンレブの分析によると、今回の最優先ターゲットはズバレフ大統領であり、グライムズ大統領もそこに来ると知ったアンドレノフが、イサイを発動させたということだ。グライムズ大統領はオマケで、ウクライナ国粋主義者によって暗殺されたとなれば、ロシアがウクライナに侵攻しても、アメリカは絶対に反対しない。

「モーを転向させてナワズを消そうとしただけなのにな。それが、こんなことになるとは」リースはいい、かぶりを振った。「スナイパーの兵器システムの出所は？」

「アルコール・煙草・火器局《ATF》が調査している。彼らの装備は国際武器取引規則《ITAR》の対象になっているものばかりだからな。特殊作戦軍《SOCOM》に裏から手をまわして、ライフルをトルコに輸出したやつがいる。そう簡単にできることではない。だれがやったのかはまだわからないが、じきにわかる。そんなことができるやつのリストは長くない」

「ノビチョクは？　どうしてそんなものが出てきた？」リースは訊いた。

「イエディッドがアンドレノフとアサドの化学兵器プログラムのトップとをつなぎ、そいつがとんでもない報酬と引き換えに、オデーサの列柱に撒《ま》き散らす役目のテロ分子にノビチョクを提供した。五〇〇グラムで、会場にいた全員と近隣に住むおびただしい人々が死んでいただろう。ソフトボールくらいの大きさだぞ、リース。それだけの量を浴びたら八〇から九〇パーセントが死に、生き残ったとしても、神経系のダメージがひどすぎて、死んだ方がましだと思うだろう。水溶性ではないから、毒素を浴びた全域が、その後二十年間は住めなくなる。今の地下埋葬所がまさにその状況だ。確認されているすべての入り口と出口が、HAZMATチームの手で密閉された。きみの行動のおかげで、ノビチョクの犠牲になったのは、きみが地下に閉じこめた四人のテロリストだけで済んだ」

「しかし、それだと筋が通らない。連中は大統領を暗殺する計画を立てていた。なぜ化学兵器も使おうとしたのか？」

「アンドレノフは、われわれの警護プロトコルをわれわれ以上に知っているといっていい。加えて、地政学に長じた戦略家でもある。化学生物兵器部門に訊いたところ、アンドレノフが散布させようとしていたノビチョクの量からすると、二十万人もの死者が出ていたかもしれないということだった。大統領のリムジンには、外気を遮断し、化学生物兵器攻撃に耐える加圧システムが備わっている。シークレット・サービスが大統領をリムジンに乗せることができれば、大統領は保護できる。ロシア大統領の場合も、同様の対抗策が車両に備わっている。スナイパーは大統領を狙い、ノビチョクは聴衆と、CBRN攻撃に対する世界的な反応を狙ったものだ。ノビチョクは大量破壊兵器《WMD》と見なされる。それが何を意味するか、わかるだろう」

リースにはよくわかった。国や統一体によってWMDが使用されたら、すべての取り決めが白紙に戻るという意味だ。攻撃された国には総力で応じる権利が与えられる。アンドレノフの性格を考えれば、強硬派の権力基盤が盤石になり、戦車がウクライナになだれ込むことになる。

「すると、アンディーがいったとおりだったわけだ」リースはいった。「この作戦はすべて政治的な位置付けだった。ズバレフを消せば、アンドレノフはのし上がるドアをひらくことができる。母国をかつての支配的超大国として返り咲かせようとしているロシア国粋主義者だからだ。ウクライナ人がグライムズ大統領を暗殺したとなれば、ロシアがウクライナを侵攻しても、せいぜいうわべだけ反対する程度だろう。それに、チェチェン人にズバレフ大統領を暗殺されたロシアは、トルコやイラン国境まで兵力を移動させるかもしれない。かなりの領土侵害だ」

「そして、神経ガスのノビチョクが決定打となる。アンドレノフが国境でのWMD脅威に対抗するために兵力を南に移動させたとしても、国連はおそらく経済制裁を可決することさえできない。アンドレノフには、どちらも必要だった」ロドリゲスが続けた。「ズバレフ大統領を抹殺するだけでなく、ウクライナ侵攻の世界的な世論と支持を取り付ける必要があった。アンドレノフは、長期的に見てイスラムがロシアの生存を脅かすと信じている。だからダンレブは、アンドレノフ率いる強硬派がスターリンの大粛清に匹敵する規模でイスラム教徒を根絶すると考えている」

「ほかにもあるのだ、リース。ノビチョクの件はちがう。さっき、きわめて安定しているといったが、それは除染できないということでもある。エアフォース・ワンに乗り移るときに、大統領が汚染された車両やシークレット・サービス・エージェントに軽く触れたりすれば、除染ステーションがあっても大統領は助からなかっただろう」

「まあ、大統領が礼をしたいなら、イエディッド将軍の尋問をやり直したドクター・ベランジャーにすればいい」

「いったさ。大統領はきみにも礼をしたいそうだ、リース」

リースは疑わしそうに目を細めた。

「今回の暗殺未遂事件と化学兵器の恐怖で、肝《きも》を潰したらしい。きみ、きみの友人のケイティー、それから」——ロドリゲスが机上のファイルに目を落とした——「マルコ・デル・トロ、クリント・ハリス、エリザベス・ライリー、レイフ・ヘイスティングスの大統領特赦の処理を急がせている」

リースはうなずき、今名前の出た友人たちが、家族とチームの敵を討つリースに、どれほど力を貸してくれたかと思い出した。あのときの殺人は空虚な感じがした。高純度の怒りから生まれた目的は、死それ自体だった。フレディーがモザンビークまで追いかけてきてから、リースがしてきたことは、それとはちがう。この新しい任務でしてきた殺人の目的は、〝生〟だった。

「それから、大統領はフレディーの殉死と、ええと、きみの家族の死にも、心からのお悔やみを伝えてほしいとのことだった」

リースはまたうなずいた。

「腫瘍《しゅよう》もできるかぎり早く検査してほしいそうだ。手をまわせること、してやれることがあるなら、何でもいってほしい、と。手術を受けて、戻ってほしいそうだ」

「戻る？」

「〈キアサージ〉で話をしただろう、リース。きみに私の下で働いてほしいということだ。この数カ月のことについて、大統領に報告した。アンドレノフ、スナイパー、アミン・ナワズ、モハメッド、ランドリー、CIA内のスパイ、神経毒素。そういった報告を聞いて、大統領もよく考えた。この国を安全に保つために、きみには今回してくれたことを続けてほしいといっていた」

リースは大きく息をした。最後の派遣のとき、手を振って送り出してくれた美しい妻ローレン、そして幼い娘ルーシーの笑顔が脳裏に浮かんできた。永遠に時に閉じこめられている。ふたりは年をとらず、痛みも、苦しみも、失望も、喜びも、愛も感じない。永遠に若く、記憶にとどまり、消えることのない姿。

「考えておくと伝えてくれ」リースはいい、フレディーと、彼を射殺してまだ逃亡しているスナイパーを思い描いた。

「そういうと思った。こういうものもある」ロドリゲスがいい、オデーサの事件を映した一連の静止画を手渡した。リースはそれに目を凝《こ》らしたが、いったい何の静止画なのか、よくわからなかった。

「これはだれだ？」

「オリヴァー・グレイ、アンドレノフのスパイだ。顔認証技術によって、襲撃の少し前に列柱の近くにいたことが確認された。現在どこにいるのかは不明だ」

リースは写真をつぶさに見て、ふと、グレイの手首に巻いてあるものに目が惹《ひ》き付けられた。ビンテージのロレックス・サブマリナー。

〝偶然か？〟。リースは思った。〝ロレックスを巻いている者はたくさんいる〟

「そいつを見つけたら、おれにも教えてほしい。アンドレノフを襲撃するのはいつだ？」

リースは訊いた。

「襲撃はできないのだ、リース。とにかく、今のところは。アンドレノフは財団を設立して大勢の友だちをつくった。アメリカ連邦議会にも友だちがいる」

「そいつはロシア大統領を暗殺し、アメリカ大統領まで暗殺しようとした。おれのパートナーの三人の幼い子供たちはこれから父親を埋葬する。それなのに、資金調達パーティーをやたらひらいているアンドレノフを襲撃することはできないというのか？」

「そいつには消えてもらうさ、リース。ただ、少し手間がかかる。今回の事件の裏にいることはわかっているが、ふさわしい人々に売り込みをかけないといけない。しかも、法に則ってことを進めないといけないのだ。明白な証拠が必要だ。信じてくれ、われわれは必ず見つける。やつの電子的なやり取りをすべてばらして詳しく調べているところだ」

「どこにいる？」リースは声を落として訊いた。

「リース、ＣＩＡは連邦議会に監督されている。殺したいやつを殺して、秘密にしておきたいのは山々だが、そんなことはできないのだ」

「どこにいる？」リースはまた訊いた。冷たい声だった。

「まだ調査中だ、リース」

「それなら、調査しているあいだ、少し休暇をもらう。そのあいだに、これまでのグレイの動きを、だれかにまとめさせてくれないか？　勤務局、休暇日と行き先、特に二〇〇一から二〇〇四年までの旅行を念入りに調べさせてくれないか？」

「お安いご用だが、なぜだ？」ヴィックが戸惑いぎみに訊いた。

「ちょっと気になることがある。おそらく何でもない。それから、アンドレノフに関しても、把握できている同時期の動向もくれないか？　やってくれたら、助かる」

ロドリゲスはうなずいた。「それくらいならしてやれるよ、リース。一緒にやってくれるということだな？」

「考えるということだ」

「壁にフレディーの〝星〟をつける式典の調整をするときには、きみにも知らせる。おそらく大統領も参列すると思う」

「おれも出る」リースは席を立ち、ロドリゲスと握手して、オフィスから出た。

「ああ、ミスター・リース？」ロドリゲスの補佐官がいい、出ていこうとするリースを呼び止め、フォルダをひとつ手渡した。

「これは？」リースは訊いた。

「振り込み用の銀行口座を指示してくださらなかったので、それが報酬の小切手と、人事課から出ている文書がいくつか入っています」

「ああ、そうか、わかった。ありがとう」

リースはその分厚い書類を小さなバックパックに入れ、エレベーターに向かって歩いた。

ビルから出ていくとき、リースは〝メモリアル・ウォール〟前で足を止め、フレディー・ストレインの〝星〟が刻まれるあたりの壁に、片方の手のひらを置いた。〝おれに任せておけ、フレディー。ゆっくり休め、ブラザー〟

その午後、ホテルの部屋で、リースはもらった書類を出し、一枚一枚に目を通した。バージニア州ロズリンに本拠を置く、ペリーマン株式会社という聞いたこともない会社が、どうやらリースの現在の雇用主のようだった。数枚の小切手、振り込み用銀行口座指定に関する情報、そして、〝ロンドン、ウエストミンスター、財務省〟と返信用住所が記された紋章付きレターサイズの封筒も入っていた。

興味をそそられ、封筒をあけると、仰々《ぎょうぎょう》しいエンボス加工が施された書簡紙に印刷された書簡だけを取り出して、残りは机下の小さなゴミ箱に放り投げた。書簡には、イギリス財務大臣と事務次官の署名がある。リースは文面をざっと読み、慌ててゴミ箱から封筒を取り出した。もう一枚、紙が入っていた。総額四百十七万千八百三十ドルの小切手。アミン・ナワズ殺害に対してイギリス財務省から提供される三百万ポンドの報酬だった。

〝女王陛下万歳〟

89

バージニア州、レストン
十月

リースはホテルの部屋のテレビをつけ、フレディーの葬式のため南へ移動する荷物を小さなかばんにまとめていた。

故ズバレフ大統領の埋葬さえ済んでいないというのに、ワシントンの解説者連中は、〝折り紙付きの指導者であり、慈善家でもあるワシリー・アンドレノフ〟が代わりを務めるべきだと示唆しはじめていた。

スーパー・ロビイスト、スチュアート・マガヴァンの庇護を受けているひとり、フィリップ・スタントン上院議員も、アンドレノフのロシア帰還を支持する大きな声をあげているひとりだった。公式の役職に〝戦闘で負傷したレンジャー退役軍人〟の文言を必ず付け加えるこの上院議員は、アメリカ上院議員に選出されて以来、ケーブル・ニュース・チャンネルにたびたび出演してきた。

スタントンはウィスコンシン州の予備選挙を勝ち、一般選挙も楽勝した。イラク戦争の退役軍人という肩書きのおかげも大きかった。イラクで陸軍将校として軍務に服したのは確かだが、通信将校という立場だから、派遣先である安全な前進作戦基地《FOB》の外に出ることはめったになかった。数少ない鉄条網の外に出た機会に、彼の車両部隊が簡易手製爆弾《IED》の攻撃を受けた。車両を運転していた十九歳の上等兵が急ブレーキを踏み、当時中尉だったスタントンは、増加装甲されたハンヴィーのダッシュボードに頭をぶつけ、額に裂傷を負った。額を二針縫《ぬ》ったあと、名誉戦傷勲章《パープル・ハート》を授与された。爆発をまともに喰らった先頭車両に乗っていて死んだ若い将兵と同じ勲章だ。派遣期間の残りは、海外であげた自分の軍功の本を書き、まだ何年も先の話だろうに、〝www.philipstantonforpresident.com〟（「フィリップスタントンを大統領に」の意）というウェブドメインを取得した。今では三冊の自著を上梓しているが、どれもゴーストライターに書かせたものだ。スタントンは派遣より執筆を完遂したことの方が多い、とかつての部下たちに冗談を飛ばされる始末だ。

スタントンはミニチュアのレンジャー・タブがついたダークグレーのスーツを着て、ラペルにパープルハート・リボンを着け、SNSでバズった特殊作戦部隊員の〝風采《ふうさい》〟を完成させていた。

スタントンが下級将校としてたった一度だけ経験した海外派遣で得た、グローバル戦略方針に関する自身の専門知識を披露《ひろう》するのを見て、リースはやれやれとかぶりを振った。〝レンジャー〟を自称するのは、意図的に誤解させようとしているのだろう。スタントンは通信基礎将校リーダー・コースを終了したのち、八週間に及ぶ陸軍の過酷なレンジャー・スクールに入ったが、かの有名な第七五レンジャー連隊での軍歴はない。正確には〝レンジャー有資格者〟か〝レンジャー・タブ所持者〟であり、〝レンジャー・スクロール所持者〟ではない。海外派遣で何度もレンジャーと一緒に軍務をこなしてきて、レンジャー隊員の能力、プロ意識、勇気には尊敬の念を抱かずにはいられなかった。スタントンは〝レンジャー〟を自称することによって、自分がスクールを出ただけではなく、エリート特殊作戦部隊の一員だと、一般大衆に意図的に誤解させようとしている。〝レンジャー有資格の通信将校であっても、不名誉なことなどひとつもない。こういう連中は、なぜふつうにいい話を無理やりもっとよく見せかけようとするのか？　盗んできた武勇ではないかもしれないが、借りてきた武勇というところか？〟

「またしても」スタントン上院議員が力強い口調でいった。何度もいい方を練習してきたてしまう口調だった。「世界カリフ制国家を打ち立てようとするイスラム過激主義が顕在化しズバレフ大統領暗殺事件も、もっと広い戦争におけるひとつの戦いなのです。そうしたテロリストと闘うロシアには、折り紙付きの指導者が必要です。アメリカが動かなければ、私たちの民主主義が次の標的になるかもしれない。グライムズ大統領のような実戦で部下を率いたことのある仲間が、そうしたテロリストに暗殺されかかったと思うだけで、吐き気がします。ロシアには、この手の侵略が広がる前に蹴散らす指導者が必要です。ワシリー・アンドレノフは世界最貧国への支援に人生を捧げてきました。また、彼はこの時代の地政学上の難題を理解しています。アメリカだけでなくより広い国際共同体が、ロシアの即時選挙を支援しなければなりません。アンドレノフはモスクワにおける主要パートナーになります。世界各地でイスラム過激主義が顕在化しても、米露で協力すれば、打ち砕くことができるのです」

《モーニング・エディション》の司会者がボールズ上院議員に顔を向けた。ニュース報道部で、同僚上院議員の横に座り、両手を前で組んでいる。

「それこそ、ここにおられるウィスコンシン州選出の上院議員とわたしが同意できるまれなテーマです」彼女がいいはじめた。「チェチェンやシリアのようなところにおられる平和を愛する大勢のイスラム教徒を形容するなら、私はスタントン議員のような表現は使いませんが、この危機の時代においてロシアを率いるなら、ワシリー・アンドレノフが自然な選択肢になるでしょう。ミスター・アンドレノフの財団がどれだけのことを成し遂げてきたのかを見れば、おのずとわかるでしょうし、母国に取り憑《つ》こうとしている政情不安を鎮めたいのであれば、確かな手腕を発揮するでしょう。その指導力がウクライナの有害な国粋主義の伝播を抑え、亀裂の入っている米露間及び露欧間の橋渡しにも寄与します」

「まあ」司会者が答えた。「連邦議会における党派心の強いふたりの指導者が、こういったことで同意できるのなら、世界が目を向けることになるでしょう」

大統領の風格を漂わせたワシリー・アンドレノフの写真数枚が画面を埋め尽くすと、リースはSIGの薬室に弾が入っていることを確認し、ベルトのホルスターにゆっくり戻した。

スチュアート・マガヴァンは控室でこっそりモニターを見て、ほくそ笑んだ。両上院議員ともいいたいことを完璧に伝え、スタントンなどは、外交問題に話が及ぶと、まるで大統領のような口ぶりで語っていた。本当にアンドレノフがロシア大統領に選出されたら、最大のクライアントがいちばん儲《もう》かる財政資産になる。ロシア、そして、ロシアの広大な天然資源とのビジネス関係の構築を模索するアメリカの全企業が、取り引きをまとめるために彼の法律事務所を雇うしかなくなる。実質的に、彼はロシアの通商大臣になる。ますます長くなる所有不動産リストに妻が加えたいといっていた、例のアスペンの家を買った方がいいだろうか？

90

サウスカロライナ州、ポートロイヤル島
ビューフォート国立墓地
十月

葬式は厳粛だったが、牧師がフレデリック・アルフレッド・ストレイン先任上等兵曹《シニア・チーフ》（退役）の人生を称えるときには、ときどきユーモアも混じっていた。フレディーがビューフォートに越してきたのは、ほんの数カ月前だったにもかかわらず、明らかに牧師はフレディーをよく知っていた。リースはジョーニーの知り合いが数多く来ているのだろうと思った。教会は家族連れや友人に加えて、元SEAL隊員や現役SEAL隊員で混んでいた。マスコミの姿はない。アメリカ大統領の暗殺未遂と地元退役軍人の葬式との関係に気づいたところは、まだひとつもなかった。葬儀の列が近くの退役軍人の墓地までの短い距離を移動する際、リースはジョーニーの頼みでリムジンに乗った。サウスカロライナ州の低地帯にあるきれいな場所だった。苔むした常緑のカシの木が、血みどろの南北戦争の両軍で戦った兵士や、その後のあらゆる紛争で命を落とした兵士の墓に影を落としていた。フレディーも、仲間の戦士に囲まれて眠る。

リースはリムジンを降りるジョーニーに手を貸して、アスファルトが敷かれている墓地の車道《ドライブウェイ》に停まった車の列を一望した。カスタムのフラットブラック塗装スキームにバーモント州の緑色のナンバープレートを付けた、スーパーチャージャー搭載のレンジローバーが、リースの目を引いた。ドアがあき、黒いスーツを着た長身で頑強そうな男が降りてきた。その目が数秒でリースを見つけ、一〇〇ヤードほど距離が離れていたが、リースもそれがレイフ・ヘイスティングスだとわかった。

埋葬式のとき、軍隊式の儀式がはじまる前に、牧師がイザヤ書六章八節の一節を読み上げた。参列者の中には、それが特別な意味を持つ者もいる。

〝わたしはまた主のいわれる声を聞いた。「わたしはだれを遣わそうか。だれがわれわれのために行くだろうか」そのときわたしはいった。「ここにわたしがおります。わたしをお遣わしください！」〟

ヴィック・ロドリゲスがジョーニーに畳《たた》んだ星条旗を贈呈し、参列していたSEAL隊員が整列し、金色の三叉の矛《トライデント》を兄弟《ブラザー》の入る棺《ひつぎ》のマホガニーの化粧板に打ち付けた。リースも潜水工作兵《フロッグマン》の列に加わり、ポケットに手を入れて、兄弟愛を象徴する記章を親指でなでた。海軍の象徴たる錨《いかり》の上に、三叉の矛《トライデント》、獲物を探して首を下げる鷲、戦いに備えて撃鉄を起こしたマスケット銃が重ねられている。これらのシンボルは、SEAL隊員が活動する三つの環境、すなわち海、空、陸を表わす。

つかの間、フレディーの棺がリースの妻と娘のものに変わり、リースのチームメイトたちが同様の儀式をしている場面が見えた。リースは目を閉じ、またあけて、ジョーニーを見た。両腕を三人いる子供たちのふたりにまわしている。まだ十三歳《ティーンズ》にもなっていない娘と七歳のフレッド・ジュニアを慰《なぐさ》め、支えようとしている。もうひとりの息子、サムは遺伝子に起因する病気のために参列できず、教会が用意してくれた介護者と家にいる。リースは三叉の矛《トライデント》記章裏面の保護板をはずし、棺に置いた。振り返ってジョーニーを見て、また友が入っている棺に目を戻し、海軍SEAL三叉の矛《トライデント》記章に拳《こぶし》を打ち付け、マホガニーにしっかり固定した。濃い色のサングラスが痛みを隠してくれた。リースが嘆きの寡婦の前を通ったとき、幼いフレッド・ジュニアが椅子から勢いよく立ち上がり、棺の前に立った。すると、気をつけの姿勢を取り、片手をゆっくり上げて敬礼した。最後の三叉の矛《トライデント》が終《つい》の寝床に打ち付けられるまで、そうやって立ち続けていた。涙を見せない参列者はひとりもいなかった。

葬式が終わると、参列者が友人や親戚ごとに分かれた。チームの面々はじきにアイリッシュ・パブを見つけ、フレディーの送別会をひらくだろう。地元保安官事務所が、特殊部隊員の葬式が執《と》り行なわれると聞きつけ、無条件でSEAL隊員を好きなところへ車で送ると申し出ていた。

リースはフレディーの両親に何年か前に会ったことがあり、どのグループに入ってもそれほどくつろげないかのように、グループの狭間《はざま》で居心地悪そうに立っていたふたりにお悔やみをいった。ある種の上級士官が醸し出す重たい雰囲気は、リースもよくわかっていた。故ピルスナー提督にもかなり高位の友だちがまだ何人かいる。提督を自分のオフィスで粉々《こなごな》に爆殺した男と現役SEAL隊員がやけに仲よくしているといった噂が立って、その隊員が窮地に陥ったりしたらまずい。

リースはだれかに肩を叩かれ、振り返ると、ヴィック・ロドリゲスがいた。

「ジョーニーと子供たちに寄り添ってくれて、ありがとう、ヴィック」

「フレディーは私の部下だ。私が引き入れた。きみもだ、リース」

「その話はあとにしてくれ。だが、あんたには礼をいわないといけない。女王の小切手をいただいた。そこまできっちりやってくれるとは思っていなかった」

「それも取り引きの一部だといったはずだ。きみがどう思っているかは知らないがな、リース、諜報界でさえ、口にした約束は証書と同じだ」

リースはうなずいた。

「グレイとアンドレノフの移動記録に関しては、まだ調査中だ。そろそろ届くだろう」

「ありがとう、ヴィック」リースはいい、立ち去ろうときびすを返した。

「もうひとつある、リース。この前、きみが私のオフィスから出ていくとき、私は自問した。〝私の父ならどうするだろうか？〟とな」

「何のことだ？」リースは訊いた。ヴィックのオフィスの壁に飾ってあったピッグス湾の写真を思い出した。

ロドリゲスが上着のポケットからマニラ封筒を取り出し、リースに手渡すと、うなずいて歩き去った。

リースが封筒の中をのぞくと、航空写真の一部が見えた。〝何だ、これは？〟。ほかの会葬者から数歩離れ、封筒の中身を見た。地図、写真、調査ログ、USBメモリ。ターゲット情報だ。

もろもろの情報に気を取られ、レイフが近づいてきたことにも、なかなか気づかなかった。前日に地元のメンズ・ストアで買ったスーツとはちがい、レイフの礼服はきれいにあつらえたもので、値段も十倍はしそうだった。肌はこんがり小麦色に焼け、顔の傷跡がそれだけ目立っていた。薄いブロンドの髪は戸外にいることが多いせいで、日に当たってますます薄くなっている。だが、人目を引くのはレイフの目だ。ぎらつく緑色の目。農場経営者とか、ビジネスマンとか、潜水工作兵《フロッグマン》の人生を選択しなかったとしたら、ハリウッドに行ったとしてもおかしくはない。

リースは上着のポケットに封筒を突っ込み、友人に手を差し出した。

「悲しい日だな、リース」

「まったくだ、ブラザー」

「あいつと一緒にいたのか？」

「ああ」リースは認めた。「だが、見てはいなかった。スナイパーにやられた。おれたちはオデーサにいた。あいつは大統領の命を救ったんだ」

「そうだと思った。タイミングが近すぎたからな」

リースはためらいがちにいった。「おれのためにいろいろしてくれてありがとう」

「おまえには借りがあった」

「まあ、もうなくなった。ヨットに乗っていたとき、そのことをよく考えた。何が大切なのかとな」

「おれもだ、リース。イラクであんなことになったが、おまえのせいじゃない。いっておきたいのは、おれはシステムに怒っていたということだ。本音をいえば、自分自身に怒っていたということだ」

リースは友を見て、それ以上、何もいわない方がいいと思った。

「リッチおじさんと話した」レイフがいい、話題を変えた。「よろしくいってくれと頼まれた。おまえがソロモンの命を救ったために、正体がバレたといっていた。おまえはいいやつだ、リース。ずっとそうだったが」

握手したとき、レイフは珍しく満面の笑みを見せた。

「フレディーに聞いたが、あんたの家族はサムのためにいろいろしてやったそうだな。**やるじゃないか**」

レイフがうなずいた。「それくらいしかやれることはなかった」

リースはしばらく考えた。「ひとつ訊きたいことがある。昔が恋しいか？」

レイフもしばらく考えてから答えた。「戦闘《アクション》は恋しくない。任務《ミッション》だ。任務《ミッション》が恋しい」

「フレディーとあんたのおばさんの敵討ちをしたくないか？」リースは訊き、モザンビークで知った航空機撃墜事件の話をした。「一石二鳥だぞ？」

「どうしてそんなことを知っている？ ああ、プロフェッショナル《P》・ハンター《H》から仕入れたか。あいつら、口が軽すぎるな」

「おばさんの航空機撃墜に使われたストレラ‐2だが。そのミサイルを供給した男は、ズバレフ大統領の暗殺とフレディーの狙撃の黒幕でもある」

レイフは緑色の目を墓石に向け、リースに戻した。「出発はいつだ?」

91

アルゼンチン、ブエノスアイレス
十一月

オリヴァー・グレイはブエノスアイレスが大好きだった。活気にあふれている。豊かな歴史と旧世界的な建築を兼ね備えているところはマドリッドを思わせるが、ここにはヨーロッパに欠けているきらめきがある。スペインの盛りは過ぎたが、この国には明るい未来がある。サン・テルモはブエノスアイレスでも好きな地区ではないが、ロシア系住民も多く、ほとぼりが冷めるまで潜《ひそ》むにはもっとも安全なところだ。かつて住んでいたフンカルまでぜひとも足を伸ばしたいが、アメリカ大使館の連中に見つかるリスクが大きすぎる。

この労働者階級の住む地域は、在外ロシア人の本拠であり、当然ながら、アンドレノフのネットワークともつながっている。グレイは作戦の次の局面がはじまるまで、地下に潜《もぐ》ることになっている。避けられない選挙が終われば、グレイはロシアでアンドレノフの側近の地位に就く。アンドレノフがこよなく愛するロシア正教の聖堂、至聖三者大聖堂の鮮やかな藍色のドームに目を向けるにつけ、未来の故国の香りを感じるのだった。転身の一環として、グレイ自身もそこでの礼拝に出るのもいいかもしれない。

彼はミラネーサをひとくち食べ、三杯目のグラス半分ほどの〈マルベック〉のハウスワインで胃に流し込んだ。たらふく食べると、無性に煙草《たばこ》が吸いたくなり、その日の朝、パイプ用に、入荷したばかりの地元の熱風乾燥煙草を買ったことを思い出した。アメリカ大統領を逃し、化学兵器攻撃も阻止されたとはいえ、作戦は成功だった。計画全体の要諦はズバレフ大統領の暗殺と、そのあとに起こる非難合戦なのだから。ズバレフの遺体はモスクワで一般公開され、国際メディアは、チェチェン、シリア、ウクライナによる共謀にちがいないと大騒ぎしている。天才が計算し、仕組んだ完璧な状況《パーフェクト・ストーム》だ。グレイは正しい師を選んだものだ、とよく思った。もっとも、アンドレノフが彼を選んだのだが。

ブエノスアイレスの景色、喧噪《けんそう》、においのおかげで、アンドレノフ大佐のためにはじめて現場で作戦に携《たずさ》わったときの思い出がよみがえった。十年以上前にまさにこの街で遂行された作戦だ。一九七一年にラオスで活動していたアメリカ軍の南ベトナム軍事援助司令《MACV》部研究監視群《SOG》偵察チームの氏名をＣＩＡの記録ファイルで発見したあと、チーム・リーダーの所在をつかむようアンドレノフに頼まれたのだった。グレイは綿密に調査した。だいぶ時間が経っていたので、分析官がベトナムにおけるCIA作戦の記録ファイルの閲覧要求を出しても、CIA本部から不審がられることもなかった。大昔の話だ。偵察チーム・オザークを率いて襲撃作戦を遂行し、ソビエト軍上級将校を殺害したSEAL上等兵曹が、海軍を除隊してCIAの国家秘密局の一員になっていたことを、グレイは発見した。その元SEAL上等兵曹は、人生を賭してソビエトの脅威に対抗した有名な冷戦工作員のひとりになっていたのだ。最初の任務を成功裏に実行し、記録ファイルのいちばん上にはっきりとその男の名前を見たときの胸の高鳴りを、グレイは今でも覚えている。トーマス・リース。〝おお、世界は何と狭いことか〟

トム・リースはCIAを退職していたが、実質的には、よくいる足を洗うことのない筋金入りのスパイで、九・一一以降、南アメリカでの作戦支援にまわっていた。グレイはすでに、現地大使館にいたソシオパスのランドリーを引き入れていて、これがランドリーの忠誠心を本当に試す機会となった。老スパイは賢明だったが、寄る年波で反射神経は錆びつき、ランドリーが仕事を仕上げさせようと雇っていた、ロサリオを拠点とするロスモノス麻薬ギャングの四人の〝シカリアトス〟と呼ばれる暗殺者が、トム・リースを撃った。ブエノスアイレスの史跡墓地、チャカリータ墓地のドイツ人区画の暗い片隅で、大量の血を流して死んだ。グレイは、ランドリーが戦利品として持ち帰ったステンレス・スチールのロレックスをちらりと見た。何十年も酷使してきたせいで色は褪《あ》せ、角が取れている。トム・リースの死は殺人事件として処理され、強盗がこじれて殺されたのだとされた。それ以来グレイが手首に巻いているこの時計が盗まれていたことも、その判断につながる一因となった。自分の手で殺す勇気があったらどんなにいいかとも思ったが、自分の限界は知っていた。グレイの武器は頭だ。汚れ仕事をするのは、ランドリーのようなネアンデルタール人の役目だ。

その作戦を終えたあとCIAの記録ファイルをさらに深掘りしてやっと、作戦の重要性を認識するに至った。トム・リースのチームがラオスの密林で殺害したロシア人将校はアンドレノフの父親で、トム・リースの暗殺は、何十年越しの復讐だったのだ。グレイがアンドレノフのためにその区切りをつけたことで、ふたりの絆《きずな》は強固になった。グレイはアンドレノフの父親の敵を討つことで、自分の父親代わりを見つけた。その〝父親〟がロシアの次期指導者になろうとしている。グレイの先祖の母国を再び大国へと導く大統領になろうとしている。あとはしばらく我慢するだけでいい。〝銀の国〟（アルゼンチンという国名は、ラテン語で銀を意味するアルジェンタムに由来する）では楽に受け入れられる美徳だ。

92

スイス、バーゼル
十一月

ユーリ・ヴァトゥーチンは日曜日になると、いつも無防備だと感じる。アンドレノフ大佐には、月一回の教会通いを続ければ、かっこうのターゲットになると一度ならず諫言《かんげん》したが、年老いたスパイの親玉は、こと教会に関するかぎり頑固だった。三マイルのルートを移動する際、フランスやドイツとの国境を越えないようにライン川に架かる四つの橋を変えることもできるが、滞在先の敷地を出るときと教会に到着するときには、完全に無防備になる。彼は何とはなしに左脇をぽんと叩き、民間人が財布を入れていると思うように、スーツの上着に隠したライフルの予備弾倉を触った。ルートに障害はないと部下から報告を受けると、彼はドアに立っている部下に向かってうなずいた。

前部ドアがあき、アンドレノフがアイドリングしているメルセデスに向かって歩き出した。足取りはいつになく軽やかだ。弱腰のズバレフは、首尾よく葬り去った。それが第一目標だった。アメリカ大統領の暗殺ともなれば、どうしたって厳しくなる。〝ケーキに振るアイシング〟とアメリカ人はよくいう。アメリカ大統領が生き残ったにしても、世の人はズバレフがコーカサスからやってきた狂信者の聖戦戦士《ジハーディ》に暗殺されたと信じて疑わない。ＮＡＴＯまでもがロシアの軍事報復を支持せざるを得ないだろう。ロシア政府内にいるアンドレノフの息のかかった者たちは、元軍参謀本部情報総局《ＧＲＵ》将校の帰還に備えて舞台を整《ととの》えている。彼がロシアを再び大国の地位へと導くのも時間の問題だ。

ヴァトゥーチンは、アンドレノフがラペルに金色の〝双頭の鷲《ツァーリ》〟紋章を付けているのに気づいた。このピンは百年以上も前につくられたものであり、皇帝の大臣のひとりのものだった。ロシアは指導者を必要としている。そして、アンドレノフ大佐はすでにその役割を果たしていた。

無線による最終チェックのあと、ゲートがあき、三台編成の車の列が移動しはじめた。狭い住宅地区から出てルートを進むと、Ａ２を走って街を突っ切り、川を越えた。Ａ２は奇襲されそうな場所がほとんど残っていない最新のハイウェイだ。オンランプに近づいたとき、ユーリは肩越しに振り返った。アンドレノフはｉＰａｄでロシア語のニュース・サイトを読んでいた。後続車はあるべき位置にいる。

そのうち、鉄道の車庫、コンクリートが四方八方に延びているように見えるハイウェイの高架道路橋の下を通り、A2を降りた。急カーブを左折して二車線の橋を渡り、リーエンリングの環状交差点《ラウンダバウト》を抜けるとき、ヴァトゥーチンはAK－9のグリップを握っていた。右折して、聖ニコラス東方正教会近くを通る狭い方の街路に入り、さらに脆弱なところに出た。

〝方向転換はあと二回だ〟

「あと一分。ハンマー通りを南下中」レイフが無線に向かっていった。

リースはモーにうなずき、北へ体を向けた。彼がいる六階建てアパートメントの屋上からは、狭い道路を縁取る街路樹にも邪魔されずに路面がはっきり見える。三十秒後、三台の黒い車両が現われた。メルセデスS600セダンは前後を同じ黒のAMG SUVに挟まれている。

先頭車が速度を緩《ゆる》めて右折し、アマーバッハ通りに出るとき、リースの真下に来る。ターゲットまでの垂直射程は水平距離より当てやすい。砲撃は基本的に真下に向かう。黒いコッキング・レバーを下に引き、下に見えるセダンのルーフに照準を合わせた。セダンが右折した瞬間にグローブをはめた親指で、赤いトリガー・ボタンを押した。数ミリ秒後に硬質なロケットモーターが点火し、安定翼のついたPG-32V一〇五ミリ対戦車HEAT弾が、秒速一四〇メートルでターゲットに飛んでいった。リースには、トリガーを押すと同時に車が爆発したように見えた。

ロケットがS600の軽装甲ルーフに着弾した瞬間に成形爆薬が起爆し、液化した金属を助手席に飛び散らせた。爆発で生じた超過圧力がメルセデスのルーフを吹き飛ばし、ウインドウのガラス片を、ワシリー・アンドレノフ大佐、警護班長、運転手の残骸と一緒に四方八方に飛ばした。

残された警護班は、爆発により全員が外傷性脳損傷を負ったが、見事に立ちまわった。ウインドウがすべて砕け散ったSUVから素早く降り、ひしゃげて燃えているセダンの周りに急いで防御線を張った。近くの屋上にサプレッサー付きのカービンの銃口を向けて、敵影を探す者もいた。

クラクションが鳴り響き、遠くから緊急車両のサイレンが聞こえてくるなか、モーは防犯カメラやスマートフォンで現場を撮影していた見物人の前で、これ見よがしにハンマー通り一九二のビル側面をラペル降下した。大混乱になったおかげで、顎《あご》ひげを生やした長身の白人の男が、ジンバブエからアメリカに帰化したレイフ・ヘイスティングスが運転する、一街区《ブロック》先に停まっていたレンタカーの白のアウディに乗り込んだことに気づいた者は、ひとりもいなかった。スイス、ドイツ、フランスの治安部隊が、懸垂降下した中東系の男を急いで探しはじめる一方、ふたりの旧友はゆっくりまわり道をしながら、フランス国境に向かって走り出した。

その夜、ふたりはニース＝コートダジュール空港でグローバル・エクスプレスのジェット機に乗り、最終目的地モンタナ州ビリングズを目指した。同機はロナルド・レーガン・ワシントン・ナショナル空港に給油のために着陸することになっているが、そこでひとりの乗客が降りる。人のいないところに行き、レイフの大農場で息抜きをしたいのはやまやまだが、リースにはあるリポーターに会う用事がある。航空機が巡航高度に達し、ビスケー湾上空を飛び越えるとき、リースはフレディー・ストレインが好きだった〈ベイゼル・ヘイデン〉のバーボンのボトルをバーから取り出し、氷入り《ロック》のグラスふたつに、それぞれスリーフィンガー分を注いだ。ひとつをレイフに手渡し、殉死したブラザーに敬意を示してグラスを掲げ、伝説のSEAL、ブラッド・キャヴナーの不朽の至言を引用した。

〝おれたちの前にいた者、おれたちの中にいる者、そして、あの世で会う者に。主よ、おれをブラザーたちに恥じない男にしてください〟

「神《バル》の殿堂《ハラ》で会おう、フレディー」

93

フロリダ州、ネイプルズ
クリスマス・イブの午前六時

マガヴァン家にとって、毎年のクリスマスは豪勢なイベントで、新しい冬の別荘には三世代の家族が快適に泊まれるだけのベッドルームがあった。アンドレノフは志なかばで死んだものの、スチュアート・マガヴァンには、まだ有力な顧客リストがあり、祝うことはたくさんある。前夜のネイプルズ・カントリークラブのバーの飲み代はかなりのものだったから、数百万ドルの別荘のイトスギ羽目板を張った玄関ドアを破壊槌が打ち壊したとき、起きていたのはいちばん幼い孫たちだけだった。

マガヴァンは妻の悲鳴でスコッチに誘引されたまどろみから目覚めると、ヘルメットをかぶった全身黒ずくめのエージェントたちが、M4をかまえて広々としたベッドルームに入ってきた。ものの数分で別荘全体が確保された。ショックを受け、かすんだ目の家族がリビングルームに集められ、アルコール・煙草・火器及び爆発物取締局《BATFE》とFBIの合同タスクフォースが捜索令状を読み上げた。派手に飾り付けられ、ラッピングされたプレゼントに囲まれた高さ十四フィート（約四・三メートル）のダグラスモミを悲劇の背景として、大人、十代の若者、幼い子供がペルシャ絨毯《じゅうたん》の上でひざまずかされ、両手を頭の上に載せさせられた。すべての目が家族の長に向けられている。シルクのパジャマ姿のまま、手錠をはめられて子供や孫たちの前を連行されていく。家族には怖がっている者もいれば、信じられないといった顔の者もいたが、ミセス・マガヴァンの場合には、憤懣やる方なしといった感じだった。

別荘にはリポーターはおらず、マガヴァンが〝ひっとらえられて《パープウォーク》〟珍しく取り乱している様子を撮影されることもなかったが、DCのオフィス前には大勢のカメラ・クルーが陣取っていた。その前で、アルファベットの機関名入りのウインドブレーカーを着たエージェントが、文書やハードディスクの入った箱を次々と停車中のカーゴバンに積み込んでいた。九十六ページに及ぶ起訴状には数々の罪状が含まれており、ふたりの上院議員が収監《しゅうかん》を免れようと宣誓陳述でマガヴァンを売り渡したおかげで、司法省には確固たる証拠がそろっていた。リサ・アン・ボールズ上院議員はきわめて協力的で、かつての友人に関する情報を提供し、国際武器取引規則《ITAR》に違反すると知りつつ、自分のスタッフに二挺のスナイパー・ライフルの輸出を手配させたことを認めた。そのうちの一挺から、ロシア大統領の命を奪った銃弾が放たれていた。連邦議会倫理委員会に目をつけられているとはいえ、ボールズは連邦刑務所行きを避けたい一心で、アメリカ連邦検事事務所に積極的に協力していた。

マガヴァンの捜査により、ウィスコンシン州選出のフィリップ・スタントン上院議員も付随的損害《コラテラル・ダメージ》を被《こうむ》った。この退役軍人の上院議員があれほど宣伝し、資金提供を呼びかけていた慈善事業が、家族の休暇旅行や鳴かず飛ばずのベンチャー・ビジネスにあてられていた不正資金の源泉だと判明したのだ。スタントンが財団の資金を流用し、自著のゴーストライターに自分の武勲を大げさに書かせ、政界でのし上がる道具にしたことが、捜査官により明かされた。加えて、自著が《ニューヨーク・タイムズ》のベストセラー・リストに入るように、財団の資金を使って自著を大量に買っていた。そんな恥ずべき行為のほかにも、電子メールのやり取りから、高い報酬を得ていた財団代表理事と不倫していたことが判明した。〝家族の大切さ〟を前面に打ち出す保守的な仮面とは相いれない事実だった。

こうして、スタントンもすぐさまマガヴァンに反旗をひるがえし、ボールズと同様に収監こそ免れるものの、地元有権者やマスコミの抗議の声を受けて、上院議員の議席は手放さざるを得なかった。

マガヴァンの自宅とオフィスでも捜査令状が執行されれば、さらに罪状が積み重なるのはまちがいないが、法執行機関は国家安全保障上の理由により、即時逮捕する必要があると判断した。銀行口座は凍結され、個人資産の大半が押収された。この措置によって、カネのかかる法定弁護もままならなくなりそうだった。クリスマス・イブの逮捕劇というタイミングについては、法執行機関の公式見解によると、単なる偶然だったという。

コリアー郡保安官事務所の保安官代理は、マガヴァンの自宅が位置する袋小路に非常線を張った。連邦及び地元法執行機関の捜索隊の中に、黒っぽい肌で短髪の男がいた。その男は前日に連絡を受け、FBI支局のエージェントとともにタンパからやってきた。彼は片足を引きずるように歩いていた。

ワシントン最大の影響力を持つロビイストのひとりが、武装した連邦エージェントによって黒いシボレー・タホの後部席に乗せられたときも、ジェフ・オタケイ上級曹長は目の色をまったく変えなかった。オタケイははじめて特殊作戦軍調達局《SOCOM》のボスを迂回し、指揮系統を逸脱《いつだつ》していた。これだけの成果が上がるなら、もっとする必要があるのかもしれない。

94

サウスカロライナ州、ビューフォート
クリスマス、午後十時

ジョーニー・ストレインは、クリスマス休暇の残骸に囲まれて、キッチン・カウンター席に座っていた。散り散りになったラッピングペーパーが、プレゼントの小さな山に挟まっている。食洗機に入り切らなかった皿がシンクに積み上げられている。ジョーニーはスプーンでサムにプレーンのオートミールを食べさせていた。プレーン・オートミールは、サムが食べられる数少ない食べ物のひとつだった。彼女は食べさせながら、政治ロビイスト、スチュアート・マガヴァン元上院議員の逮捕という衝撃的なケーブル・ニュースを見ていた。サムはほかの家族とクリスマス・ディナーを一緒に食べることはできなかった。一対一の介助が必要で、ジョーニーもしっかり注意していないといけなかった。ほかのふ

たりの子供たちは一時間前に寝てしまい、彼女の両親も、子供たちのために笑顔を無理やりつくっていなければならず、くたくたに疲れた一日を終えて、とっくに帰っていた。

母親のご多分に漏れず、ジョーニーもマルチタスクのエキスパートで、片手でサムに食べさせながら、もう一方の手で郵便物の束を振り分けていた。ひとりでクリスマス・ディナーの後片づけをするという気が滅入る仕事を、どうにかして先延ばしにしていた。母子だけでクリスマスを過ごしたのは、これがはじめてではない。フレディーは派遣で休暇が取れないことも多かった。ジョーニーはそんなとき、夫の選んだ仕事がどれだけ危険かということを脳裏の奥底に必死で隠していたものだ。ジョーニーのような女性は、そうやって生き延びてきた。子供たちに意識を集中させて。家事の切り盛りに意識を集中させて。生きることに意識を集中させて。でも、ときどき、ハンヴィー、ヘリコプター、急襲作戦などでアメリカの将兵が犠牲になったというニュースを見たりすると、脳裏の奥底に閉じこめておいた不安がするりと抜け出し、首をもたげることもあった。そんなときには、いつも玄関ドアに目をやり、フレディーも犠牲者の中に入っていたんじゃないか、血の気が引くノックが聞こえてくるんじゃないかと落ち着かなくなるのだった。ジョーニーと子供たちには、すでにそのノックは来てしまった。フレディーが喜び勇んでドアから入ってきて、子供たちを抱えたり、ジョーニーを抱き上げたりすることは二度とない。ジョーニーは首を振り、泣きたい衝動を押しやった。子供たちのために強くないといけない。幼いサムのために強くないといけない。そして、もう少しだけオートミールを息子の口に運び、またテレビに目を戻した。

マガヴァンのスキャンダルと、最近スイスで発生した車の爆撃事件で、ワシリー・アンドレノフという世界的慈善事業家に転身した元ロシア諜報将校が死んだことには関連性がありそうだ、と若い女性リポーターが報じていた。報道によれば、アンドレノフは長きにわたりマガヴァンの立場を利用し、ワシントンDCの権力機構にアクセスし、ロシア大統領暗殺に利用された、国際武器取引規則《ITAR》下にある兵器の輸送を手配していた可能性もあるとのことだった。テロリストで元イラク特殊部隊員のモハメッド・ファルークという男が、アンドレノフ殺害の容疑者として指名手配されたが、今のところとらえられてはいない。アンドレノフの暗殺に使用された兵器は、ロシア諜報部の資産《アセット》によってシリアの親アサド勢力に提供されたロシア製RPG-32だと考えられている。発射筒が現場至近のビル屋上から回収された。亡くなった夫がここにいたら、RPG-32に使われている技術について、五分もかけて細々《こまごま》と教えてくれるだろうと思い、ジョーニーは思わず笑みを漏らした。

ジョーニーは、溜まる一方の郵便物に混じっているお悔やみのカードを、まだあける気にはなれなかった。そのうち手を付けよう。休みが終わって、子供たちが学校に戻ったときにでも。私信と請求書を振り分けていると、付き合いのない地元の法律事務所からの封筒が目に付いた。

〝何かしら？〟

ジョーニーは封筒の上部を歯で裂き、左手で中の手紙を取り出した。読みはじめると、スプーンを落とした。

親愛なるミセス・ストレイン

本状は、匿名《とくめい》贈与者に代わり当事務所が設立したサミュエル・ストレイン特別支援信託の設立を承認するものです。信託の残高は四百十七万千八百三十ドルです。ご都合の許すかぎり、当事務所に至急ご連絡いただき、当口座の詳細についてご相談させていただきますようお願い申し上げます。何なりとご用命ください。

敬具

T・サリヴァン Ⅳ Esq《エスクワイヤー》

ジョーニーは息子を見て泣きはじめた。

エピローグ

ギリシア、アテネ
コロナキ地区
一月

カシム・イエディッド将軍は、一夜のロシア人〝エスコート〟のしなやかな若い肢体をめでた。謳《うた》い文句ほど上手なら、あと幾晩か付き合ってもらおう。赤毛を頼んでいたが、このブロンドのロシア人がやってきた。まあいい、楽しませてくれる若いロシア人はたくさんいるし、少し前に比べたら、彼の未来は明るい。この女がだめなら、明日、ちがう女を頼めばいい。今度こそ赤毛をよこすようしっかり伝える。

アクロポリスの少し北東に位置するコロナキ地区は、アテネの金持ち連中が買い物をする唯一の場所だ。バー、レストラン、アートギャラリーが、法外な値札のついた宝石、洋服、靴を売る高級ブティックのあいだに点在している。イエディッド将軍は、自分の娘くらい若い女を連れている老紳士が彼だけでないことに気づいた。孫といってもおかしくないような女を連れている者もいる。

女が本当は何者であるかある程度わかるようなぴちぴちの黒いドレスを着ていても、店主は気にしていない様子だ。そんなことを気にしたりすれば、ふたり連れのうしろから距離を置いてついてくる、いかつい顔にサングラスをかけた男に、礼儀というものをたたき込まれる。

イエディッドには、女が物欲しげに見ている法外な値段の服を買ってやることもできるが、今は見せるだけにしておきたかった。今後に向けて気持ちを高めるために。〈カロジロウ〉のランジェリーと靴ぐらいで充分だろう。街でいちばんはやりのクラブのひとつ、〈シンデレラ〉ナイトクラブにテーブルを予約していた。そこでは、得意客が七〇年代や八〇年代の音楽に合わせて、夜が明けるまで踊ることができる。民主主義誕生の地といわれる古代都市にある次の行き先には、そのナイトクラブの前の通りを少し行くだけで着く。今夜はシーフードにしようと決めていて、同伴者を世界に名高い〈パパダキス〉レストランに連れていった。まず〝カカビア〟スープ、その後、ウォッカをたしなんでから、おそらくハタのトリュフ添えだろうが、メイン・コースに合わせて〝マルキ・ド・ラ・ギッシュール・モンラッシェ〟のボトルに切り替えるのが好みだった。そばにいる若い女に、このとても繊細な味がわかってもらえないのは残念だが。

〈ショア・シング〉のプライベート・シェフに用意させた食事とは比べ物にならないが、当面はこの程度で間に合わせるしかない。いつも借りるヨットはまだ押収されているが、アメリカの後見人がじきに外洋に戻れるようにしてくれるはずだ。何といっても、体面は保たれなければならない。情報と引き換えに、CIAはこれまでの職業を続けることを許可し、カネを出してもいいという人たちのために、シリア人傭兵を世界各地に送り込み、そうやって稼《かせ》いだカネも取っておいていいことになっている。その代わり、イエディッドはあらゆる取り引きの情報をCIAに提供しなければならない。しかもアメリカは、雀の涙とはいえ、その手間の補償までつけてくれるという。彼らの母国に対する九・一一並みの攻撃の阻止に役立つ情報を流して、こちらの正体がばれたら、〝退職金〟としてワシントンDCのはずれの広々とした牧場でも用意してもらおう。彼はふと思った。バージニア州北部でロシア人娼婦を探すのは、どれくらいたいへんだろうか？

結局、ロシア大統領の暗殺に成功し、アメリカ大統領の暗殺にもあと一歩で成功するところまでいったチームを雇った身としては、悪くない取り引きだ。危ない橋ではある。アメリカのために動いていることがばれたりしたら、イラン人のいう〝大悪魔〟に味方したがる連中への見せしめとして、拷問されたあとで首を刎《は》ねられる。仲間のワシリー・アンドレノフのように、正体不明の犯人によって粉々《こなごな》に吹き飛ばされるなどという末路をたどらずに済んでよかった、とイエディッドは思った。アメリカ軍特殊部隊のボートに突入されたのに、命拾いできたことは運がよかったとは思うし、CIAの医者と取り引きできたことはもっと運がよかった。〈ペリカン〉ケースを持ったあの小柄な学者風の男を思い出すと、震えが止まらなくなる。それでも、調子に乗らないだけの分別はあった。

CIAは一カ月ばかりイエディッドを監視下に置き、生活パターンを把握し、対監視活動を実施し、アメリカ大使館に拠点を置いて活動する工作担当官と通信できるほど洗練されたスパイ技術があることを確認した。問題ないと納得すると、CIAは干渉をやめ、イエディッドは引き続きビジネスを構築する一方で、新しい主人のために情報を集めることになった。

モハメッド・ファルークは、シリア人将軍が住むフラット前の通りの先の戸外で忍耐強く待っていた。一九八八年式メルセデスG230ワゴンは、アテネで人気のナイトスポットに向かったり帰ったりする車があまり走っていない夜でも、完璧に街になじんでいる。

将軍はいつもより早めの午前二時少し前にベッドルームに入り、同伴者のためにゲートをあけていた。今宵の同伴者は二十歳《はたち》ぐらいだった。大柄なボディーガードがあとに続き、通りに目を光らせ、モーの車に視線を止めたあと、ゲートを閉め、確実にロックされていることを確かめ、玄関ドアへ続く階段を上っていった。

二十分後、Gワゴンの助手席側のドアがあき、黒服を着た長身の西洋人が乗ってきた。

「日をあらためた方がいいかもな、友よ」モーはいい、乗ってきたアメリカ人に顔を向けた。

「いや。今夜やる」ジェイムズ・リースは答えた。「頼んでおいたものは持ってきたか?」

モーは後部席に手を伸ばし、革の肩かけかばんと一組の黒い手袋を手渡した。

「そこに入っている。拳銃は少しばかり古くさい部類に入る。出所を調べられても、死んだ〝ブラトバ〟の用心棒に行き着くだけだ」モーがいった。〝ブラトバ〟というのは、ロシアン・マフィアのことだ。「おれたちのいずれかとつながる者との関係は絶対にない」

リースは手袋をはめたあと、かばんに手を入れ、小さな黒い拳銃を取り出した。じっくり見たあと、いぶかしげなまなざしをモハメッドに向けた。「撃てるのか?」

「目的は果たせる」

リースはこのベレッタＭ１９３４拳銃から弾倉を抜いて、いちばん上の弾を親指で押し下げ、全弾が装塡《そうてん》されていることを確認すると、また拳銃にセットし、スライドを引いてから戻し、安全装置をかけた。アメリカでは三八〇ＡＣＰ弾として知られる小さな九ミリ・コルト弾を使うこの銃は、リースが真っ先に選ぶようなものではないが、この古い拳銃にサプレッサーがついていたのはうれしかった。ステルス性は今夜の作戦の重要な要素だ。

　リースはまたかばんに手を入れ、小さな箱を取り出し、蝶番のついた扉を慎重にあけ、古いラグで包まれているビンを露出させた。

「これを手に入れられるとは思わなかった。どうやって手に入れた？」

「リース、あんたとＣＩＡのおかげで、今ではおれは世界一悪名高いテロリストだ。ナワズ関係のネットワークはまだ残っている。指示を出せば、やってくれる。彼らがどれだけ深く西洋と東洋の世界に浸透しているかを知ったら驚くぞ、友よ」

　リースはうなずいた。

「認可されていない品だということはわかるから、余計なことは訊かない」モーは続けた。「ＣＩＡが独自の資産《アセット》を始末するなら、あんたをギリシアに送り込むより楽な方法はいくらでもある。あんたがいなければ、おれはまだランドリーの元で働いていたかもしれない――〝神があの男をとこしえに呪いますように〟――だから、必要だというなら、何だって手に入れる」

「ありがとうよ、相棒《バディ》。あいつは中にいるのか？」

「いる。イエディッドの警護班は死んだか、ブラックサイトの監獄にいて、彼にはふさわしい適性を持った者が必要になった――それが、たまたま私の下で働いているシリア人だ」モーはいい、にやりと笑った。「CIAに生かしてもらうだけの働きはする、絶対にな。このシリア人将軍がそうはならないのは残念だな」

「だろうな。それから、おまえがこの取り引きから抜け出せるように、おれも手を尽くすつもりだ。時間はかかるだろうが、必ず実現させる」

「ありがたい、友よ。やがて〝年季奉公〟が明ける、とたしかいうんじゃなかったか？」

「そんなところだ。今夜が終われば、地中に眠らせないといけないのは、あとふたりだ。おれの知るかぎり、CIAはまだそいつらの居場所をつかんでいない。CIAの全資産《アセット》を駆使してふたりを見つけたら、おれはCIAから抜ける」

「というと、おれたちはアメリカの諜報機関の命令を受けて、もう一度、一緒に仕事をするわけか。かつてイラクにいたころのように」

「そうらしい」リースは認めた。

「〝インシャラー〟、いつかふたりとも自由の身になりますように」

「〝インシャラー〟」リースも答えた。

リースは時計に目を落とした。「おれが行くと知らせてくれ」

モーは携帯電話で一行きりの伝言を送信し、リースに向かってうなずいた。「知らせたぞ。おれが必要なら、ここにいるが。〝神のご加護を《アッラー・イサルマック》〟」

リースは車から降り、肩かけかばんを肩にかけ、ターゲットに向かって通りを歩いていった。

〝どうしてこんなに時間がかかっている？〟

あの女はクラブで夕食を味わい、ワインもたらふく飲んだうえに、シャンパンまで飲んだ。バスルームの床で意識を失っていなければいいが、と彼は思った。あの女のダンスを見るのが好きだった。いい寄ってくる彼より若い男をはねつけ、彼が手招きすると帰ってくる。フラットに戻ると、麻薬には興味を示さず、彼が夜が深まる前に買ってやったランジェリーに着替えてくるといって、洗面所に行った。本気で彼に惚れているらしい。余計だが楽しいワインと食事のおかげだ。単なる商取り引きでないと思ってくれたら、若い子のセックスは必ずよくなる。まだ見込みはある。

鋭いノックにびくりとした。

「いったいどうした《マァダ・トゥリィド》」彼はベッドから怒りの声を上げた。

ドアがあき、ボディーガードではない男が部屋に入ってきた。サプレッサー付きの黒い拳銃を突き出している。

「女はどこだ？」死そのもののイメージを呼び起こすような口調で、男が訊いた。

イエディッドはサイドテーブルの引き出しに目を向けたが、マカロフ拳銃を取ろうとしても間に合わないと悟り、バスルームに向かって顎《あご》をしゃくった。

白いボクサーショーツだけをはき、小さなクッションに寄りかかっている太りすぎの将軍に両目と拳銃を向けたまま、リースは部屋を横切り、バスルームのドアをあけた。

「荷物をまとめろ」リースは小柄なブロンドの少女にいった。その目には、恐怖と狼狽がありありと浮かんでいる。リースが少女をベッドルームのドアに誘導し、待っていたイエディッドのボディーガードに預けると、ボディーガードは彼女を外に連れ出した。

「**くされ裏切り者が**」イエディッドは吐き捨てた。

「おれが何者かわかるか？」リースは訊いた。感情のかけらも感じられない声だ。

ベッド脇のひとつだけのライトが放つほの暗い黄色の光に包まれて、将軍が大きく息をし、警戒心もあらわにリースを見ていた。

「おそらく、アメリカ人だろうな。それはわかる。だが、ＣＩＡではない。ＣＩＡなら私と接触する手はほかにもいろいろある。ああ、ひょっとしてこれはテストなのかもしれんな。中央情報局《セントラル・インテリジェンス・エージェンシー》は忠誠心を見るために、よく資源をテストするというからな」

「おれはCIAの者ではないし、これはテストではない。情報を求めてここに来た。おまえが今後も生き続けるか、友だちのアンドレノフと同じ末路をたどるかは、その情報の質しだいだ。わかったか？」

イエディッドはゆっくりうなずき、耳にしたばかりのことを消化した。彼は前線に立つ兵士ではなかった。もっとずっと危険な針路をとってきた。バッシャール・アル＝アサド、その前は彼の父親ハーフィズ・アル＝アサドに仕えた、軍服の政治家だった。一度の判断ミス、一度の気の緩《ゆる》みが拷問と死につながるゲームで、政治の駆け引きをすることに長じている。このゲームの達人だ。

「わかった。どんな情報がほしい？」

「スナイパーのニザール・カッタン、それからオリヴァー・グレイ。そいつらを探し出す必要がある」

イエディッドは顎ひげを生やしたアメリカ人を見つめ、選択肢を値踏みした。

「知っていることはすべて調教師《ハンドラー》に話している。それも取り引きに入っているからな」イエディッドはいい、部屋の奥に来るよう身振りで伝えた。「あんたがCIAでないとは思わん。それらの名前を、何というか、知り得る立場にあるのは、CIAではないか？」

小口径の銃弾がイエディッド将軍の右膝《ひざ》を穿《うが》った。膝の皿の少し上に当たり、骨を砕き、軟骨と靭帯を引き裂いて貫通し、最終的に厚手のマットレスにめり込んだ。将軍が恐怖のあまり目を見ひらき、激痛をこらえようと激しく息を吸い、脚をかきむしるようにつかんだ。あまりの衝撃で声を上げることもできず、いったい何が起きたのか頭をフル稼働させて把握しようとした。

リースは一秒とかからずベッドまで五歩で近づくと、拳銃を振り降ろし、シリア人の将軍の横面《よこつら》を殴った。顎やこめかみに当てて、頬骨を砕いたり、頬をざっくり切ったりしないように気をつけた。

「おれを見ろ」リースは歯を食いしばったままテロリストにいった。こいつが友の妻と子供たちから父親を奪い、民間人に向けて神経毒を撒《ま》き散らしかけた陰謀の一翼を担《にな》っていたことはわかっている。しかも、すべてカネのために。

イエディッドは衝撃と混乱の入り交じった顔をアメリカ人に向けた。〝この男は何者だ？〟

「おれはCIAではないといったが、答えはぜひともほしい」

リースは一歩下がり、サプレッサー付きの拳銃をイエディッドの頭に向けた。

「脚は手遅れだ。膝下はなくなる。反対側を、それから命まで失いたくなければ、おれでも信じられそうなことをいえ」

「わかった、わかった」将軍はあえぎながらいい、シーツに染み入る流血を必死でせき止めようとしていた。

「ニザールとグレイだ。CIAにいっていないことが知りたい。そいつらが今どこにいるのかが知りたい」

「**知らない**！　預言者に誓っていうが、知らない」イエディッドは懇願した。

「おまえが崇拝する預言者はカネの神だけだろ」リースはいい、さまざまな麻薬を並べてある、カウンター代わりの大きな衣装だんすに向かって顎をしゃくった。

「私に何をしろと？」

「推測しろ。正確に推測したほうがいいぞ。おまえがアンドレノフに雇われてチームをそろえたことは知っている。グレイが自分で作戦を指揮したかったことも知っている。おかげでおまえは今夜、きわめて不利な立場に置かれている。ふたりがどこへ行き、だれと接触しているか、知識にもとづいた最高の推測をしてもらいたい」

ずたずたになった脚と顔から血が滴り、死の化身のようなアメリカ人に見下ろされ、イエディッド将軍は選択肢を値踏みした。またほんの数フィート先の引き出しに入っている拳銃のことを考えたが、君子危うきに近寄らずだと思いとどまった。うまく話をつけて逃れるしかない。

「痛くてしかたない。痛みをどうにかしないと。頼む」

リースは大きな衣装だんすまで歩いていき、さまざまな麻薬とアルコールを見て、イエディッド将軍にしばらく痛みと将来のことを考えさせた。

「ウォッカでいいか？」リースは訊いた。

「頼む。ああ、ウォッカでいい」イエディッドは歯を食いしばったままいった。

「よく考えろ、イエディッド。これを最後の飲み物にしたくはないだろう」

リースは鏡でイエディッドから目を離さず、ベレッタをたんすに置き、グラスにウォッカをなみなみと注ぎ、手袋をはめた手で肩かけかばんに入っていた小瓶の中身をウォッカにぜんぶ入れた。拳銃を取り、振り向いて、血だらけになっている太りすぎの男に近づいていった。荒い息遣いで、膝だったところの上のあたりの脚をまだかきむしっている。

将軍が顔を上げ、飲み物に手を伸ばした。

「まだだ、イエディッド。まずグレイとニザールがいると思われるところをいえ」

「わかった、わかった」シリア人が降参したといった感じでいった。「ＣＩＡへの報告でもいったが、私は知らない。ひとついえるのは、アンドレノフには人脈があるということだ。DCにもロシアにもな。当然だが、グレイはアメリカに戻れないし、ニザールも無理だが、ロシアになら入れる」

「ロシア？　だが、あいつらはロシア大統領を暗殺したのだぞ。なぜロシアに行く？」

「そうか、あんたはロシアがどういうところかわかっていない。若すぎる。見たところ、イラクとアフガニスタンには行ったことがあるようだが」

「続けろ」リースは命じ、飲み物をシリア人に少しだけ近づけた。

「ロシアは中東より複雑な謎の地だ」イエディッドが脚を押さえながら続けた。「アンドレノフは権力層から追放されたとはいえ、政権内に支援者もいて、そういう連中は彼がやがて帰還した場合に備えて、現政権と彼に両賭けしている。だが、もっと大きいのは、アンドレノフは組織犯罪集団、つまりマフィアとも深いところでつながっていたということだ。私が思うに、今回のような不測の事態には、ブラトバ絡《がら》みの代替案を用意していたはずだ。だから、ロシアのどこか、あるいはロシアン・マフィアが牛耳《ぎゅうじ》る都市にいると思う」

「あいつらは具体的にだれと接触する？」リースはさらに訊いた。

「そこまではわからん」イエディッドは祈るような口調でいった。「わかるわけなかろう。

そこはアンドレノフの縄張りだ」

「だれと接触する？」リースはまた強い口調で促し、将軍のまだ動く方の膝に拳銃を向けた。

「**知らないんだ！**　嘘じゃない。知らないんだ！」

リースは目の前の男をじっと見て――撃たれ、ぼろぼろで、心も折れている――銃を下ろした。

「信じよう」リースはいい、将軍に飲み物を手渡した。

イエディッドが血だらけの両手でグラスをつかみ、口に持っていき、強い酒をふたくちごくごくと飲んだ。そして、目の前の男に与えられた拷問からつかの間、解放されて、目を閉じた。

〝何かがおかしい〟

ほっと息抜きができるかと思っていたが、口の中が強烈に焼けるように感じ、その後、すぐさま痛みに襲われた。これまで経験したことがないほど鋭い痛みが、肺と胃に走った。見下ろしている男にいぶかしげな目を向けたが、勝手に目が上転し、すぐに男の姿は見えなくなった。背中がのけ反り、飲んだものが胸にこぼれた。ノビチョクが溶解した前駆物質がまず筋骨の動きを阻害し、やがて悪魔に取り憑かれた《エクソシスト》ような発作を引き起こした。液体がイエディッドの肺に流れ込むと、口内に白い泡があふれ、顎先を伝い、鼻からも滴り、全身が苦悶の塊と化した。呼吸器系の機能が停止し、心臓が動きを止める前、最後に見えた光景は、拳銃をベッドに放り、後悔のかけらも見せずに彼を見下ろすアメリカ人の姿だった。

リースはビルの外に出て、早朝の暗がりに紛れて、待っているメルセデスへと向かった。手袋は慎重にはずし、現場に置いてきた。モーの仲間のひとりが、ギリシア当局向けに匿《とく》名《めい》でロシア語のメッセージを残すことになっている。現場は汚染されているから、HAZMATを適切に処理できる者たちに対処させるよう警告を発する内容だった。フラットはこれから何年間も人が住めなくなる。

通りを走る車はきわめて少なく、旧モデルのドイツ車の助手席に乗り込む長身の男をことさら気にする運転者など、ひとりもいなかった。

自分が今したことをあれこれ考えはしない。あのシリア人の将軍も、ああいうことを長くしてきたのだから、やがて死に神がやって来ることぐらいは知っていたはずだ。必要な情報は得た。リースの目はロシアに向けられている。狩りのときだ。

謝辞

〝すべての文学作品にはふたつのプロットしかない。人が旅に出るものと、よそ者がやってくるもののふたつだ〟。もともとの出所には諸説あるものの、フョードル・ドストエフスキー、レフ・トルストイ、あるいはアメリカ人小説家で大学教授のジョン・C・ガードナーからの引用だといわれることが多い。これまで生きてきて、私は当然ながら、そのふたつの語り《ナラティヴ》を反映した書物や映画に惹《ひ》かれた。ジョーゼフ・キャンベルの『千の顔をもつ英雄』にかなり大きな影響を受けた。さまざまな文化における英雄の旅の類似点を詳細に論じている作品である。ハイスクール時代の一九八八年、PBSで放映されたビル・モイヤーズとの一連のインタビュー、『神話の力』を見てから、私はキャンベルの著作に夢中になった。多くの人々がキャンベルの代表作と考える作品は、今でも私の本棚の特別な場所を占めている。生涯読者であり研究者として、私は常に英雄の旅路に惹かれてきた。

『ギルガメシュ叙事詩』、『ベオウルフ』、『イーリアス』、『オデュッセイア』、『アエネーイス』。しぶしぶ旅立つ英雄、長い旅路、その後の変化は、私と共鳴する。はるか昔からそうだったように、そうした神話や、それが現代に輪廻したものに触発されて、私は軍隊での旅路に出て、それが私自身の血肉となった。私もそれで変化しただろうか？　かもしれない。賢くなっただろうか？　そう願いたい。

そのときどきに読んでいた小説を通して、私の人生をたどりたい。シエラネバダのマツの木に張ったハンモックで、すべてがはじまったのかもしれない。当時も、今でも図書館司書をしている母とともに、私は書物に囲まれて育ち、文字として書かれたページで訪れたところに、いつか現実に踏み出す日を想像していた。そうした書物が、二十年に及ぶ特殊部隊の冒険《オデュッセイア》に私を導き、やがて出版の世界へと私をカタパルトで射出した。

フレデリック・フォーサイス、ケン・フォレット、ロバート・ラドラム、ジョン・ル・カレ、イアン・フレミング、そして、冒険小説の松明《トーチ》を引き継いだ元イギリス海兵隊特殊部隊員ジョン・エドモンド・ガードナー。両親がそういった作家の本を読んでいたことを、私ははっきりと覚えている。古い別荘の本棚から、いつかそうした本を出してみたいものだが、実をいうと、その〝止まり木〟からはじめてスパイ小説を手に取ったときから、私はスリラーを書く練習を続けてきた。

一九八〇年代に入ると、ストーリーテリングの初等教育をはじめた。この人格形成期における私の教授陣は、デイヴィッド・マレル、ネルソン・デミル、J・C・ポロック、トム・クランシー、ルイス・ラムーア、マーク・オールデン、A・J・クィネルだった。『樹海戦線』、『燃える男』、*Omi*、『チャーム・スクール』、『シベリアの孤狼』、『レッド・オクトーバーを追え』、そして、〈アベラルド・サンクション〉シリーズと今では呼ばれているものに、私は一日中浸っていた。実をいえば、デイヴィッド・マレルの『ブラック・プリンス』を読んで、SEALとして国のために身を捧げようという決意を固め、その後、彼の足跡をたどり執筆活動に入った。そうした初期の読書体験、二十年にわたるSEALチームでの経験、実戦経験、また、戦争、テロリズム、反乱の学術研究が肥料となり、こうして自分のポリティカル・スリラーのページにふんだんに撒《ま》いている。

私は六年生のときにトム・クランシーを読みはじめ、『クレムリンの枢機卿』ではじめて登場して以来、ずっとジョン・クラーク（ジャック・ライアンと並ぶ人気キャラクターで、海軍特殊部隊員から転身したCIA秘密工作員）のファンだ。すでにSEALチームを目指していた大学生のときに、『容赦なく』が書店に並び、私は発売日に買った。あの小説は今でも私の旧友だ。

海軍に志願する少し前、偉大なるスティーヴン・ハンターを発見した。彼の作品は今日でも私に影響を及ぼし続けている。九・一一以降、『極大射程』に触発されて、慌てて名刺を刷ってもらい、『荒野の七人』でスティーヴ・マックイーンがいった有名なせりふをパクった。〝おれたちは鉛を使うのさ〟。私はずっとスナイパーに魅了されてきたが、軍人職でこれからスナイパーを専門にしようと決意を固めたきっかけは、スティーヴン・ハンターの〝ボブ・ザ・ネイラー〟というキャラクターの誕生だった。ライフルを持った孤独な男というイメージが魅力的だった。数で勝る敵に対して、こちらはひとりきりで敵陣に潜入し、機転と武器を扱う腕前だけで生き延びる。究極の試練。〝もっとも危険なゲーム〟。すばらしい作品を世に出し、刺激と友情を示し、ボブ・リー・スワガーの世界観をつくり上げてくれたことに対して、お礼を申し上げる。

九・一一以前における私のCIAの経験は、基本的に大衆文化から仕入れたものだった。その中には、二〇〇一年八月にCIAと電話面接をする以前に読んでいたダニエル・シルヴァのすばらしい三作品（その後、全作品を読み、次のエピソードでのガブリエル・アロンの進化を待ち望んでいる）も入っている。その数週間後に世界は一変し、CIA地上班の物静かなプロフェッショナルたちとともに軍務をこなしたり、戦ったりしたあと、彼らは私を勧誘してくれたが、そのときは引き続き潜水工作兵《フロッグマン》として戦いに身を置くことにした。まさに本書は、二〇〇六年に私がイラクでCIAの秘密作戦に携《たずさ》わったときの出来事に刺激を受けて書いた。そのときの作戦は私の軍歴のハイライトのひとつとなった。この刺激的な出来事の裏の任務は、現場にいたチームと機密電報を読んだ者にしか知られないことだろう。あの経験と、ピーター・ゼイハンの『地政学で読む世界覇権２０３０』が、本書『トルー・ビリーバー』の基礎となった。

二〇〇一年九月十一日の事件により、長期化する戦争という新時代に突入し、私も若きSEAL隊員として激しい戦いの中にいた。十年以上のあいだ、戦闘に集中した態度を崩さず、その間《かん》に戦争と敵の研究に没頭した。ドクター・デイヴィッド・キルカレン、ドクター・カレブ・セップ、ドクター・ジョン・アルキラ、ドクター・ハイ・S・ロススタイン、ドクター・へザー・S・グレッグ、ドクター・アナ・シモンズ、アハメド・ラシッド、ジョン・A・ナグル、トーマス・X・ハメス、アントニオ・ジュストッツィ、エリオット・A・コーエン、マーティン・ファン・クレフェルト、H・R・マクマスターといった対反乱の専門家による書物、記事、インタビュー、そして、ダヴィッド・ガルーラ、ロバート・テイバー、T・E・ローレンス、ヴォー・グエン・ザップ、ロジェ・トリンキエ、毛沢東、ジョージ・K・タナム、チェ・ゲバラ、ナポレオン・D・ヴァレリアーノ、アリステア・ホーン、チャールズ・T・R・ボハナン、バーナード・B・フォール、B・H・リデル＝ハート、ウォルター・ラカーといった古典もむさぼるように読んだ。砲火を浴びていても最善の決断をするため、非対称戦の言説に浸ることが私の義務だった。

紛争の研究に突っ込んでいた首を上げると、亡くなった伝説のヴィンス・フリンの著作と出会い、二〇〇三年にアフガニスタンへ向かう機内で *Term Limits* を読んだ。帰国後すぐに未読をあさり、*Transfer of Power*、『謀略国家』、『強権国家』を読んだ。以来、未読は一冊もない。ヴィンスの伝説を見事に存続させているカイル・ミルズによるシリーズ最新作 *Red War* も読んだ。

ブラッド・ソーの小説をはじめてかじったのは、二〇〇五年にイラクのラマディに向かっているときだった。『傭兵部隊〈ライオン〉を追え』は、当時、世界一危険な都市と目されていたところへ向かう機内で読んだ。派遣が終わるころには、タスク部隊の全メンバーがそれを読了していて、以来、ずっとスコット・ハーヴァスのファンになった。当時はブラッドが私の人生にどれほど深い衝撃を及ぼすことになるか、知るわけもなかった。ブラッド、私のためにドアを打ち破ってくれて、ありがとう。あなたがいなければ、こういうことはとてもしていられないだろう。ご恩は死んでも忘れません。

退役後、最近になって、マーク・グリーニーに紹介された。〈グレイマン〉シリーズを読んでいなければ、読書リストのいちばん上に載せるべきだ。

こうしたすばらしい作家たちは、ミッチ・ラップ、スコット・ハーヴァス、ガブリエル・アロン、ボブ・リー・スワガー、ジャック・ライアン、ジョン・クラーク、コート・ジエントリーといった象徴的なキャラクターを生み出した。天賦の才を共有してくれたことに対して、お礼を申し上げる。

私は今でも戦争を研究していて、その研究が著作の題材にもなっている。戦場で得た英知、そして戦場から時と距離を隔てる恩恵によって、作品自体が鍛練されていることを願う。モロッコでリースのイスラム研究の師となった登場人物の〝キャラ〟は、実在するマージド・ナワズとその名著、『急進主義：イスラム主義者の過激主義から離れた私の遍歴』から拝借した。大モスク占拠事件は、一九七九年、現実にメッカで起きた。非公式の推定では、死者数は四千を超えるとされる。しかも、事件後に同国各地の八都市で公開斬首された六十人は、それに含まれない。占拠事件後、サウド家がさらなる権威主義への道を歩まずに、宗教における保守主義を容認していたら、西洋諸国とイスラム世界との関係はどうなっただろうか？　九・一一同時多発テロの十五人のハイジャッカーはサウジアラビア国籍だっただろうか？　同王家は依然として、世界各地に広がるテロ集団の主要資金源でいるだろうか？　それはだれにもわからない。

道を切りひらいてきた名高い作家たちのほかにも、大勢の人たちに感謝の気持ちを伝えなければならない。本書にリアリティを持たせてくれた人々だ。彼らの専門知識とその質の高さに比べたら、私などかすんでしまう。本書に誤りがあるなら、それは私ひとりの責任である。

アフリカに関しては、私がモザンビークと南アフリカで一緒に働いたプロのハンターと反密猟部隊に感謝する。本書のリサーチになると同時に、私のかつての伎倆《ぎりよう》に新しい目的を持たせてくれた。アフリカの野生動物を守るために、日々たいへんな仕事をしてくれていることに対して、以下のかたがたにお礼を申し上げる。ジャンボ・ムーア、ジャック・ハーツェンバーグ、ライアン・クリフ、ルイス・パンセグロウ、ポール・ウェロック、ダレン・エラーマン。みなさんの仕事ぶりが本書に反映されていることに気づくことだろう。ジョン・バレルと〈ハイ・アドベンチャー・カンパニー〉のみなさん。友人のビリー・バーズエルは、われわれの旅程より先乗りして、地球上に残っている数少ないサイの救出に注力しているカラハリ砂漠の反密猟部隊の訓練に当たってくれた。トニー・マークリスは、私に正しい方向を示し続けてくれた。ガス・ファン・ダイクには、アフリカの環境保全事業に関する深い知識をお借りし、南アフリカの警察官ニック・デ・コックは、野生動物の密猟シンジケートや闇市での違法取り引きに関する私のあらゆる質問に答えてくださった。

〝ヒューバート〟は信じられない身の上話を聞かせてくれた。私の次作で使わせていただこう。シェーン・マホニーはほかの野生生物の保護に尽力してくださる。そして、コングレッショナル・スポーツマンズ財団のジェフ・クレイン、フィル・フーン、P・J・カールトンは法律戦を戦ってくださる。

銃器をなりわいにしているかたがた。ラリー・ヴィッカーズ、ケン・ハッカソーン、パット・マクナマラ、〝ゴート〟、エリック・フロハート、ジエフ・ヒューストン、ミッキー・シューフ、ショーン・ハーバーバーガー、キース・ワラウエンダー、ダーシー・エコルズ、ティム・ファロン、デイヴ・クネセク、ダグ・プリチャード、チップ・ビーマン、コーリー・ジリグ、エディー・ペニー、カイル・ラム、マイク・パノン、ティム・クレミット、ビル・ロジャーズ、ジョー・コリンズ、ビル・レイピア、ジョニー・プリモ、ケイレン・ウォイチク、トラヴィス・ヘイリー、マリオ・ガルシア、クレイ・ハーガート、そして、自分と家族を守る訓練を責任を持って行なっているすべてのかたがたに感謝する。

サンダー・ランチのクリント・スミスとハイディ・スミスは、何年も前になるが、われわれを招いてくれた。そして、法執行機関、軍隊、私の家族のためにいろいろしてくださった。

〝ブリス〟――すばらしいことが起こりそうだ。

ジェイムズ・イェーガーは、『ターミナル・リスト』をこれほど成功させるために尽力してくださった。

スーザン・ヘイスティングスは、寛大にもローデシアのさまざまな歴史書を一年ものあいだ貸し出してくれた。もうすぐお返しすることを約束します。

シャーラム・ムーサヴィは、リングとマット上で人生の稽古をつけてくれた。きみとのトレーニングに比べたら、BUD/Sがお茶の子さいさい《ウォーク・イン・ザ・パーク》に感じる。

ダイナミス・アライアンスのドム・ラソは、私と私の家族のためにいろいろとしてくれた。がんばれ！

〈ウィンクラー・ナイブス〉のダニエル・ウィンクラーとカレン・シュックは、〝エッジの利いた〟ところで活動している人たちのために、人知れず努力を重ねている。われわれがどう感謝を伝えていいかわからないほど、感謝しています。

二〇一四年六月二十三日、訓練中の事故で亡くなったブラッド・キャヴナー上等特殊戦工作員（SEAL）にも感謝する。彼はSEALチームと、幸運にも彼に会う機会があった者たちに、不朽の衝撃を残した。彼に乾杯する場面を本書に組み込み、栄誉を称える機会をくださったキャヴナー家のみなさんに感謝します。

ハーフ・フェイス・ブレイズのアンドリュー・アラビートとケルシー・ビーサーは、私のブレードのアイデアにいつも熱意を込めて〝イエス〟といってくれ、すぐに手を貸してくれた。

神経脊椎外科医ドクター・ロバート・ブレイの業務と献身にも感謝する。退役軍人のために今後も尽力してくれるだろう。それから、あの仕事につきものとはいえ、いつも私の手当てをしてくれた。あなたのやさしさと寛大さが、私の頭から遠く離れることはありません。退役後もどうにか暮らしていけるようにしてくれたあなたとトレイシーに感謝します。われわれはあなたがたなしではやっていけなかった。

クリス・コックス、デイヴィッド・リーマン、グラハム・ヒルは、いつもそばにいてくれた。

リック・ローゼンフィールドとエスター・ローゼンフィールドは、愛情と支援をくれた。

ニック・クースーリスとティナ・クースーリスは、すばらしい発想をくれた。

どの段階でもそばにいてくれたすべての友人たちに感謝する。ギャリー・ピーターズとヴィクトリア・ピーターズ、ジム・デメトリアデスとナンシー・デメトリアデス、ジョッシュ・ウォルドロンとオードリー・ウォルドロン、ラリー・シークリーとロンダ・シークリー、マーティン・カッツとケリー・カッツ、レイザー・ドッブズとシルヴィア・ドッブズ、マイク・アトキンソン、マック・ミナード、マイク・ポート、ジョニー・サンチェス、アレック・ウルフ、ジョージ・コリタイズ、ボブ・ウォーデン、ウォリー・マクラレン、ニック・サイフェルト、ジェフ・キンバル。

ジミー・スピットヒルとジェローム・サマチェリは、ストーリーの航海術に関する部分でご教示をいただいた。海軍に二十年もいたのだから、もう少し船のことを知っているだろうと思うでしょうね。

タック・ベックストッファーにも感謝する。夜更かしの執筆のお供は、いつもあなたのワインでした。

ジェフ・ロザラムには、今回も簡易手製爆弾《IED》などの自家製爆弾の件でご教示をいただいた。あなたを怒らせるようなやつが現われないことを願う。

ジョン・デュービンには、FBIでの時間、〈パイナップル・ブラザーズ〉、これまでとこれからのわれわれの冒険に感謝する。

トリグ・フレンチとアネット・フレンチには、友情に感謝する。早くから熱心に『ターミナル・リスト』を支えてくれた。

アンドリュー・クライン、フランク・レクローン、ケヴィン・オマリー、ジミー・クラインにも感謝する。〝仲間〟

ダレン・ラソートは、これまでの友情と、いろいろな面で大義を支えてくれた。

スコット・ナズには、釣りに関する質問にすべて答えていただいた。

フランク・アルゲンブライトには、さまざまな機会を提供していただいた。

シェーン・ライリーには、私が派遣で家を離れているときに、引っ越しを手伝っていただいた。実はなからそういう計画だったかもしれない。

ホビー・ダーリング、エリック・スナイダー、マイク・オーガスティン、ブライアン・サドラー、ジェス・ミーズ、ジェイソン・バートランド、トム・ブレイス、ポール・スウエーデンボリに感謝する。みなさんには朝のワークアウトで私の鼻をへし折っていただいた。

スコット・グライムズとジェイソン・サラタに感謝する。またすぐに川に行こう。

クレイグ・フリンは、いつもすべてを投げ捨てて私を助けに来てくれた。いつか借りを返します。

レイシー・バイルズは、自由を守るために尽力してくださっている。

マイケル・デイヴィッドソン、アドナン・キファヤット、ベン・ボサナックには、〝初期の初期〟から支援をいただいた。

ダミアン・パットンとジェニファー・パットンに感謝する。きみたちは世界を変えようとしている。

軍人、騎手、大学教授、作家、銃の専門家、そして愛国者であるジェイムズ・ジャレットにも感謝する。東南アジアのジャングルと背の高い草むらの〝卒業生〟として、彼の短篇「アシャウ峡谷での死」は必読だ。泥にまみれた工作員と糊《のり》の利いた軍服を着た幹部との絶縁を隠れたテーマとして、十倍固定のスコープ・三〇八口径一六八グレインの〈インターナショナル〉のマッチ・ボートテイル・ホローポイントのビジネス面をとおして、見事に書き上げられた作品であり、マクナマラ（JFK大統領政権の国防長官）時代の数字やデータにもとづく戦争を痛快に批判している。〈オールド・マウンテン・プレス〉の *De Oppresso Liber: A Poetry & Prose Anthology by Special Forces Soldiers*（『抑圧からの解放：特殊部隊員による詩と散文のアンソロジー』の意。なお、「抑圧からの解放」はアメリカ陸軍特殊部隊のモットー）に収録されている。

見えないところで働き続けていて、名前を挙げることができないかたがたに感謝する。彼らは〝槍先〟で踏ん張っている。

〈ブラックヒルズ・アミュニション〉のジェフ・ホフマンとクリスティ・ホフマンには、支援、専門技術情報をいただいた。同社はわが国の敵を大勢倒した銃弾をつくっている。伝説のロス・サイフリッドには、アフリカのライフルと弾薬に関して教えていただいた。アンディー・Bには、ロシアの諜報に関する専門知識を教えていただいた。ジャッコ・ウィリンクとジェフ・ジョンストンには、柔術と近接格闘術で力添えをいただいた。

イライアス・クフーリーは、事態対処医療について力を貸してくださり、銃弾が飛び交う想像しうる最悪の状況でわれわれの友人の命を救ってくださっている。

ディラン・マーフィーは、刃物《ブレード》に関して力を貸してくれた——きみがいるから、私は銃を持つことにした。

ブロック・ボッソンと〈ケーヒル・ゴードン・アンド・ラインデル〉のチームに感謝する。法律面において、ティア1の隊員に匹敵する働きをしてくれた。

〈ブラウンスタイン・ハイアット・ファーバー・シュレック〉のミッチ・ラングバーグには助言をいただき、相談に乗っていただいた。そして、いつも私を支援してくれた。あなたがいなければ、どうしていいかわからなかった。

国防総省の公表前審査と安全保障を審査する部局の〝三十日〟のプロセスにおいて、本書を誘導してくださった政治家、各種委員、弁護士、ロビイスト、ジャーナリスト、インフルエンサーに感謝申し上げる。まさにチームワークだった……七カ月に及ぶチームワークだ。

〈アイアンクラッド・メディア〉には、映像版『ターミナル・リスト』の一段高レベルの予告編を製作していただいた。貴社はまちがいなくハードルを上げた。

ダン・ジェルストンには軍服を着ていた時代があり、いろいろと支援していただいた。〈L3テクノロジーズ〉がうまくいかなくても、あなたには校正者としての明るい未来がある。助けていただき、ありがとう。

〈ＳＩＧザウアー〉のテディー・ノヴィン、オリヴィア・ギャリヴァン、ジェイソン・ライト、ハナ・ビロドー、〝マト〟は、私を家族のように扱ってくれた。ＳＩＧＰ２２６はどの派遣でも脇にあり、今もずっと頼りにしている。

危険も顧みず、ポッドキャスト、ラジオ番組、テレビ番組に私を招いてくださったかたがた、そして、草の根レベルで本書を売り込んでくださったかたがたにも、お礼を申し上げる——『ターミナル・リスト』が成功したのは、みなさまのおかげです。みなさんがしてくださったことは決して忘れないし、あたりまえだとも絶対に思わない。なかでも、アンディー・シュトゥンプフ、ジョン・ダドリー、エヴァン・ヘイファー、ジャレド・テイラー、マーカス・トーガーセン、マット・ベスト、ポーター・ベリー、ジョン・バークロウ、ジョナサン・ハート、マックス・シエリオット、Ａ・Ｊ・バックリー、ニール・ブラウン・ジュニア、ジャスティン・メルニック、ハンク・ガーナー、アダム・ヤンケ、エイミー・ロビンズ、トム・ダヴィン、マイク・リトランド、ライアン・ミヒラー、トレヴァー・トンプソン、ジョン・ディヴァイン、ジェイソン・スワー、ベン・ターパク、マーク・ボルマン、マディー・テイラー、リック・スチュワート、ロブ・オリーヴ——*Essential Liberty* の著者。

ケイティ・パヴリッチは今回も支えてくれた。だんだん癖になってきている。

ガヴィ・フリードソンには、今後の作品のアイデアをいただいた。イスラエルのリサーチ旅行を楽しみにしています。

ライアン・ステック、別名〝ザ・リアル・ブック・スパイ〟は、スリラー・ジャンルのために尽力してくださり、私のためにもいろいろと助けてくださった。心からお礼を申し上げます。

デジレ・ホルト――顔が赤くなってしまう。元気と熱意をありがとう。

すべての書店、販売人の方々に感謝する。いろいろがんばっていて、いつも私をくつろがせてくれる。

〈ポイズンド・ペン〉のバーバラ・ピーターズにはご指導を賜った。作家と読者のために尽力いただいている。

パークシティの〈ドリーズ・ブックストア〉のみなさん、いつもくつろがせてくれてありがとう。

〈ラッキー・ワン・コーヒー〉は、さまざまな能力や障害を持った人たちを雇い、執筆過程をとおして活力をくださった。

K・J・ハウに感謝する。〈スリラーフェスト〉を逃せないイベントにし、あれだけの著者を集めてくださった。エリック・ビショップ、A・J・タタ、ブラッド・テイラーとニューヨークのギネスの在庫を少し減らす機会を心待ちにしている。エリック、*The Body Man* の執筆、がんばれ。読むのが待ち遠しいよ。

リー・チャイルドと**スティーヴ・ベリー**は、われわれ新参組を支援してくださり、物書きのクラブに歓迎してくださった。

バウチャーコンのスタッフのみなさん、著者と読者を集めて、特別なイベントにしてくれて、ありがとうございます。書物を愛する大勢の人々に語りかけ、話を聞き、親交を温められるのは得がたいことだ。私は著者で、読者で、ファンだから、**マーク・グリーニー**、**クリスティン・カルボ**、**サイモン・ガーヴァイス**、**ジョッシュ・フッド**といった友人や作家仲間と過ごす時間は楽しすぎる。

作家仲間であり海兵隊の**マシュー・ベトリー**は、道を示してくれた。

オーディオ・ブック版『ターミナル・リスト』と『トルー・ビリーバー』のナレーターである**レイ・ポーター**は、ばっちり読んでくれた。

ミステリー・マイクは、情熱と知識を共有してくださり、私の新たな初版コレクションを見つけ出してくださった。

〈サイモン&シュスター〉の社長兼CEOである**キャロリン・ライディ**にも感謝する。リスクを承知で無名の者を取り上げ、いつも私のために時間を割いていただいた。私はやります！

〈サイモン＆シュスター〉の社長兼発行者であるジョン・カープにも感謝する。たいへんなご支援をありがとうございます！

〈アトリア・ブックス〉の上級副社長兼発行者であるリビー・マクガイアのご支援にも感謝する。

〈アトリア・ブックス〉のスザンヌ・ドナヒューにも感謝する。あなたの興奮ぶりは伝染《うつ》ります。とりわけ、『ターミナル・リスト』のお気に入りだという章について話すときには。

業界最高の発行者であり編集者、〈エミリー・ベスラー・ブックス〉のすばらしきエミリー・ベスラーにもお礼を申し上げる。私にとって、あなたの指導力、洞察力、経験、友情は、あなたの思っている以上に大切です。あなたがいなければ、ジェイムズ・リースはまだ私のハードディスクにとらわれていることでしょう。何から何までありがとうございます！

並はずれた広告マンであるデイヴィッド・ブラウンに感謝する。あれほどうまくできる人はいない。専門知識、精力、方向性、〈アトリア・ミステリー〉のバスを全速力で走らせ続けてくれた。何杯かおごるだけでは足りない。本当にありがとう、友よ。

ララ・ジョーンズは、あらゆる面で高いレベルを保ち、私たち全員を統率してくれた。

奮闘に感謝します！

この地球上でもっとも理解ある出版編集者アル・マドックスは、その忍耐力、専門知識を発揮し、本書のプロジェクトをすべてまとめてくださった。

〈ポケット・ブックス〉のジエン・ロングには、『ターミナル・リスト』のすばらしいペーパーバック版をつくっていただいた。私はその版が心の底から好きだ！

私のエージェント、アレクサンドラ・マシニストには、その誠実さと専門知識に感謝する。いつか射撃訓練場に連れていきたいね。

ギャレット・ブレイに感謝する。デジタル・マーケティング分野におけるその創造力と技術は、だれにも負けない。いくらお礼をいっても足りない。

私の両親は私に生涯にわたる読書愛をしみ込ませてくれた。

クリス・プラットにも、お礼をいいたい。それから、ジャレド・ショーは、点と点をつなぎあわせてくれた。何年も前にSEALチームの私のオフィスで話していたことが、こんなことにつながるなんて、だれが思っていただろうか。私はこの先もやるぞ！

ケネス・ストロング准将と奥様、そして、おふたりのすばらしい娘さん、エミリー・ウッドにも、お礼を申し上げる。私をご家族の集まりに受け入れてくださった。私はザ・ヒル・ハウスで多くの時間を過ごすことができました。執筆と防衛の両面であそこほど戦略的にも戦術的にも優れた場所は、そうありません。

この冒険における執筆活動のパートナーであるキース・ウッドにも感謝を伝えたい。彼の名は装丁を飾らないが、執筆プロセスがチーム作業であるなら、随所に痕跡が残っている。銃弾重量、銃身長、銃口初速などについて、私がキースのすばらしい頭脳からどれほど学んだことか。それを知れば、読者は驚くことだろう。キース、ストーリーに息吹を吹き込むのにいろいろと力を貸してくれて、ありがとう。

ここまで二作にわたるジェイムズ・リースの冒険を読んでくださった読者のみなさんに、お礼を申し上げる。これからもっと出ます！

だれより、美しい妻、フェイスに、このいかれたプロジェクトを我慢してくれて、お礼を伝えたい。夜遅くまで続く仕事、リサーチ、とんでもない量の〈ブラック・ライフル・コーヒー〉、何杯も続く私のお気に入りの〈モッキングバード・ブルー〉――一、二杯では終わらないウイスキー、書斎に籠もる日々、密猟という違法世界に浸るためのアフリカ旅行、忘却にうち捨てるべき記憶への再訪。ありがとう、愛する人。そして、私たちの三人の子供たちも、パパが校正作業の最終局面でおこもりしても我慢してくれた。いつもおまえたちのことを考えていたんだ。

最後に、前線を守り、銃声を聞いて駆けつける人たちには、感謝の念が絶えない。

訳者あとがき

本書『トゥルー・ビリーバー　ターミナル・リスト2』は、元米海軍特殊部隊SEALのジャック・カーによる〈ジェイムズ・リース〉シリーズ第二作である。シリーズ第一作の『ターミナル・リスト』はジェイムズ・リース個人の凄絶な復讐劇だったが、本書は各国、各勢力の思惑に、登場人物の背景や思いが絶妙に配分されたスケールの大きな小説に仕上がっている。

前作で、家族同然のSEALチームと実の家族を死に追いやった者たちにひとりずつ復讐を遂げたあと、リースは友人のレイフの手を借りて、ヨットでフロリダ沖から逃亡した。知らないあいだに新薬の実験台にさせられたためにできた脳腫瘍に怯えつつ、大西洋を越え、喜望峰をまわり、学生時代に世話になった知人を頼って、はるばるモザンビークへ渡る。そこには美しい野生動物の宝庫、雄大な自然が広がっていた。野生動物保護活動を手伝ううちに、リースの病んでいた心は癒されていく。

一方、リースが大西洋を漂い、文明から遠く離れたアフリカの大地にいるあいだ、ヨーロッパ各地で凄惨なテロが続発していた。CIAは首謀者を割り出したが、居場所の特定に難航していた。その情報を提供してくれそうな人物をこちら側に引き込まなければならなかった。それができるのは、かつてその人物とともに戦ったリースだけだった。

こうして、CIAエージェントに転身したSEALの元同僚がモザンビークまで訪ねてきたとき、大自然に囲まれたリースの癒やしの時間は終わった。前作での復讐とその後の逃亡に協力した仲間の罪を不問にすることを条件に、リースはCIAに手を貸すことにした。

しかし、現代のテロの潮流は、組織された集団ではなく、緩いネットワークでつながる個々人が動く。このテロ・ネットワークの背後では、様々な大義、野望、欲望が複雑に絡み合い、全世界を大混乱へと突き動かす陰謀が渦巻いていた。

冒頭でも述べたとおり、本書は前作とは打って変わり、国際謀略の色彩が強い。舞台が全地球的であることも、その証左といえる。国名を挙げれば、イギリス、ジンバブエ、シリア、スイス、ニカラグア、ベルギー、モザンビーク、アルバニア、モロッコ、トルコ、ブルガリア、イラク、クルディスタン、ポルトガル、スペイン、ウクライナ、ドイツ、アルゼンチン、そしてアメリカ合衆国と、実に十九カ国にのぼる。

また、昨今のロシア＝ウクライナの関係や、中近東の地政学的な状況などにも触れられており、近現代史を振り返りながら読むのもおもしろいかもしれない。著者は〝謝辞〟でこう述べている。「本書は、二〇〇六年に私がイラクでＣＩＡの秘密作戦に携《たずさ》わったときの出来事に刺激を受けて書いた」

だが、悪役も含め、登場人物がとても人間的に描かれているところは、前作からまったく変わっていない。著者の鋭い観察眼と膨大な読書時間の賜物だろう。著者は海外派遣の際にも本を持参していたという。ＳＥＡＬになるためには、頑健な体と明晰な頭脳が必要だといわれるゆえんだろう。

銃器や装備の蘊蓄《うんちく》も健在だ。両大戦間に製造された〈ウエストリー・リチャーズ〉の超大型ライフル、〝ドロップロック〟は、野性の王国アフリカの広大な大地で今も現役で役目を果たしている。その名前の由来も紹介されている。ウエストリー・リチャーズが〝最高の銃器メーカーになる〟ことを掲げて、一八一二年に〈ウエストリー・リチャーズ〉を設立したといった情報を、著者はフェイスブックに投稿し、こう問いかけている。「……ドロップロックは『トゥルー・ビリーバー　ターミナル・リスト２』に書いているのだけれど、覚えていますか?」(拙訳)。

昨今話題のV-22オスプレイも登場する。「工学技術の信じがたい偉業だと思う反面、ほとんど四十年ものの脳みそは、この種の航空機が開発段階で何度墜落しただろうかと思い出さずにはいられなかった」。先月の十一月二十九日に米空軍のV-22オスプレイが屋久島沖で墜落したというニュースがあったが、行方不明の隊員が一刻も早く発見されることを祈るばかりだ。

さて、〈ジェイムズ・リース〉シリーズは二〇二三年十二月時点で、第六作まで刊行され、第七作も刊行が決まっている。以下にリストを示しておく。

1 *The Terminal List* 二〇一八年(前作)
2 *True Believer* 二〇一九年(本書)
3 *Savage Son* 二〇二〇年
4 *The Devil's Hand* 二〇二一年
5 *In the Blood* 二〇二二年
6 *Only the Dead* 二〇二三年

7　*Red Sky Mourning*（二〇二四年春刊行予定）

本書のストーリーはクリスマスをもって終わるが、ジェイムズ・リースの受難は今後も続きそうだ。

早川書房の清水直樹さんと込山博実さんにはたいへんお世話になりました。この場をお借りして、お礼を申し上げます。

二〇二三年十二月

訳者略歴　1968年生，東京外国語大学外国語学部英米語学科卒，英米文学翻訳家　訳書『ターミナル・リスト』カー，『IQ』イデ，『東の果て、夜へ』ビバリー（以上早川書房刊）他多数

HM=Hayakawa Mystery
SF=Science Fiction
JA=Japanese Author
NV=Novel
NF=Nonfiction
FT=Fantasy

トゥルー・ビリーバー ターミナル・リスト2
〔下〕

〈NV1521〉

二〇二四年一月十日　印刷
二〇二四年一月十五日　発行
（定価はカバーに表示してあります）

著者　ジャック・カー
訳者　熊《くま》谷《がい》千《ち》寿《とし》
発行者　早川浩
発行所　株式会社　早川書房
郵便番号　一〇一 - 〇〇四六
東京都千代田区神田多町二ノ二
電話　〇三 - 三二五二 - 三一一一
振替　〇〇一六〇 - 三 - 四七七九九
https://www.hayakawa-online.co.jp

乱丁・落丁本は小社制作部宛お送り下さい。
送料小社負担にてお取りかえいたします。

印刷・中央精版印刷株式会社　製本・株式会社フォーネット社
Printed and bound in Japan
ISBN978-4-15-041521-1 C0197

本書は活字が大きく読みやすい〈トールサイズ〉です。